Karsten Kruschel

Das kleinere Weltall

Science-fiction-Erzählungen

Verlag Das Neue Berlin

Illustrationen von Dieter Heidenreich

ISBN 3-360-00245-8

Für Steffi

Der Mensch ist das Wesen, das nicht
aus sich heraus kann, das die anderen
nur in sich selbst kennt und lügt,
wenn es das Gegenteil behauptet.

Marcel Proust

Gibt es nicht außer einem schönen
und riesigen Weltall voller Sterne
und Planeten noch ein kleineres,
das jeder im Kopf mit sich trägt?

Vilm van der Oosterbrijk

Der Brunnen

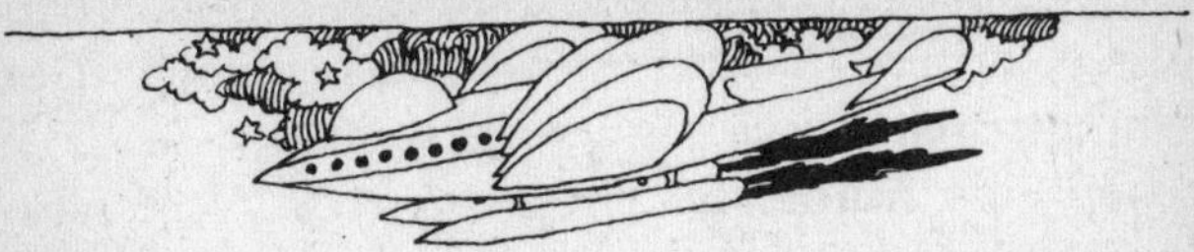

1.

Er hatte diesen Augenblick herbeigesehnt und war erschrocken, als das lang Erwartete endlich geschah. Der automatische Arzt fing an, die letzten Kanülen und Schläuche zu entfernen. Er klebte Pflaster auf die Einstichstellen und sprühte kühlende Flüssigkeit auf die gerötete Haut, wo die Geber fürs EKG gesessen hatten. Die Spinnenglieder der Temperatur- und sonstigen Fühler zogen sich zurück. Die Glocke, die seinen Schädel umschlossen hatte, wurde gehoben. Die weichen Bügel gaben nach, Beine und Arme waren wieder beweglich. Die Haube des medizinischen Bettes spaltete sich und surrte hinab.

Tasso lag nackt und frei auf der Liege und fror. Unsicher setzte er sich auf. Es war finster im Schiff. Alle Sichtscheiben und Bildschirme dunkel.

Gut. Das später.

Zuerst einmal aufstehen. Oh. Wieder setzen. Alles dreht sich. Nicht zu hastig. Bist reichlich schwach geworden, mein Lieber!

Vorsichtig tappte Tasso hin und her, holte sich einen Pyjama und schaltete die Küche ein. Allerdings durfte er nicht bestellen, was er wollte. Der automatische Arzt hatte vorgesorgt und für Wochen eine Aufbaudiät programmiert. Nichts also mit Eisbein. Haferschleim war angesagt und geraspelter Apfel. Fruchtsaft. Dazu kullerten ein paar Vitaminpillen auf den Teller.

Tasso nahm als erstes die Pillen und öffnete die Klappe des Abfallschachtes. Ein kurzer Summton vom Kom. Eine einzige Zeile stand auf dem Bildschirm:

– vitaminpräparate können auch subkutan appliziert werden –

Von Spritzen aber hatte Tasso die Nase voll. Also schluckte er brav die bunten Dinger und machte sich über das Essen her. Er hatte gemeint, Hunger wie ein Wolf zu haben, aber sehr bald fühlte er sich satt. Ob sein Magen geschrumpft war in der Zeit, als ihn der Apparat durchs Blut ernährt hatte?

Wie lange hatte das überhaupt gedauert?

Er sagte sich wieder, es müsse eins nach dem andern geschehen, und stellte sich erst einmal unter die Dusche. Dort fand er den Bauch merklich kleiner geworden, seitlich am Unterleib war ihm eine große kahle Stelle in die krausen Haare geschoren, zwei rosa Narben glänzten.

Später setzte er sich an das Terminal des Log-

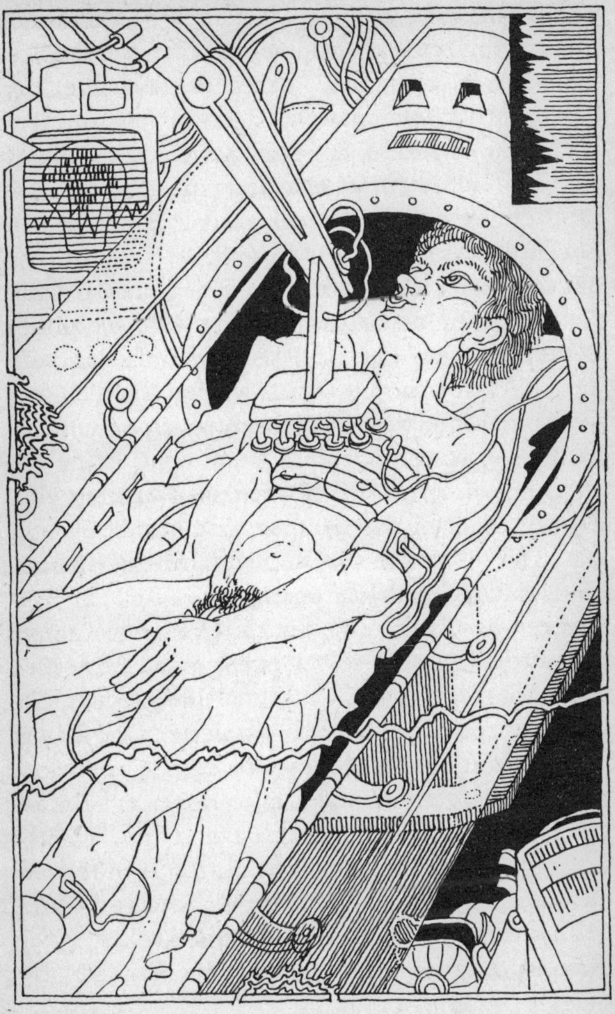

buchs und sah die Aufzeichnungen durch. Er begann zwei Stunden vor seiner Ohnmacht. Das war fünf Wochen her. – Den Schreck über die Zeitangabe verdrängte er.

Da war es wieder auf dem Schirm: gestaltloses weißes Glühen, das sich seinem Boot näherte und den halben Himmel bedeckte. Tasso erblickte sich selbst – wie er anfangs bremste, um das seltsame Objekt filmen und vielleicht vermessen zu können. Er kannte auf der *Ajax* einige Leute, die sich über so was immer freuen würden. – Tasso sah sich nervös werden, als die Meßwerte irrsinnig wurden. Es gab so große Objekte nicht, und solche Spektren auch nicht; keine solchen Impulse, die wie mit Schlägen weicher Fäuste sein Boot in das Gleißen hineintreiben konnten. Trotzdem war das alles geschehen. Er hatte gekämpft, ja. Er hatte beschleunigt und die Leistungen der Triebwerke bis zur Grenze gesteigert. Er hatte alle Kräfte seines gewiß nicht schwachen Fluggeräts eingesetzt. Und um Hilfe gefunkt. Damit die *Ajax* wußte, was passierte. Der Raumkreuzer war noch viel zu weit weg, um zu helfen, aber er sollte wissen, was mit seinem auf Erkundung ausgesandten Boot geschah.

Es geschah Unglaubliches. Er hatte in der äußersten Not – auch die letzten Sterne verblaßten schon unter dem Licht des Gebildes – einen Raumsprung eingeleitet, aber die Energie, die sein Boot in den Kosmos spie, verschwand. Es bildete sich weder ein Kugelfeld noch ein Sprungkanal in das, was man mangels besserer Worte als Überraum bezeichnete. Nur einige heftige Stöße, die der Schutzmechanismus des Bootes nicht auffangen konnte.

Tasso sah auf dem Bildschirm, wie Tasso, einer Erbse in einer Schachtel gleich, von Wand zu Wand geschleudert wurde und still und reglos liegenblieb und vom mechanischen Arm des Robots in die Nische des automatischen Arztes gekehrt wurde. Von diesem Augenblick an gab es nichts Interessantes mehr. Nur ausführliche Lageberichte des Arztes. Keine Aufzeichnungen über das rätselhafte Objekt. Keine Aufzeichnungen von draußen.

Tasso zuckte mit den Schultern. Was wäre zu sehen gewesen? Sterne. Unbewegte ferne Sterne. Vielleicht das leuchtende Ding von hinten? Egal.

Das Signal an die *Ajax* war regelmäßig gesendet worden, und das war seltsam. Nein, seltsam, daß sich niemand auf dieses Signal hin hatte sehen lassen. Kein zweites Boot war angekommen, auch kein Rettungsschiff. Die haben doch bestimmt ein Rettungsschiff ausgeschickt nach meinem panischen Angstruf, dachte Tasso. Ein unheimliches Gefühl überkam ihn. Er drehte sich rasch um. Nein, hinter ihm stand niemand. Was für ein Quatsch.

Er ging zum Pilotenplatz und legte Hand an die Schalter, die die Scheiben wieder durchsichtig machen würden.

Die Schwärze wich. Kein einziger Stern. Eine Landschaft aus sandigem Boden, ein paar Büschen, Nebel und leichtem Wind.

2.

Es dauerte einen ganzen Tag, bis sich Tasso von dem Schock erholte, den der Anblick ihm versetzt hatte. Statt des Sternenpanoramas eine simple Landschaft zu sehen wäre ja noch angegangen. Obwohl – kein Boot landete automatisch, ohne das im Logbuch festzuhalten. Aber das Boot war ja nicht gelandet. Es befand sich immer noch im Flugzustand, wenn man den Anzeigen glauben konnte. Tasso schaltete die Triebwerke aus. Er löschte die künstliche Schwerkraft. Na gut, ein wenig leichter wurde er dabei. Weiter geschah nichts.

Es war unbegreiflich: Wie konnte ein Raumboot mit laufendem Antrieb auf einer sandigen Fläche stehen? Ein Sandsturm wäre das mindeste, was dabei entstehen müßte! Tasso sah seine nicht besonders reichen physikalischen Kenntnisse für ungültig erklärt. Er versuchte etwas über den Planeten herauszufinden, auf dem er war. Auch das endete ohne Ergebnis, und merkwürdig: kein

Himmel. Die Radiosignale wurden nirgendwo gebrochen oder zurückgeworfen. Eine anständige Atmosphäre tut so etwas einfach nicht.

Tasso fand auch andere Dinge ausgesprochen unanständig. Zum Beispiel, daß seine Raumtaster völlig unbrauchbar waren. Sie zeigten zwar ihn umgebende Massen an, aber in einer so blödsinnigen Art und Weise, daß er die entsprechenden Skalen nicht mehr beachtete. Auch das Radar, einfach und störungssicher, spielte verrückt. Störungssicher! Wenn es nach dem Ding ginge, dachte er, wäre ich von lauter Metall umgeben. Unter mir mag ja angehen. Vielleicht sitze ich auf einer Erzader. Aber über mir und um mich herum? Abschalten.

Tasso ließ den Himmel nach der Stelle größter Helligkeit abtasten. Der Computer sollte aus der Bewegung dieses Flecks den hiesigen Tag bestimmen. Dabei kam wieder Stuß heraus. Auf dem Schirm erschien eine liegende Acht.

»Ist denn alles kaputt an diesem Ding?« rief Tasso wütend und wollte aussteigen, sich das aus der Nähe ansehen. Aber sowohl seine sehr weichen Knie als auch das Kom erinnerten ihn daran, daß er noch nicht wieder auf der Höhe war. Auf dem Schirm stand:

– ruhezeit während der rekonvaleszenz 9 h –

Und, als zögere der Automat, tickte eine zweite Zeile ins Bild.

– verlassen des schiffs aus medizinischen gründen untersagt –

»Untersagt?«

Tasso benötigte nur zwei, drei Sekunden, um festzustellen, daß er tatsächlich eingesperrt war, solange er dem Arzt nicht gefiel. Ein Wächter-Programm lief, bei dem der Arzt ein Vetorecht gegenüber dem Piloten hatte.

Der Pilot fügte sich und ging ins Bett, nachdem er ein paar Erkundungsprogramme gestartet hatte. Sollten diese dummen kaputten Maschinen doch auch mal was tun und sich einen Kopf machen.

Tassos Kopf war vollauf damit beschäftigt, zu brummen. Seine Beine zitterten, und in den Armen fühlte er bleierne Schwere, als er das Bett sah.

Natürlich träumte er allerlei Unsinn von glühenden Gebilden, von kalt durch riesige hohe Hallen fauchendem Wind und von sich selbst in Gestalt eines kurzhosigen Jungen, der von liegenden Achten verfolgt wurde. Sie hatten mindestens ein Dutzend Beine und hüpften meckernd hinter ihm her.

Und als er aufwachte, hatte er einen Muskelkater in Armen und Beinen, der ihn wunderte. In den Beinen, das verstand er noch. Aber in den Armen? Doch nicht von dem Tippen auf die weich nachgebenden Tasten der Manuale?

Steht schlechter um mich, als ich annahm, dachte er.

Solche Gedanken vergingen ihm, als er dem Computer die Einschätzung des Planeten abverlangte. Der aber konnte keine geben:

– kein planet –

Was, zum Teufel, wenn nicht ein Planet?

– widersprüchliche informationen –

Stimmte auffallend: widersprüchlich. Es war zum Beispiel in den neun Stunden Schlaf weder dunkler noch heller geworden. Die Helligkeitskurve: keine Kurve, sondern eine Gerade.

»Das gibt es nicht«, sagte Tasso zu sich selbst und fand, daß seine Stimme seltsam klang. Hatte er etwa Angst? Hm. Wovor? Zugegeben, etwas viel für einen Piloten der Stufe sechs, den man hatte allein fliegen lassen, weil sein Auftrag nur im Planetenzählen bestand. Grobkartographie nannte man das ... »Pilot Tasso Sanderstorm meldet sich vom Aufklärungsflug zurück! Einunddreißig Doppelsterne, einer mit labilem Planetensystem, siebzehn Einzelsterne, zwölf Planetensysteme, insgesamt sechsundachtzig Planeten, davon vier erdähnlich!« Oder so. Immerhin war ein rekordverdächtiger Riese dabei, der über vierzig Planeten gesammelt hatte.

Tasso schüttelte die Gedanken ab. Dann fragte er beim Arzt an, ob er kurz aussteigen dürfe.

– 15.00 min mit med-monitor –

Zähneknirschend schnallte er sich die Fühler und kleinen flachen Kästchen auf den Leib, die ihn für eine Viertelstunde mit dem automatischen Arzt verbinden würden. Das allein dauerte doppelt so lange wie der Ausstieg, und er war in Schweiß gebadet, ehe er anfing, den Raumanzug anzulegen. Erst als er sich fertig eingeschaltet hatte, kam er auf die Idee, sich beim Computer nach Luft und Temperatur zu erkundigen.

– luft atembar – temp plus 19 °C –

Da würde natürlich der leichtere von den leichten Anzügen genügen. Aber Tasso stand in dem Vierfachanzug mit voller Spielausrüstung da und konnte Flammen speien und Blitze schleudern und mit Schwerefeldern werfen und Gift spritzen und noch so allerlei, und alles so nutzlos, wie er ahnte. Es kam auf Zeit nicht an, also pellte er sich ohne Hast aus und wieder an und fühlte sich im Vergleich zu vorher fast nackt. Da der Computer Radiowellen für zu unzuverlässig hielt, mußte sich Tasso an eine Leine legen lassen, die das Telemetriekabel enthielt.

So angetan, stand er zum ersten Mal auf dem Boden dessen, was er immer noch, dem Computer zum Trotz, für einen Planeten hielt. Es war diesig hier – weiter als zweihundert oder dreihundert Meter reichte der Blick nicht. Manchmal weniger, wenn die blassen Schwaden des Nebels vorbeitrieben.

Tasso ging um sein Raumboot herum. Der Sand war ringsum oberflächlich geschmolzen. Wenigstens hatten die Triebwerke wirklich gearbeitet. Von außen sah das Boot aus wie neu. Auf den schrägen Seiten kein Kratzer, im blauen Lack auf der Boostereinheit nur wenige Stellen, wo das alte Grün unter abblätternder Farbe zum Vorschein kam. Na ja, vielleicht hab ich das Ding ein wenig heißlaufen lassen, dachte der Pilot und erinnerte sich an den zwecklosen Kampf mit dem weißstrahlenden Gebilde.

Das Heck war, wie üblich, schwarz verfärbt und zeigte im Innern der mächtigen Strahlerrohre blaue Anlaufspuren. Tasso umrundete das Boot, blieb stehen. Die Landekufen waren tief in den glasigen Sand gesunken. Der Pilot zog die Waffe und blitzte den Sand weg. Dann fiel er ungläubig auf die Knie. Dieses Boot würde nie wieder irgendwohin starten. Unter dem Sand war ein schimmerndes Metall erschienen. Und die Kufen waren vollständig und fest mit diesem Metall verschweißt …

3.

Tasso nahm den Rucksack ab und setzte sich darauf. Er trug keinen Raumanzug mehr, sondern einen leichten Overall. Seit dreizehn Stunden war er nun schon unterwegs in dieser unheimlichen Welt, die er seit der Entdeckung unter dem Boot nicht länger als Planet ansah. Er hatte genug sondiert, mehrere Tage damit verbracht, festzustellen, daß überall unter ein oder zwei Meter Sand das superharte Metall lag. Kein irdisches Metall. Er hatte seine Waffen daran ausprobiert, und alle waren wirkungslos geblieben. Außer Antimaterie, die hatte er natürlich nicht benutzt: zu gefährlich. Obwohl – was hatte er davon, hier alt zu werden und sich das bißchen langweilige Wüste den Rest seines Lebens lang anzusehen? Vielleicht würde er wirklich eines Tages das Atomfeuerwerk entfachen, wenn es ihm zuviel werden sollte. Zuviel Hoffnungslosigkeit etwa. Jetzt hatte er sich die Aufgabe gestellt, herauszufinden, wo er sich befand. Dazu mußte er irgendwohin, wo man Sterne sehen konnte. Auf einen Berg am besten, raus aus dem Nebel und dem Dunst.

Seit einer Woche war er jetzt wach, und der automatische Arzt hatte ihm schließlich diesen Ausflug erlaubt. Er mußte aber ständig mit dem Gerät in Verbindung bleiben.

Seit dreizehn Stunden wanderte er geradeaus, und die ganze Zeit ging es leicht aufwärts. Die Büsche standen nicht mehr im Sand, sondern im Gras. Letzteres war zwar mehr braun als grün, aber wenigstens auf Anhieb als Gras zu erkennen. Tasso wünschte, man könnte das von den Bäumen auch sagen. Er seufzte. Bäume? Alpdrükken, kein normaler Pflanzenwuchs. Baumkronen wie Afrolook, bunt gefärbt und sich ständig bewegend. Stärker, als der leichte Wind die Äste bewegen könnte. Tasso hütete sich, diesen Dingen zu nahe zu kommen. Er kannte allerlei Gruselgeschichten von fleischfressenden und giftigen Pflanzen. Er wollte keine erleben.

Dies war auch keine Pilotenarbeit, verdammt noch mal! Er hatte Boote und Raumschiffe und Gleiter, und was es sonst noch an Bewegzeug gab, zu steuern. Und nicht auf solch rätselhaften Dingen wie einem gigantischen sandgefüllten Kuchenblech herumzustolpern und sich unaufhörlich zu wundern. Über seltsames Gebüsch und Gewächs, über das ganze Unwesen hier, das so tat, als sei es ein eigenes kleineres Weltall. Und er begann sich einzubilden, jemand Übelwollendes stände teilnahmslos über den Wolken.

Junge, du weißt, was Verfolgungswahn ist? fragte sich der Pilot kopfschüttelnd und verdrängte diese Gedanken.

Er beendete seine Rast, huckte sein Gepäck auf und ging weiter. Der Wind kam stetig von vorn, stetig den Hang herab. Er wußte nicht viel von Winden und Wetter und Meteorologie, aber doch kam es ihm seltsam vor. Ein Wind, der immer ins Tal bläst? Und der trotzdem den Dunst nicht vertreibt ...?

Tasso bemühte sich, nicht allzuviel nachzudenken. Er hatte es sich angewöhnt, alles, was ihm auffiel, auf Band zu sprechen, um es später durchzuhören. Das Band lief natürlich im Boot mit.

In der vierzehnten Stunde legte sich der Wind, und voraus tauchte eine dunkle Masse aus dem Dunst. Diese dunkle Masse erwies sich als fast senkrechte Felswand. Tasso verspürte keine Lust, in seinem Zustand dort hinaufzuklettern. Er hatte allerlei Hilfsmittel, aber ein Schwebezeug war nicht dabei. Er wußte nicht einmal, ob im Boot eins war. Wozu braucht einer, der ein famoses Raumboot hat, so ein vergleichsweise primitives Gerät.

Also schleuderte er nach Altväterart einen Haken mit Seil dran, so hoch er konnte, und an dem Seil stieg er etwa acht, neun Meter hinauf. Dort sah er etwas, was ihm die Lust am weiteren Bergsteigen nahm. Durch einen tiefen Spalt schimmerte jenes Metall. Soweit er erkennen konnte, war seine Ebene ebenfalls fast senkrecht geneigt.

Tasso stieg herab, ließ Seil und Haken, wo sie waren, und wandte sich nach links. Sein Plan war, an der Wand entlangzumarschieren, bis er in einem Tal emporsteigen könnte. Sicherheitshalber hielt er einen Abstand von hundert Metern. Es sollte da so etwas wie Steinschlag und Lawinen geben, wenn seine Vorstellungen davon auch nur nebelhaft waren.

Als er eine Baumgruppe in respektvollem Abstand umrundete, traf ihn der sachte Wind wieder.

Tasso probierte den Wind aus. In zweihundertfünfzig Meter Entfernung von der Wand spürte er ihn – näher heran nicht mehr. Er war es leid, sich den Kopf über diese Welt zu zerbrechen, sprach es aufs Band und vergaß es.

Er fand Mulden im Sand, der hin und wieder den Grasteppich unterbrach. In den Mulden war der Sand fein wie Mehl und roch wie ... ja, wie eigentlich? Nach Medizin und Salbe und Schminkkasten, irgendwie. Andere Mulden rochen nach Salz oder nach Ammoniak.

Er fand auch einen breiten Einschnitt in der Wand, wo zwei Tunnel einander gegenüberlagen. Er wagte sich nicht hinein. Beide hatten einen wie von Reifen polierten Belag aus jenem Metall. Sie wirkten wie riesige Gänge. Der eine führte aufwärts, der andere abwärts. Die Mündungen lagen einander genau gegenüber.

Auch hier weigerte sich Tassos müdes Hirn, Schlüsse zu ziehen.

Wegen der unveränderlichen Helligkeit verlor er immer wieder das Zeitgefühl. Als er das bemerkte, schlug er sein Zelt auf, schaltete den kleinen Apparat ein, der ein Schutzfeld darüber spannte, und schlief lange. Ihm träumte von grausigen schwarzen Wesen, die mit goldfarbenen

Schweißapparaten sein Boot an- und zuschweißten. Sie kicherten widerlich dabei. Was habt ihr zu kichern, ihr blöden Kerle? Aber sie kicherten weiter.

Kleine Meerschweinchen, die ihm wegliefen und die große Wand hinaufhuschten, und er konnte ihnen nicht folgen und weinte, weil er Schelte bekommen würde, die Meerschweine waren weg.

Als er aufwachte, grübelte er über den Traum nach.

Soweit er sich erinnern konnte, waren ihm niemals irgendwelche Meerschweine weggelaufen. Und nie hatte es in seinem Leben einen Menschen gegeben, der ihn wegen fortgelaufener Tiere gescholten hätte. Weit konnten sie nicht kommen, und in fremde Hände gelangen auch nicht. Die Kuppel von La Felicita war zwar groß, aber übersichtlich gewesen – und alles Spielzeug gehörte allen Kindern gemeinsam. Tasso kannte nichts anderes. Es sollte Kinder geben, die bei ihren Eltern aufwuchsen; da mochte das anders sein. Er hatte seine Eltern nie gesehen, und so hatte es ihn auch nicht berührt, als er am vierzehnten Geburtstag von ihrem Schicksal erfuhr. Eine Erinnerung an die Kindheit steckte nicht in dem Traum – aber was dann?

Das sprach er nicht auf Band, es erschien ihm zu albern; doch sollte er später erkennen, daß dieser Traum ihm schon einen Weg gewiesen hatte.

Jetzt vergaß er seine Träume, als er rings um die kleine Schutzfeldkuppel niedergetretenes Gras bemerkte, und er war der Ansicht, daß er gestern – gestern! – nicht soviel hier herumgetrampelt sei. Er war sich nicht sicher, aber er hatte ein Gefühl im Nacken, als er weiterging, als starre ihm jemand nach. Tasso versuchte sich einzureden, das sei nur Einbildung. Solche Versuche, sich das nackte Grauen mit logischen Argumenten vom Halse zu schaffen, sind ja nie besonders erfolgreich, und so kam es, daß er seltsame Gedankenverbindungen herstellte, als er wieder etwas fand.

Er dachte an Bewohner dieser merkwürdigen Art von Weltall voller unmöglicher Erscheinungen – Bewohner, die irgendeine Absicht mit dem verfolgten, was sie taten. Und das konnte nichts Gutes sein. Andererseits wurden solo fliegende Piloten darauf gedrillt, sich selbst, ihre Gedanken, genau zu beobachten. Zu schnell konnte man den Kosmos selbst für bösartig halten. Was der erste Schritt in den geistigen Verfall war.

Tasso fiel es dementsprechend schwer, die Fassung zu bewahren, bei solchen Funden, wie er sie nun machte.

Es fing mit einer etwas größeren Baumgruppe an, die er umging. Plötzlich ragte eine schräge

Metallfläche vor ihm aus dem Boden, nicht das unbekannte Supermetall, sondern etwas Helles, Klingendes. Und es war leicht verwittert.

Wenige Schritte später wußte er, wo dieses Stück herstammte. Vor ihm lag ein Raumschiff. Nicht sehr groß, etwas mehr als doppelt so lang wie sein Raumboot. Er kannte viele Typen irdischer Raumfahrzeuge, so einer war nicht dabei. Aber wer hat schon sechzehnhundert Jahre Raumfahrt im Kopf. Es sah altertümlich aus, wie ein gestrandeter Knurrhahn. Etwa dort, wo dieser Fisch seine gesträubten Brustflossen hat, ragten hier beiderseits Dutzende Flächen auf, von denen Tasso eine abgebrochen im Sand gefunden hatte. Am Bug des Schiffs wurde Tasso von verzerrten Spiegelbildern seiner selbst erschreckt. Es waren die Sichtfenster, mit Metalldampf beschichtet und von außen undurchsichtig.

Der Schwanz des »Knurrhahns« wies keine Ähnlichkeit mehr mit dem Fisch auf, der Rumpf gliederte sich in zwei schlanke Zylinder, die auf Pylonen standen, schräg abgewinkelt. Wenn der Pilot die verstreuten Trümmer richtig deutete, hatte es ursprünglich vier solcher Zylinder gegeben, und zwei davon waren bei der Landung abgerissen und zerdrückt worden. Moment – dann ist dieses Schiff kaum für eine Landung gedacht gewesen …

Tasso zog seine Waffe und wollte den Boden

wegbrennen, um zu sehen, ob auch dieses Schiff tief unten festgeschweißt sei. Er hielt inne, als ihm einfiel, daß noch Menschen leben könnten. Er suchte nach der Luke und fand ein offenes Tor, groß genug für zwei Jeeps.

Eine Halle, wohl ein ausgeräumter Laderaum. Handspeichenräder. Schalter. Ein Gang nach vorn, mit großen Türen links und rechts. Ein verblaßtes Bild, eine eintönige Landschaft darstellend. Eine Treppe mit fünf breiten Stufen. Staub. Eine halb geöffnete doppelflügelige Schiebetür. Tasso trat hindurch.

Die Zentrale. Durch die Scheiben erblickte er seine Spuren draußen, wo er vorhin vor sich selbst erschrocken war. Drei Sessel, von denen er nur die Lehnen sah. Er stieß einen an. Der Sessel drehte sich.

Tasso schrie – da saß ein Skelett ... und der Schädel wies drei Augenhöhlen auf ...

4.

Später, viel später konnte Tasso lächeln darüber, daß ihn im »Knurrhahn« der Horror gepackt hatte, als ihn dieser grausige Schädel anstarrte – mit einem Ausdruck höhnischen Gelächters. Er war entsetzt zurückgetaumelt, gegen die Wand der Zentrale, und als er zur Seite blickte, stand ein Riese neben ihm und hatte die Arme auf dem

Rücken verschränkt. Der Schreck dauerte ein paar Sekunden, ehe Tasso bemerkt hatte, daß es nur ein leerer Raumanzug war.

Noch japsend, sah sich der Pilot das tote Schiff genauer an und verbrauchte Unmengen an Speicherplatz für viele Fotos. Es lagen drei seltsame Skelette in den drei Sesseln – dreiäugig, zu viele Rippen und vierfingrig. Alle fast zwei Meter groß. Die Hinterwand der Zentrale zeigte sechs Nischen mit je drei leeren Sesseln und in jeder Nische viele Apparate, Skalen, Schalter, tote runde Schirme. Wieso sind diese achtzehn Sessel leer? überlegte Tasso. Da sie in der Zentrale sind, müssen sie wichtig gewesen sein. Wieso sind sie nicht besetzt, aber die drei in der Mitte? Haben sich diese drei dort geopfert? Tasso, Tasso – du wirst es nie erfahren, nehme ich an. Und du bist gerade dabei, dir romantische Geschichten zusammenzuspinnen.

Die fremden Geräte blieben fremd und tot. Nirgends floß noch Strom. Und die schmalen Räume hinter den hohen Türen waren leer, wie ausgefegt. Geräumt? In die Zylinder am Heck führte der Weg nur durch massive Schotten. Tasso dachte an Strahlung und ließ es. Als er wieder draußen war, fiel ihm auf, daß nur der kleinste Teil des Schiffes zugänglich gewesen war.

Gemach, dachte er, wenn ich richtig tippe, hab ich noch Jahre Zeit, das Schiff zu durchstöbern.

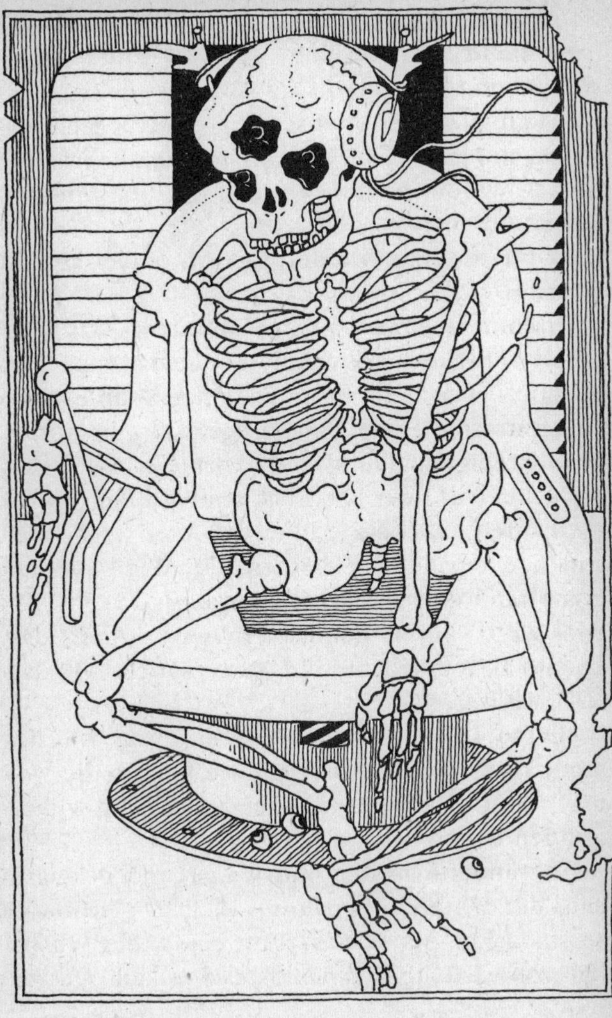

Es ist ein Jammer. Endlich mal eine menschenähnliche Rasse, die mit uns auf einer Stufe steht – und dann sind sie tot ...

Daran, daß der Menschheit eine Begegnung Tassos mit jenen Dreiäugigen hier herzlich wenig nützen würde, dachte er nicht, das fiel ihm erst später ein.

Er setzte seine Wanderung fort, immer an der Wand lang ...

Er entdeckte ein zweites Raumschiff, das aber derart verrostet und verrottet war, daß man nur noch undeutlich die Form erkennen konnte: eine langgestreckte Säule mit unregelmäßig herausragenden Kugeln. Von weitem wirkte es so; in der Nähe blieb nur der Eindruck eines großen Trümmerhaufens, in dem Bäume wuchsen und Gras auf hochragenden Scherben im Wind wogte. Tasso fand einen Brocken, der an den zerfressenen Kopf eines Robots erinnerte. Aber das konnte alles mögliche sein, so verwittert, wie das Material war.

»Diese Leute bauen ihre Schiffe aus Blech«, sagte Tasso, als er bemerkte, wie filigran die wenigen Stücke wirkten, die der Zersetzung widerstanden hatten.

Er wanderte weiter und weiter und gelangte nach der dritten Ruhepause – »Nacht« genannt – an einen See. Als er Wasser für eine Probe schöpfen wollte, stellte sich heraus, daß es kein Wasser gab, statt dessen etwas wie zähen Talg. Igittigitt!, dachte Tasso, nun erzähle mir bloß einer, daß dies hier auch die Überreste eines Raumschiffes sind.

Dann fand er noch ein seltsames Ding – eine gewundene glatte Bahn, die die Wand hinabkam, sich durch die Bäume schlängelte und im Dunst verschwand. Es wirkte wie eine Wasserrutschbahn oder Loipe – säuberlich mit meterhohen Metallruten abgesteckt, die hell klangen, als Tasso dagegenpochte.

»Wer soll denn da runterfahren, meine Herren«, sagte Tasso, der es sich angewöhnte, mit sich selbst zu reden, um die ständige Einbildung, es stehe jemand oder etwas hinter ihm, zu bekämpfen. »Zuerst fast senkrecht, und dann geht es zu ebener Erde weiter …«

Was man so Erde nennt, dachte er im Weitermarschieren bei der Erinnerung an das Metall, das unsichtbar unter allem lag.

Immer, wenn er das Zelt aufschlug und schlafen ging, prüfte er sorgfältig das einwandfreie Arbeiten des Schutzfeldes, und jeden Morgen besah er den Umkreis der Kuppen nach Fuß- oder sonstigen Spuren. Er konnte nie etwas entdecken. Was nicht heißt, daß er nichts sah. Dinge, die er so oder so auslegen konnte – waren diese Mulden im Sand gestern schon gewesen? So tief? Und so viele? Und der kahle Streifen im Gras?

Sieht er jetzt, nach dem Schlaf, nicht wie ein Pfad aus? Und so weiter …

Als Tasso feststellte, daß seine Vorräte bald zur Hälfte aufgebraucht sein würden und er an Umkehr denken mußte, spürte er keine Lust, in das Boot zurückzugehen und dort das Raumschiff der Dreiäugigen zum Vorbild zu haben. Es würde einen Sessel geben und ein Skelett mit zwei Augenhöhlen. Und das würde grinsen. Totenschädel grinsen immer.

Also marschierte der Pilot weiter. Immer an der Wand entlang, immer geradeaus.

Er blieb stehen, als etwas Langes, Dünnes über die Felsen kroch. Eine Schlange?

Es wäre das erste Beispiel tierischen Lebens hier. Tasso ging vorsichtig, den Laser in der Hand, näher heran.

Dann lachte er bitter auf. Ein Seil. Ein Seil mit einem Haken. Sein eigenes Seil.

Die verdammte Wand führte im Kreis herum.

5.

Als er das wußte, hatten sich die Rätsel um eines vermehrt, weiter nichts. Er fühlte sich müde und zerschlagen. Und er freute sich, daß er nicht vor ein paar Stunden umgekehrt war, er hätte einen langen Weg völlig umsonst gemacht.

Matt und langsam schleppte er sich zum Boot

zurück. Er benötigte für die Strecke von der Wand zum Boot doppelt so lange wie vorher in der anderen Richtung. Als er die vertrauten Umrisse seines Bootes sah, das immer noch wie neu im Sand hockte, verspürte er ähnliches wie das Gefühl, zu Hause zu sein.

Er ließ sich vom automatischen Arzt untersuchen und stellte voller Vergnügen fest, daß der nicht viel auszusetzen hatte. Sogar das Wächter-Programm wurde abgeschaltet. Der Computer, der die neuen Daten und Informationen zum schlüssigen Bild zusammensetzen sollte, benahm sich lächerlich. Das Ding war nicht in der Lage, vernünftige Folgerungen aus allem zu ziehen. Auch die Meßprogramme, die während Tassos Abwesenheit gelaufen waren, brachten nicht viel ein. Zum Beispiel hatte dieser Planet, oder was immer es sonst sein mochte, kein Schwerkraftzentrum. Es gibt natürlich keine Schwerkraft, die nicht von irgendeinem Massezentrum ausgeht. Selbst künstliche Schwerkraftfelder lassen sich auf ihren Ursprung zurückrechnen. Soviel wußte jeder Pilot. Dieses Wissen war hier nutzlos. Wenn der Computer nicht einmal solch einfache Dinge herausbekam ... Der war gewiß in Physik besser als Tasso.

Noch etwas anderes bereitete ihm Kopfzerbrechen. Er hatte festgestellt, daß dieser sachte Wind stets von der Felswand herabwehte. Ein

Wind also, der aus allen Richtungen zugleich kam ... Denn die Wand ging in einem großen Kreis herum. Was geschah wohl in der Mitte des riesigen Tellers, wo der Wind aus allen Richtungen zusammentraf?

Dorthin führte Tassos nächste kleine Expedition. Er nahm kaum Vorräte mit, denn durchquert war der Teller sicherlich schneller als umrundet. Die Richtung konnte er nicht verfehlen, er mußte einfach nur der leichten Neigung des Sandes folgen, immer abwärts.

Es gab Sand und Büsche, die vereinzelt herumstanden und keinen Zweig rührten in dem leichten Wind. Wieso eigentlich nicht? wunderte sich Tasso und untersuchte eines dieser Gewächse näher.

Wie alle Piloten, war er nicht besonders gut als Botaniker, und in der zweiten Ausbildung hatte er sich mit Geschichte befaßt. Und er war zu jung, um schon mit der dritten Ausbildung begonnen zu haben. Aber dieser Strauch hier sah entschieden eigenartig aus. Seine Wurzeln trafen sich über dem Sand in flachen dunklen Knubbeln, von denen die Äste erst über den Sand krochen, um sich am Rand in die Höhe zu recken. Von diesen Außentrieben aus wuchsen die dünnen Äste und Triebe nach innen. Auf allen Ästen und Zweigen liefen bläuliche Linien spiralförmig entlang, aus denen die ovalen dunkelgrünen Blätter wuchsen. Sie hatten keinerlei Muster oder Blattadern – wie Sukkulenten.

Tasso versuchte, einen Zweig abzubrechen. Er konnte ihn ein wenig biegen, mehr nicht. Enttäuscht ließ er los. Die Krümmung im Zweig blieb. Wie ein Draht, den man verbogen hatte.

Er fotografierte das Ding ausgiebig. Falls man es für nötig gehalten hatte, den Computer eines Raumboots mit Botanik zu füttern, konnte er seine kluge Maschine später auf die Aufzeichnung loslassen. Mir kommst du jedenfalls nicht sehr bekannt vor, Kumpel, dachte Tasso grimmig, als er weiterging.

Die Landschaft blieb uninteressant, und er betrachtete die Büsche mißtrauisch. Er erinnerte sich an ein Mädchen, das er auf Penta V kennengelernt hatte, während seiner zweiten Ausbildung. Er dachte deswegen an sie, weil sie wohl Botanik studiert hatte. Nein, das hieß anders, so ein geschraubter Begriff ... extraterrestrische Flora? Nein, auch nicht. Dieses Mädchen hatte ihm von einer Pflanze erzählt, die man in einzelnen Exemplaren gefunden hatte, die aber nie jemand in großen Mengen finden würde. Kein Mensch könnte sie überleben, wenn er einen Wald davon fände – vielleicht ein Robot, aber das war auch nicht sicher. Es waren Parapsychopflanzen. Sie bezogen ihre Lebenskraft nicht nur aus Licht, wie die irdischen Gewächse, sondern auch aus Schwankungen elektromagnetischer Felder. Es gab da welche, die gediehen unter harter Gammastrahlung, und andere, die schwache und schwächste Feldstärken benötigten. Und diese Gewächse behandelten das menschliche Hirn als Quelle schwacher Radiostrahlung. Wenn man ihnen zu nahe kam, saugten sie Energie aus dem Hirn ... »Weißt du, was geschieht, wenn der Kosmonaut dummerweise in einem Wald aus solchen Pflanzen landet? Schon nach Stunden haben sie ihn bewußtlos gemacht, und in einigen Tagen ist er Dünger für ihre Wurzeln. Vielleicht ist das der Grund, weswegen mancher Planet, von dem Erkunder nicht zurückkamen, zur verbotenen Zone erklärt wurde?«

Tasso lächelte bei der Erinnerung. Die verbotenen Zonen – ein ständiges Thema erbitterter Auseinandersetzungen. Diese Planeten waren verboten, das hatte man zu akzeptieren. Meist gab es keinerlei Informationen über die Art der dort drohenden Gefahren: Raum für allerhand Spinnerei. Dabei war es meist ganz einfach. Man kann nicht auf einem Planeten landen, der, zum Beispiel, keine richtige Oberfläche hat, weil das bißchen Gestein ständig von Beben und Eruptionen umgerührt wird.

Das mit den verbotenen Welten war damals nur der Anfang gewesen, und auch über fremdartige Gewächse hatten sie sich nicht viel unterhalten. Es gab andere Themen, und die Freundschaft hatte fast ein Jahr angehalten – dann war er mit seiner Geschichte fertig und ging als Pilot in den Flottendienst. Und das ist ein Beruf, in dem Verabredungen eine unsichere Angelegenheit sind. So kam es, daß er nicht mal mehr den Namen des Mädchens wußte.

Entscheide ich mich bei der dritten Ausbildung für ihr Fach, dachte Tasso, da treffe ich sie vielleicht wieder. Nichtlineare extraterrestrische Bioformide hieß das Fachgebiet, fiel ihm ein, was die sich für Namen ausdenken …

Wie lange seine Schritte auf dem Sand schon seltsam anders klangen, wußte er nicht, als es ihm endlich auffiel. Er blieb stehen. Keine Büsche mehr. Sie konnten hier auch nicht wachsen. Es gab nichts, worin sie ihre Wurzeln befestigen könnten. Unter einer dünnen Sandschicht schimmerte Metall. Jenes verflixte Metall, das Tassos Raumboot und das Schiff der Dreiäugigen und das zerfallene Säulenschiff so zuverlässig festhielt und sich hinter den Felsen der Wand versteckte. Hier lag es zutage.

Der Pilot sah sich um. Keine Büsche mehr, und kaum Dunst. Keine Fernsicht, aber weniger von dieser Trübe in der Luft. Und die Luft roch anders. Sie roch feucht. Ein wenig wie am Meeresufer. Nach Nässe, Salz und Wind. Nach richtigem Wind, nicht nach diesem Gesäusel hier.

Im Sand waren Muster zu sehen, nein, keine Spuren. Ausgewaschene Rinnen, als sei vor nicht allzu langer Zeit Wasser geflossen. Der Sand war weggeschwemmt worden hier und dort. Als Tasso weiterging, wurde die blankgewaschene Metallfläche sichtbar, auf der nur vereinzelt Reste von Sand lagen.

Ein paar hundert Schritte weiter blieb Tasso wieder stehen.

Der Boden unter seinen Füßen war jetzt blankes Metall. Also eigentlich kein Boden mehr. Doch nicht darum blieb Tasso stehen. Er starrte nach vorn. Dort konnte er schemenhaft eine Grenze erkennen. Ein Zaun oder so.

Tasso verspürte Angst. Wieso soll ich Angst haben? dachte er. Wenn ich herausfinden will, wo ich bin, muß ich mir alles hier aus der Nähe besehen. Alles. Und er ging langsam weiter.

Das Ding entpuppte sich als stabiles Geländer, vielleicht einszwanzig hoch und von armlangen ovalen Öffnungen an der Basis durchbrochen. Tasso lehnte sich dagegen – das Ganze wirkte äußerst stabil – und blickte nach unten. Auf der anderen Seite des Geländers war buchstäblich nichts. Nichts als grauenvolle Leere, in der Dunst schwamm und die ihm das Gefühl gab, als sehe er in einen Abgrund, aus dem Ungeheuer und namenlose Gespenster steigen könnten. Er vermochte nicht sehr weit zu schauen, aber Tasso wurde den Gedanken nicht los, daß ihm klare Luft nichts nützen würde.

Leise, als bemühe er sich, niemanden zu stören – wen denn eigentlich? –, löste er Geräte vom Gürtel. Er hatte einen Stab dabei, den er durch Teleskopmechanik in einen drei Meter langen Ausleger verwandeln konnte. An den Ausleger koppelte er nacheinander einige Meßgeräte. Er interessierte sich nicht für die Meßwerte, jetzt nicht. Das konnte er im Boot erledigen. Aus einem Grund, der ihm selber nicht klar war, wollte er so schnell wie möglich von hier weg.

Er war gerade fertig mit dem Zusammenpakken seiner Gerätschaften, nur der Ausleger stand noch in die Leere hinaus, da vernahm er zwei Geräusche und erstarrte. Von irgendwo oben, schräg über ihm, hörte er einen dünnen Ruf. Er klang menschlich … Und von unten aus dem dunstigen Nichts kam donnerndes, grollendes Geräusch, als wollten die Drachen, Geister und unbeschreiblichen Schreckensgestalten der Tiefe, die sich Tasso ausgemalt hatte, emporsteigen und ihn überfallen.

Er wich vom Geländer zurück, das Grollen wurde lauter, steigerte sich zum ohrenbetäubenden Schrei, schrill und dumpf zugleich. Der Boden erzitterte.

Dann raste ein riesiges schimmerndes Ding wie purer wasserheller Kristall aufwärts durch das

Nichts, aufwärts wie ein startendes Raumschiff, schreiend und kreischend.

Eine Wand aus warmem Wasser traf Tasso, riß ihn von den Beinen und spülte ihn fort, und er verlor das Bewußtsein.

6.

Es dauerte mehrere Tage, ehe der automatische Arzt mit Tassos Zustand so weit zufrieden war, daß er ihn aus der Obhut der vielen kleinen Kästchen und Geräte entließ, die überall auf dem Körper zu tragen waren. Der medizinische Apparat hatte Tasso unter Kontrolle haben wollen. Tasso hatte sich nicht gewehrt, fühlte sich immer noch furchtbar. Sein Leib war übersät mit großen Blutergüssen, die jetzt in den schönsten Farben blühten, grün und gelb und hellblau. Die wilde Woge hatte ihn weit ins Land hineingeschwemmt, und ewig hatte er gebraucht, sich bis zum Boot zu schleppen und sich dem Arzt vorzuwerfen. Das hatte um so länger gedauert, als er alle paar Minuten in Ohnmacht gefallen war. Die rasche Reise landeinwärts hatte ihm nicht gutgetan. Quer über sein Gesicht zogen sich ein halbes Dutzend tiefe Schrammen. Da hatte es ihn wohl über die Büsche gezerrt. Der Arzt hatte die Wunden zur Vorsicht gegen eingedrungene fremde Substanzen gründlich gereinigt und dabei die

R1

Risse verbreitert und vertieft – Tasso konnte nicht reden und nicht lachen, ohne daß ihm das ganze Gesicht höllisch weh tat. Aber was gab es schon zu lachen.

Er war nicht in der Lage, sich zu irgend etwas zu entschließen. Das fürchterliche, aus der Tiefe emporschießende Ding hatte alle vagen Vermutungen über den Haufen geworfen: Diese Welt war ein großes tellerförmiges Gefängnis, am Rand von einer steilen Felswand begrenzt, sandig, von allerlei fremder Vegetation bewachsen. Es gab außer seinem noch zwei andere Raumschiffe und ein kreisrundes Loch in der Mitte des unheimlichen Tellers. Und damit hörte alle Weisheit auf. Was in der schaurigen Tiefe hauste oder vor sich ging, was da dröhnend vorbeigerast war – keine Ahnung.

Seine Annahme, er befinde sich auf der Oberfläche eines künstlichen Planeten, war widerlegt durch die Schwerkraftmessungen. Auch das aufwärts jagende Wasser paßte kaum dazu. Dabei hatte er bereits begonnen, in seinem Gedächtnis nach den unklaren Informationen über die sagenhaften und uralten Kampfsterne zu suchen, die es geben sollte. Die einen hatten berichtet, das wären Riesenraumschiffe, die einmal von Menschen gebaut worden waren; nach anderen wieder handelte es sich um außerirdische Stationen, in die Hand von Menschen gefallen, die damit nicht die lautersten Absichten verfolgt hatten. Beides aber waren eher Legenden als Berichte, und solche Geschichten wurden von den Historikern zu den kosmischen Sagas gerechnet.

Aber das in die Höhe rasende wasserhelle Etwas ... Dies hier war kein Kampfstern. Ein Planet war es auch nicht. Tasso wurde das Gefühl nicht los, daß er sich nicht auf einem Körper befinde, sondern vielmehr innerhalb eines Körpers. Doch das erschien kaum möglich – was sollte das für ein gigantisches Ding sein ... Aber was dann? So lautete die Frage, an der Tasso grübelte und die ihn stumm machte und still. Er starrte stundenlang in den Sand, zu den Büschen hinüber.

Er erinnerte sich, daß er den Computer befragen wollte, und fütterte alle seine Speicher ein, die er unterwegs gefüllt hatte. Überraschenderweise hatte der Computer in Sachen Botanik etwas drauf.

– im rahmen irdischer klassifikation nicht zu identifizieren –

Und für eine nichtirdische Klassifikation?

– unzureichende information –

Worauf er den Robot losschickte, Proben zu holen. Der Robot hatte Mühe, das Blatt aus den blauen Linien zu lösen, und bekam einen mörderischen Schlag versetzt, als es ihm gelungen war. Die mistigen Sträucher waren elektrisch. Tasso beglückwünschte sich, ihnen aus dem Weg gegangen zu sein. Der Robot hatte kleinere Gleichgewichtsstörungen, als er zurückkam. Ein Pilot wäre nicht zurückgekommen, wenn er versucht hätte, an den Büschen herumzuschnippeln. Der Computer regulierte erst den Robot neu ein und machte sich dann über die Probe her.

– anpassung an lange stasisphasen – elektrische kapazität als energiespeicher – anpassung an extreme kälte bis 80 k – quasimetallische epidermis –

In diesem Stil ging das eine Weile weiter, Tasso verstand das meiste nicht so recht. Die Dinger waren ihre eigene Batterie für schlechte Zeiten, das hatte er kapiert. Und dort, wo sie herkamen, mußte es verdammt schlechte Zeiten geben, wenn die Pflanzen bis fast zweihundert Grad unter Null überleben mußten. Herrje, da sind die meisten Gase fest oder flüssig. Aber woher stammten die Pflanzen?

– spezies nicht katalogisiert –

Da habe ich also eine neue Pflanzenart entdeckt, dachte Tasso, ob ich den Büschen deshalb meinen Namen geben darf?

Doch das Interesse an seltsamen Sträuchern erlosch schnell, und er kam über den Gedanken, wie sie hergeraten sein mochten, wieder auf die unlösbare Frage nach seinem Aufenthaltsort. Solange er nicht wußte, wo er war, hatte er nicht die geringste Chance, nach Hause zurückzukehren.

Jemand oder etwas mußte einmal dies alles gebaut haben – das Geländer, die Metallebene und so weiter. Sahen die denn nie nach? Ihm fielen die dreiäugigen Skelette ein und das völlig ruinierte andere Raumschiff. Wenn sie nachsahen, so nur in großen Abständen.

Da Tasso teilnahmslos vor sich hin grübelte, hatte es der automatische Arzt nicht schwer, seine Anordnungen durchzusetzen. Tasso ging folgsam zu Bett und enthielt sich anstrengender Aktionen, bis ihm der Arzt mitteilte, daß er die Kästchen, Fühler und so weiter ablegen könne.

Überrascht war Tasso, als der Computer mit dem Summer Aufgabenerfüllung meldete. Er hatte doch gar keinen Auftrag gegeben. Aber der Anschluß seiner mitgebrachten Geräte an den Computer war für den die Aufgabe, an der tagelang gearbeitet wurde.

Wie zu erwarten, kam nichts dabei heraus. Da die Meßwerte wieder mal idiotisch waren, hatte der Computer die Geräte aufs gründlichste geprüft. Ohne Ergebnis. Also mußten die Meßwerte einen Sinn ergeben. Ergebnis der Geschichte: Der Pilot sollte an einen mindestens sechstausend Kilometer tiefen senkrechten Schacht glauben, der sich unter dem Loch verbarg. Und noch etwas – diese sechstausend Kilometer bezeichneten nicht die gemessene Strecke, sondern nur die Reichweite des Gerätes. Durchaus möglich, daß der Schacht noch tiefer hinabreichte. Was für ein hirnsträubender Unsinn. Das war der Durchmesser eines halbwegs anständigen Planeten. Sechstausend Kilometer.

Tasso wurde hellwach. Kann es sein, daß mein Computer ein bißchen irre ist? Geistesgestört sozusagen? Dann darf ich mich auf nichts verlassen, was das Ding von sich gibt. Vielleicht sind die Berechnungen des Schwerkraftzentrums auch falsch? Dann ist das vielleicht doch ein Planet? Und dieses ... Ding so etwas wie ein Vulkan, der Wasser speit statt Lava? Quatsch, da hätte das Wasser heiß sein müssen, und ich wäre gar. Aber das ist egal – ich nehme an, der Computer spinnt.

Dieser Gedanke belebte Tasso, und er überlegte sich, ob er nicht unter diesen Voraussetzungen versuchen sollte, die Felswand zu ersteigen. Oder besser dem aufwärts führenden Tunnel in der Felswand folgen?

Es gab einen zweiten guten Grund, den Tunnel nach oben zu nehmen und nicht den nach unten. Tasso glaubte sich deutlich an einen Ruf zu erinnern – kurz bevor das unsägliche Ding ihn beiseite geschmettert hatte, war da ein Schrei gewesen von oben. Und er hatte geklungen wie der Schrei eines Menschen, einer Frau, um genau zu sein.

Den Gedanken daran schob er weit weg, er

wollte sich nicht selbst für übergeschnappt halten müssen. Das ist natürlich auch möglich, dachte er wütend, vielleicht ist alles der Alptraum eines Drogenschlafes oder schizophrene Halluzination. Dann ist es beachtlich komplex, und ich kann stolz sein auf mein Unterbewußtsein.

Weil solche Überlegungen ihn geradewegs in die Psychose führen würden, folgte er ihnen nicht weiter. Er hatte wahrscheinlich viel Zeit, wahnsinnig zu werden.

Mit reichlichen Vorräten bepackt und ohne eine Verbindung zum Boot geschaltet zu haben, kam Tasso im Talkessel an. Er hatte das Boot auf die übliche Weise verschlossen – er bildete sich ein, hin und wieder schwache Fußtapfen zu sehen oder niedergetretenes Gras. Unterwegs hatte er die fremden toten Schiffe gemieden. Die weckten höchstens wieder Neugier. Oder Angst. Oder, noch besser, beides …

Der Tunneleingang war groß und sauber; kein hingewehter Sand oder herabgefallene Felsbrokken, die im Weg gelegen hätten. Ein schnelles Fahrzeug, das aus dem einen Tunnel kam, konnte, ohne anzuhalten, gleich weitersausen in den anderen Tunnel hinein.

Nach wenigen Schritten stellte Tasso fest, daß die Sohle in einer leichten Steigung aufwärts führte. Und daß das Metall nicht glatt war, sondern fein geriffelt. Rutschfest. Das ist nett, dachte er, da kann ich nicht so oft hinfallen. Dann fiel ihm ein, daß die Tunnel vielleicht wirklich Fahrbahnen waren für irgendwelche Fahrzeuge ... Welche Chancen hatte er, wenn ihm hier etwas entgegengerast kam?

Unschlüssig blieb er stehen. Der Tunnel war – hm, auf besiedelten Planeten würde man zweispurig dazu sagen. Aber wie breit waren hier die Autos? Ach was, sagte er sich, wenn ich stehenbleibe, verhungere ich höchstens. Und so stapfte er in die Finsternis. Die Reflexe seiner Stirnbandleuchte sprangen im Takt der Schritte auf den polierten Wänden.

Nach genau hundert Schritten drehte er sich um. Die helle Öffnung war schmal geworden – seine Vermutung stimmte. Die Tunnels folgten der Krümmung der Felswand. Also müßte der Ausgang oben auf dem Grat des Felsens liegen.

Zufrieden stapfte Tasso weiter. Es ging besser, als er vermutet hatte.

Vertrackte Akustik – die Schritte klangen zwar ohne Echo, aber der Schall wurde eigenartig verzerrt, blechern. Und das Ende des Geräusches wurde irgendwie verbogen, als gäbe es eine Synthesizerschaltung, die die Frequenz nach oben zieht. Ein wenig klang es wie Quarren von Blechfröschen. Tasso stülpte sich Kopfhörer auf die Ohren und drehte Musik an. Er hatte so was geahnt und vorsorglich ein paar Klangpatronen mitgenommen. So trottete er durch den finstren, nur von tanzenden Spiegellichtern erhellten Gang und pfiff schauerlich falsch zu alten Liedern, die er bei Geschichtsstudien entdeckt hatte. Er fand alte Musik auf herablassende Art schön – richtig handgemachte Musik. Man mußte jeden Ton hervorrufen – jeden einzeln! –, indem man Tasten herabdrückte oder, was er noch komischer fand, einen gespannten Draht in einer bestimmten Weise anzupfte. Dinge, auf die man mit Stöcken einschlagen mußte, und andere, in die man hineinblies. Eine seltsame Art, Musik zu machen, aber es klang gut.

Die moderne Musik mochte kunstvoll sein, aber er konnte sie nur hören, wenn er sich vorbereitet hatte und nicht allein war. Er erinnerte sich an ein großes Konzert auf Penta V, bei dem Granewski selbst gespielt hatte. Sehr eindrucksvoll – wie der berühmte Komponist in einem bequemen Sessel dasaß, fast lag. Vor ihm die unsäglich komplizierten Tastaturen, die sich jeder Musiker selbst entwarf, und die drei matt flimmernden Bildschirme. Diese Musik war anstrengend – man mußte den Verästelungen der Melodie von Anfang an folgen, sonst verlor man den Faden. Wenn es gelang, fand man die Musik großartig. Die Melodie wurde zum Einzigen, und man hatte das Gefühl, die Musik säge sich durch alle Panzer und sei trotzdem zerbrechlich und leicht. Hinterher fühlte man sich ausgepumpt. Damals auf Penta V hatte seine Freundin das Konzert verlassen und draußen gewartet. »Ich habe es nicht ausgehalten«, hatte sie später erklärt, »es war, als kreischten entzweigehende Maschinen, und dikker Stoff würde zerrissen ... Heulen und Stöhnen ...« Tasso hatte verstanden – sie hatte irgendwann eine Wendung nicht akzeptiert oder war unaufmerksam gewesen. So konnte sie den Entwicklungen des Themas nicht folgen. Nie würde Tasso vergessen, wie man Granewski an ihnen vorbei hinausgeführt hatte, schweißnaß, bleich, mit verklebtem Haar und fest geschlossenen Augen ... Es sollte Gegenden geben, wo heute noch per Hand musiziert wurde, wie ihm mal ein Kommilitone erzählte. Er hatte vergessen, sich zu erkundigen, wo das gemacht wurde.

Da vorn war ein heller Schein.

Er blieb stehen und stoppte die Musik und seine Gedanken. Näherte sich ein Auto?

Nein. Das war Licht, das stillstand. Langsam ging er näher. Es waren zwei hell leuchtende Streifen, zwei Finger breit, die sich rings um den Gang zogen.

Er wollte die Streifen berühren, da fühlte er in der Luft einen federnden Widerstand. In seinem Kopf zersprang etwas, ein Schmerz im Schädel flammte auf. Tasso preßte die Hände auf die Ohren, gräßliches Dröhnen und Summen ... Er sah farbige Flecken und Kreise vor lauter Schmerz. Es wühlte in ihm, und er spürte Übelkeit, seine Knie gaben nach, er taumelte, taumelte durch die Ringe hindurch, es zuckte in ihm wie ein Stromstoß, und er ging zu Boden.

7.

Alles ist gar nicht so schlimm, redete sich Tasso ein, als er wieder klar denken konnte, nicht so schlimm. Ein kleiner elektrischer Schlag, na und, bißchen Kopfschmerz, und wennschon.

Das war gelogen, er fühlte sich miserabel. Zwar waren die Kopfschmerzen bald verschwunden, aber er war müde, als wäre er die letzten paar hundert Meter im Dauerlauf gerannt. Er sah auf den Schrittzähler. Kein Wunder, daß er sich schlapp fühlte.

Er hatte die Hälfte des Weges zurückgelegt, den er nach seiner Schätzung gehen mußte, falls der Tunnel stets nahe der Felswand lief. Ohne Pause hatte er eine halbe Runde gedreht, war siebzehn Stunden lang ununterbrochen gegangen. Seine Füße brannten, seine Knie waren weich, und der Rücken schmerzte.

Tasso ließ den Rucksack fallen und sah aufs Barometer. So ein Unsinn: Der Druck zeigte sich nicht verringert. Tasso war die ganze Zeit aufwärts gewandert und doch keinen Meter in die

Höhe gekommen. Noch rätselhafter wurde das, als er die Replay-Taste drückte. Der Luftdruck war gefallen, bis zur Höhe von vierhundertzehn Metern – um mit einem Ruck wieder auf den einjustierten Nullpunkt zu springen. Das eben, vor ein paar Minuten.

Ich muß schlafen, sagte sich der verwirrte Pilot und ließ das kleine Zelt sich aufbauen. Er stieg in den Schlafsack und wollte das winzige Schutzfeld einschalten, aber es gelang nicht. Die rote Lampe blinkte hektisch: Interferenzen. Interferenzen womit?

Tasso ging zu den beiden Leuchtstreifen zurück und versuchte, an ihnen vorbeizufassen. Seine Hand wurde zurückgehalten. Hier war ein Feld. Jetzt begriff er: Auf der andern Seite dürfte ein Luftdruck herrschen, der einer Höhe von vierhundertzehn Metern über Null entsprach …

Aber da war noch etwas.

Da war noch etwas in seinem Kopf.

»Nein«, sagte Tasso in den dunklen Gang hinein und wich zurück, »ich will nicht hindurch.«

Zu wem hast du gesprochen? wunderte er sich über sein seltsames Tun. Er konnte jetzt nicht darüber nachdenken, er war zu müde dazu, sein Körper wie Blei und Watte. Er zerrte seine Ausrüstung zehn Meter weiter in den Gang hinein. Keine Interferenzen mehr, gut.

Er schlief ein, als habe man ihn mit kräftigem Schlag auf den Kopf betäubt.

Er schlief lange, gut, traumlos. Keine Monster und keine Erinnerungen an Dinge, die es nicht gab.

Er erwachte in einem seltsamen Licht, das nicht nur von der Stirnbandleuchte stammte, die er nicht abgeschaltet hatte. Ein merkwürdiges Flackern spielte im Dunkel. Tasso öffnete das Zelt und sah hinaus.

Zwischen dem Schutzfeld seines Zeltes und dem Feld im Gang schwirrten farbige Linien durch die Luft hin und her, huschten die Konturen der kleinen Kuppel entlang und ließen das fremde Feld, das den Gang wie eine Membran verschloß, hin und wieder bunt aufglimmen.

Tasso schaltete rasch sein eigenes Feld ab. Die gespenstischen Lichtspiele erloschen. Besorgt untersuchte er den Apparat, der das Schutzfeld erzeugte. Er schien in Ordnung; der Energieverbrauch war nicht hoch. Eher zu niedrig. Das Gerät war wie frisch aufgeladen. Tasso weigerte sich, darüber nachzugrübeln, welches Heinzelmännchen am Werke gewesen sein mochte.

Er dachte an gestern abend. »Gestern abend« war natürlich der blanke Unsinn, es gab keine Tage und keine Nächte hier. Weder im ewigen Dunkel dieses Tunnels noch draußen auf der Ebene mit dem Loch. Aber ohne seine Gewohnheiten fühlt sich der Mensch nicht wohl. Also dachte der Pilot noch in den Begriffen heute, morgen, gestern und so weiter. Es war beruhigend.

Also, gestern abend der Stromstoß, und dieser Satz, den er in die Dunkelheit gesprochen hatte, ohne zu wissen, warum.

Er trat, sehr vorsichtig, an den leuchtenden Doppelring heran.

Das Feld wurde von der dunklen Fläche zwischen den Leuchtstreifen erzeugt. Als er es berührte, geschah etwas. Jemand knipste in Tassos Hinterkopf ein kleines leuchtendes Fragezeichen an, und er wußte oder ahnte, daß er Antwort geben mußte. Nein, dachte er, ich will nicht auf die andere Seite. Das kleine leuchtende Fragezeichen verlosch.

Erstaunlich, dachte er, ein Pförtner. Er fragt, ob man hindurch möchte oder nicht. Ich habe gestern abend wohl ja gesagt, denn er hat mich durchgelassen. Nett von ihm. Und wenn auf der andern Seite niedrigerer Luftdruck ist und hier hoher, dann heißt das …

Hier brach der Gedanke ab; keine logische Erklärung für dieses Phänomen, bloß eine ungelöste Frage mehr.

Langsam hatte Tasso die Nase voll von all den Seltsamkeiten. Diesem Pförtner konnte er noch etwas Gutes abgewinnen – er wußte, wie es wirkte. Aber nicht, das mußte er zugeben, wie es funktionierte. Telepathie? Brr, wie unseriös.

Nach einigem Zögern packte er sein Zeug zusammen und marschierte weiter. Er wollte unbedingt auf die Oberkante der verdammten Felswand, und dies war der einzige Weg dorthin, den er sich vorstellen konnte. Er programmierte eine Weckzeit in seine Uhr, so daß er nicht noch einmal die Schlafenszeit verpaßte. Er verspürte keine Lust, abermals halbtot im Boot anzukommen und unter der Fuchtel des automatischen Arztes und des Wächters aufzuwachen.

Wieso, dachte Tasso erstaunt, rechne ich damit, jemals in das Boot zurückzukehren? Ist das nicht reichlich unwahrscheinlich?

Es sei denn, spann er den Faden weiter, ich finde tatsächlich oben klaren Himmel und kann bestimmen, in welcher Ecke des Kosmos ich bin ... Es sei denn, ich schaffe es, mir Methoden auszudenken, wie ich mein Boot losbekomme ... Es sei denn, diejenigen, die es angeschweißt haben, gucken einfach zu, wie ich es ablöse ...

Solche Spekulationen bringen doch nichts ein, sagte er sich und stapfte grimmig weiter. Vorn schimmerte schon das Licht des Ausgangs. Gleich würde er auf der Oberkante der verdammten Wand stehen.

Und dann stand Tasso im Licht. Vor sich hatte er eine weite Ebene, diesig, wie jene, von der er kam. Auch hier ragte eine Felswand auf und verschwand im Dunst.

Aber vor ihm stand ein magerer nackter Junge, vielleicht achtjährig, starrte ihn an, schrie und rannte fort.

8.

Einige Zeit bezweifelte er nicht, daß er wahnsinnig sei und diese Welt die Ausgeburt seines kranken Hirns. Kein Grat, kein Himmel, keine Sterne, nichts dergleichen. Statt dessen die teilnahmslos aufragende Felswand, eine ganz ähnliche Gegend. Wo, zum Teufel, fragte sich Tasso, bin ich hergekommen? Aus dem Keller?

Er saß einem Mann gegenüber, der ihn mit tränenden Augen anschaute. Dieser Mann sah alt aus, aber er war es nicht. Eine Art Akne hatte sein Gesicht zerfressen, verschorft und vernarbt. Außer dem Mann gab es zwei junge Frauen und ein paar Kinder. Wie viele, wußte Tasso nicht – sie waren um ihn herumgewieselt und dann weggeschickt worden.

Der Pilot fühlte sich, als habe er böse Träume. Es war so unwirklich – dieses alte Raumschiff zum Beispiel, dessen Zeichnungen ihm einmal in einer stillen kühlen Bibliothek auf Penta V gezeigt worden waren, als besondere Kostbarkeit und Rarität, Transporter längst vergessenen Typs.

Das Schiff lag, leicht zur Seite geneigt und mit dem Untergrund verschweißt, wie ein gestrandeter Wal da. Die Scheiben waren verschwunden, man hatte die Deckplatten der oberen Luken entfernt. In den so entstandenen offenen Räumen breiteten sich Gärten aus. Alle Tore, Klappen und Türen standen weit offen oder waren ausgebaut. Die Antennen fehlten, und an völlig unmöglichen Stellen führten Trampelpfade ins Schiff.

»Wo kömmst du her?« fragte der alte junge Mann zum wiederholten Mal. Er war sehr geduldig. Und nicht im geringsten verwundert über den sprachlosen Fremden.

Als die Frage zum vierten oder fünften Mal gestellt wurde, wachte Tasso aus der Betäubung auf und bemerkte den seltsamen Dialekt seines Gesprächspartners.

»Ich komme von unten«, sagte er, und als darauf keine Reaktion erfolgte, beschrieb er seinen »Lande«-Platz und die Ebene mit dem Schiff der Dreiäugigen.

Der andere nickte. »Wir kennen jene Gegend, wir kennen auch das Glückliche Schiff drunten. Ich möcht wissen, woher du kömmst – eh es dich befestigt hat!«

Eine seltsame Art zu reden, dachte Tasso. »Ich flog im freien All«, sagte er, »auf Erkunderflug mit einem Raumboot. Mein Mutterschiff ist der

Raumkreuzer *Ajax*, und wir trieben Fernerkundung in den namenlosen Sektoren jenseits der Karna-Welten.«

»Hab nie von Karna-Welten gehört«, sagte der Mann.

Tasso stockte der Atem. Der Kontakt zu Karna war vor über dreihundert Jahren hergestellt worden. So alt konnten die Leute kaum sein … Doch wenn er sich den Zustand des Transporters ansah: Der mochte gut und gerne seine dreihundert Jahre hier liegen.

»Warum nennt ihr das fremde Raumfahrzeug ›Glückliches Schiff‹?« fragte er, um überhaupt etwas zu sagen.

»Jenes ist einer der Alten Namen«, erklärte der andere in dem putzigen Dialekt, »und wir nennen es das Glückliche, weil es niemanden mitgebracht hierher. Nur die Toten. Die andern haben sie retten gekonnt.«

Tasso schwieg.

»Eine Frage, Fremder. Hast du ein heiles Schiff? Es ist überliefert, es wird einer kommen in wunderbarem Schiff, und wenn's nur einer allein ist, den er antrifft, er wird den einen retten und wegführen zur Heimat.«

»Ja, mein Boot ist in Ordnung. Aber es ist angeschweißt«, sagte Tasso.

»Dann bist du derjenige«, sagte der Mann, stand auf und humpelte auf das grün bewachsene

Schiff zu. Sein linkes Bein war von einer scheußlichen großen Narbe entstellt, als hätte man Fleisch in Stücken herausgerissen.

Der Pilot folgte zögernd. Er wußte sicher, daß sein Gesprächspartner in Wirklichkeit jung war. So jung wie die beiden Frauen, die kein Wort gesprochen hatten. Was, dachte Tasso erbost, heißt Wirklichkeit? Ich werde mir Alpträume doch nicht selbst als Wirklichkeit verkaufen wollen?

Aber der Schmerz im Fuß, den er sich auf dem Pfad vertreten hatte, und die Einzelheiten, die man an dem alten Transporter ausmachen konnte, sagten anderes. Sie sagten, daß dies alles wirklich sei. Dieser Rücken vor ihm: nicht der Rücken eines alten Mannes. Er war kräftig und mager und von runden Muttermalen bedeckt. Der Mann bewegte sich in einem abgehackten Rhythmus, der ihm von dem entstellten Bein aufgezwungen wurde, zielstrebig durch das ehemalige Raumschiff.

Der Zentralgang, wie ein Rückgrat im oberen Teil des Schiffes gelegen – jetzt ein Graben, zum Himmel hin offen und grün überwuchert. Der Fahrstuhlschacht, aufgetrieben und geborsten vom Wuchs eines mächtigen Baumes. Die Treppe, irgendwann zusammengebrochen und aus dem Holz fremder Bäume neu gefügt. Dunkle Räume eines Rechnerraumes, in dem statt summender Computer stille blasse Pilze schimmerten. Kabelschächte, aus denen nutzlose Bündel stumpfer Glasfasern hingen.

Wieso führt er mich in das Wrack? fragte sich Tasso. Wieso haben die beiden jungen Frauen nichts gesagt? Die Kinder weggejagt? Was sagte er von mir – ich wäre angekündigt? Und das Schiff ... es ist bewohnt gewesen, vor nicht langer Zeit. So, wie man ein Blockhaus bewohnt, das man im Wald findet. Dort sind hölzerne Stühle. Türen, schief am bröckelnden Plast befestigt. Gatter, als habe man Tiere hier gehalten.

»An diesem Ort«, sagte der junge Mann und sah den Piloten mit seinen entzündeten Augen an, »an diesem Ort war seit vielen, vielen Jahren niemand mehr. Er ist gewesen ...« Der Mann suchte nach Worten. Die grindigen Lippen zitterten. »Er ist gewesen verboten. Ja. Bis zu dem Tage, da der Neue zu uns kömmt und uns heimführen wird.«

Tasso fuhr zusammen. Der Mann hatte den Spruch nicht im Ton einer Frage gesagt oder als Floskel, die man gewohnt ist. Tasso hörte die tiefe Überzeugung des Mannes. Und er konnte ihn verstehen. Raus aus dieser Welt wollte er. Am besten wäre, plötzlich aufzuwachen.

Der Mann begann, von dem seltsamen hölzernen Muster in einer Wand Teile abzunehmen. Sie waren ineinander verzahnt, und man mußte ein bestimmtes System einhalten, eine Reihenfolge, in der die Teile entfernt wurden. Die einzelnen Stücke, achtlos fortgeworfen, stapelten sich. Je größer der Stapel wurde, desto deutlicher erkannte Tasso, daß diese Hölzer alt waren, verteufelt alt. Vielleicht so alt wie das Schiff.

Die letzte Schicht fiel bei Berührung von allein herab, so morsch war sie. Ein Schott lag dahinter. Der Mann bewegte die kleine Kurbel, es surrte. Der Pilot sperrte Mund und Augen auf. Die uralte Batterie mußte geladen werden. Das Lämpchen glomm auf. Eine Tastatur wurde sichtbar, als eine Klappe herunterfiel.

Schrecklich anzusehen, wie sich das zernarbte und entstellte Gesicht verzerrte, als der Mann nachgrübelte. Dann tippte er langsam das Datum ein: Es lag dreihundertachtundachtzig Jahre zurück.

Hier kann nichts mehr funktionieren, dachte Tasso entgeistert, als das Schott sich öffnete und künstliches Licht ihnen entgegenströmte. Ein kleiner Raum mit einem Videogerät, das auf Laserplattengrundlage arbeitete. Man konnte solche Bildplatten nur einmal bespielen, aber auch kaum zerstören. Der Apparat setzte sich in Gang, der Bildschirm leuchtete grell auf. Ein müdes Knistern, Licht flackerte, irgendwo zischte etwas giftig, es roch ungut. Ruckweise war dumpfes Murmeln zu hören. Mit jedem Aufleuchten des Schirms wurde es dunkler. Tasso schaltete die

Apparatur aus. Der Mann stand starr, sein Gesicht war eine Maske des Grams.

»Macht nichts«, erkärte der Pilot, »das können wir bei mir im Schiff abhören«, und er griff in das Gerät und holte die kleine blitzende Scheibe heraus. Sie funkelte einmal auf, dann fiel die Notbeleuchtung aus.

Später sagte er: »Ein Wunder, daß überhaupt noch etwas funktioniert hat da drinnen, nach dieser Zeit. Die alten Herren deines Schiffes waren gute Techniker, das muß man ihnen lassen.«

Aber der Mann war abwesend, als sie vorm Schiff saßen und Tasso ihn zu überreden versuchte, mit hinunterzukommen zum Raumboot. Der Mann saß und lauschte irgendwohin. Tasso hörte nichts.

Die Kinder spürten es zuerst und jagten angstvoll kreischend vorbei, der Mann sprang auf, schrie etwas wie »Das fressende Wasser!« und riß den Piloten mit sich fort. Auch die Frauen rannten, alle hetzten auf die Felswand zu, und als Tasso sich umdrehte, sah er, ehe er es hörte, das Dröhnen und Donnern, das er vernommen hatte, als das unbeschreibliche Ding aus der Tiefe an ihm vorbeigesaust war. Da rollte eine wie lichter Stahl aussehende Woge heran, schneller, als je Wasser hätte sein können.

Obwohl er hinkte, erreichte der narbengesichtige Mann als erster den rettenden Gang. Von

den Kindern war nichts zu sehen. Tasso vermeinte, leise Schreie gehört zu haben. Dicht neben ihm lief eine der Frauen. Ihre Kleidung war beim Lauf in Fetzen gegangen, und sie machte mit ihrem kräftigen glatten Körper zusehends Boden gut.

Mit gräßlich fauchendem Geräusch jagte eine waagerechte Säule blauen Wassers an Tasso vorbei, umhüllte die Frau – eine einzige gierige Umarmung – und riß sie mit sich. Fort, zurück zum furchtbaren Loch, in dem es tobte und kochte.

9.

Außer Tasso entging nur der Mann dem Wasser. Zu zweit kamen sie im Raumboot an, erschöpft und schweigsam. Der Weg durch den Tunnel war ein Alp im Alp gewesen. Was, wenn das rasende Wasser, das natürlich keins war – oder nicht nur das –, ihnen folgte? Oder sie am andern Ende des langen Weges durch die Finsternis erwartete?

Die Angst vor der Erscheinung hatte lähmend gewirkt, erst im Boot löste sich die Spannung. Der Mann, dessen Namen Tasso nicht kannte, fiel um.

Der Pilot unterstellte ihn dem Wächter-Programm des automatischen Arztes. Dabei ließ er berichten. Was er verstand, machte ihn frösteln.

Der Mann verdankte die Hautkrankheit einer Ernährungsstörung. Er würde in wenigen Tagen von den Verunstaltungen befreit sein.

Tasso legte dem Computer die Laserbildplatte vor.

– aufzeichnungen teilweise zerstört – bildkodierungssystem ungebräuchlich – akustische qualität mangelhaft – sehr hohes alter – kulturhistorisch wertvolles fundstück der klasse d –

Er wollte endlich die Aufzeichnung hören, wenn er sie schon nicht sehen konnte. Knacken, seltsame Heulgeräusche, kaum Obertöne. Das moderne System kam mit dem alten Ding nicht recht klar, dann endlich:

»... der dritten ... im Radianten bedeutende Kursabweichung, die uns zwang, entgegen dem geplanten ... Lichterscheinung. Zu Forschungszwecken gewährten wir dem Team Yamashita eine zusätzliche ... mußten wir als Angriff werten, da das dritte Schiff, die *Ultar*, nicht wieder auftauchte. Daraufhin öffneten wir ... Entladung ungeahnter Größenordnung, welche ... Leitschiff *Culu* trotz unserem ... explodiert. Wir leiteten sofort einen Not-Absprung ... verschluckt ... Landschaft ...«

Es folgte eine längere Passage, die stark zerstört war und in der es um die Welt ging, in der sich die Leute von der *Dexter Ward* – so hatte das

Schiff geheißen – wiederfanden. Tasso kannte nur zu gut die Ansichten, die sich den Männern und Frauen geboten haben mußten.

Verblüffend. Rätsel. Metall. Plötzlich gab es einen quietschenden Laut, und klar und deutlich stand die Stimme im Raum.

»... fanden wir auf einer Etage etwa sechzehn oder achtzehn Ebenen unter uns die *Culu*, besser, was von ihr übrigblieb: die größten Trümmer des Rumpfes und die Rettungskapseln der Backbordeinheit mit hunderteinundfünfzig Personen. Wir überführten sie zur *Dexter Ward*, was wegen der Telepathie-Schocks an den Pförtnerringen lange dauerte. Weitere sieben Ebenen darüber entdeckten wir Spuren der *Ultar*-Leute: Konserven, Verpackungen. Ein Grab war auch dort. Wir haben es nicht geöffnet, leider. Die Expedition in die nächsthöhere Ebene kehrte nicht zurück. Später stellten wir fest, daß dort Methan-Ammoniak-Welten ihre Entsprechungen haben. Auch dort gab es Intelligenzwesen, die verschleppt worden waren. Die Verständigung mit ihnen gelang nicht. Wir haben vierzehn Menschen dabei verloren. Die Forschungen nach unten gestalteten sich erfolgreicher. Wir trafen eine Spezies dreiäugiger Menschen an, mit denen wir zwar nicht reden, aber einen Computer-Computer-Kontakt herstellen konnten. Sie haben in Tunnels von zwölf Etagen so etwas wie eine Zivilisation aufgebaut. Leider konnten sie uns nicht mitteilen, weshalb sie sich auf die Tunnels beschränkten. Weiter unten Ebenen voller außerirdischer Raumschiffwracks, Siliziumwesen und wieder Raketenreste. Aber keine Lebenden mehr. Die letzte Expedition schickte einen Mann auf einem Jeep hoch mit der Botschaft, daß sie von der dreihundertneunundneunzigsten Ebene weiter nach unten gehen und nicht zurückkehren werden. Da brachen wir alle Expeditionen ab, weil wir unsere Kraft für das Befreiungsprojekt brauchten ...« Die Stimme riß ab. Tasso wartete, während die Scheibe weiter rotierte. Quälende Stille.

»... beruht auf der Theorie, daß jenes Metall, das wir bisher für das Baumaterial dieser gigantischen zylinderförmigen Welt gehalten haben, kein Stoff in unserem Sinne ist. Es ist ein supermodifiziertes Kraftfeld unbekannter Erzeugung, wahrscheinlich selbsterhaltend. Wir wollen es aufheben und hinausgelangen. Bei den Forschungen helfen uns die Beobachtungen des Pfropfens. Ein unglücklicher Name; umgangssprachlich nennen wir die riesige Höhlung den Brunnen, und das Objekt, was sich hinauf und hinab bewegt, den Schöpfeimer. Es fragt sich, was geschöpft wird. Wir wissen es nicht. Wir wissen vieles nicht. Vor allem, welche Über-Intelligenz dieses Gefängnis geschaffen hat. Denn es ist tatsächlich ...« Wieder kam die gelöschte Stelle.

»… erwies sich eingesetzte Energie als zu gering. Mehr als vorübergehende Eindellungen des Kontinuums gelangen nicht. Hätten wir Versuch vor zwanzig Jahren gemacht, als Energie des Schiffes noch nicht für sinnlose Expeditionen vergeudet war …« Tasso horchte auf. Energie als Ausweg? Er hörte geduldig den langatmigen Erörterungen zu. Es war einfach.

Die einzelnen Stücke der Aufzeichnung verrieten, wie der unbekannte Kommandant älter wurde, wohl in Jahresabständen sprach. Die Rede ging von versagenden Aggregaten und erlöschender Energie, von harten Kämpfen und von Spaltung, von neuen Naiven und rätselhaftem Verschwinden. Zuletzt sprach eine andere Stimme. Der alte Kommandant hatte über sechzig Jahre die Gemeinschaft angeführt, und das Schiff überlebte ihn nicht. Es versackte in Dunkelheit, wurde zum Wrack, die Überlebenden zurücklassend. Man verschloß jenen Raum hinter dem Schott. Die Schlußsätze zitterten vom falschen Pathos eines Eiferers. Die kleine Gruppe ging, abgeschnitten von der Menschheit, dreihundert Jahre lang Irrwege. Und ihren letzten Nachfahren hatte Tasso an Bord.

Er beauftragte den Computer, eine Ausbruchsvariante zu errechnen, und wandte sich dem jungen Mann zu. Stellenweise leuchtete schon neue Haut rosig auf dessen Gesicht.

»Wie heißt du?«

»Was meinst?«

»Dein Name?«

»Manu.«

»Wahrscheinlich aus Manuel entstanden … Egal. Dann eben Manu. Manu, sag mir, wo sind die andern? Ihr wart doch nicht die paar Mann? Ihr müßt ein paar hundert gewesen sein!«

»Oh, jenes sind die ganzganz Alten Zeiten gewesen; als mein Großvater noch nicht weggekommen war, hat er mir davon vielviel erzählt. Über tausend waren es. Doch immer, wenn's fressende Wasser kömmt, werden's weniger und weniger. Mal kömmt es Jahre nicht, mal stürzt es nur vorüber. Macht nur naß und frißt nicht. Dann wieder kömmt es und frißt.«

»Was frißt es? Menschen?«

»Ja. Oder … was es halt kriegt von ihnen«, und Manu wies auf sein Bein, in dem Fleisch fehlte, die Hälfte der Oberschenkelmuskulatur, wie herausgebissen.

Entgeistert starrte der Pilot Manu an.

»Was, zum Teufel«, sagte er langsam, »soll das bedeuten?«

Er drehte den Gedanken hin und her, aber er ergab keinen Sinn. Eine Spezies, die ein Objekt wie den Brunnen bauen – oder erzeugen – konnte, war kaum auf Menschenfleisch als Nahrungsmittel angewiesen. Trotzdem wurde Tasso das Gefühl nicht los, daß der Brunnen, die wunderlichen Einrichtungen dieses eigengesetzlichen Universums, all die fremden Schiffe und Wesen, daß all dies auf etwas ungeheuer Verwerfliches hindeutete.

Einen Moment lang spürte er einen unangenehmen Druck hinter der Stirn – entsprang die Vorstellung eines zu niederträchtigen Zwecken erschaffenen kleineren Weltalls seinem Wahn? Dem Wahn eines irren Piloten? Er zwang sich, den Gedanken abzuschalten.

Der Computer meldete sich. Er hatte ein Ausbruchsprogramm. Er würde die angeschweißten Landekufen abwerfen – Tasso hatte von dieser Möglichkeit nicht gewußt –, sich in die Mitte des Brunnenschachtes begeben und dort ein doppeltes Feld erzeugen. In den Zwischenraum würde er Antimaterie pumpen und das Ganze mit übergroßen Feldstärken zur Reaktion mit der Feldspannung der Brunnengeometrie zwingen.

Tasso guckte hilflos in die Simulationsbilder. Er verstand nicht, wie das funktionieren sollte. Er war halt kein Physiker. Sondern Pilot. Und als Pilot wollte er wissen, ob sein kleines Boot das schaffen könne, was die große *Dexter Ward* damals nicht geschafft hatte.

Gerade wegen ihrer Größe sei die *Dexter Ward* zum Scheitern verurteilt gewesen, erfuhr er. Kleine Fische gehen durch die Maschen, dachte er, das ist klar. Und der Energiebedarf betrug vierzehn Prozent. Immerhin – damit konnte man zehn Raumsprünge vollführen. Normalerweise.

Aber der Versuch mußte gemacht werden – und gelingen. Ein zweiter wäre kaum möglich – einen Fehlschlag, etwa einen gezielten Gegenschlag der Brunnen-Metrik, würde das Boot nicht überstehen; sei's drum.

Das Raumboot ließ also die Kufen stehen wie abgelegte Latschen. Es schwebte mitten über dem irrsinnigen Abgrund des Schachtes, über und unter sich unendliche Strecke mit ungezählten Etagen, als Tasso die Starttaste drückte. Eine doppelte Kugelschale flimmerte, dazwischen kochte die Antimaterie, und blitzschnell lief das Programm.

Es gab kein Geräusch und keinen Schlag, es wurde dunkel. Abgrundtiefe Nacht hinter den Scheiben.

Manu sprang auf und preßte die Hand vor den aufgerissenen Mund. Im zweiten Pilotsessel saß ein zweiter Tasso, von kühlem Geruch und mattem Lichtschein umgeben.

10.

»Interessant«, sagte die Erscheinung. »Es ist das erste Mal, daß ein Eingefangenes zurückkehrt.«

Tasso rührte sich nicht. Er hatte erwartet, daß

die Herren des Brunnens reagieren würden, aber so ...?

»Warum«, fragte er nach einigen Schrecksekunden, »warum fangt ihr Raumschiffe ein? Warum? Warum redet ihr nicht mit uns? Warum muß man euch zwingen?«

Der andere mit den eigenartig verschwommenen Umrissen probierte ein Lächeln. »Sprechreden ist eine ... Erzeugung minderer Güte. Nicht notwendig für meine Meinesgleichen.«

»Was ist dann notwendig?« schrie Tasso, und er spürte, wie ihm schwindlig wurde, wenn er sein Gegenüber zu scharf ansah.

»Notwendig ist Material.«

»Was für Material?«

»Sprechredendes, denksames, grübelartiges.«

»Ich verstehe dich nicht«, sagte Tasso verzweifelt und sah, wie Manu bleich und bleicher wurde und zurückwich.

»Nicht verstehreden«, erklärte der falsche Tasso sanft, »denkbilden und oder weltverstehbilden, ganz höchlich.«

Dieses verdammte Wesen redet Kauderwelsch, um mich verrückt zu machen, dachte Tasso und schloß die Augen. Eine grelle Glühlampe ging in seinem Kopf an, heiß und schmerzhaft, und er sah Meerschweinchen ... sie liefen durch ein Tor und wurden von blassen Gestalten mit blutigen Händen eingefangen, in Treträder gesetzt; dort waren rasierklingenscharfe Drähte und zerschnitten ihnen die Pfoten.

»Was habt ihr mit uns gemacht?« fragte Tasso und schlug die Augen auf. Der Gast war nur noch nebelhaft zu sehen.

»Notwendig ist lassendenken, um weltverstehbilden jetztmöglich zu machen ... das Sprechreden ist undenkbar undenkend ...«

Die Gestalt zerfloß zu Schwärze mit Sternen. Tasso sah ins All hinaus. Tatsächlich. Er starrte auf die Instrumente. Ja. Sie schwebten im freien All.

»Was ... was war jenes?« fragte Manu ängstlich.

»Einer der Erbauer des Brunnens«, sagte der Pilot.

»Und was hat er denn da gesagt ...? Es kömmt alles so seltsam an ...«

Tasso lachte leise und bitter. »Sie fangen sich Leute aller möglichen raumfahrenden Spezies zusammen ... und ... verwenden sie. Ja, sie verwenden sie.«

»Wozu?«

»Sie lassen denken ... haben keine Computer. Die bauen sich ihre Computer mit dem, was sie aus den Hirnen der Eingefangenen machen. Sie haben euch gezüchtet, Manu. Euch und die Dreiäugigen und all die anderen. Fleisch, das denkt, das notwendig ist, das in Maschinen oder was weiß ich eingespannt wird, um zu denken. Um den Erbauern des Brunnens als Werkzeug zu dienen. Dazu ist der Brunnen da: Zucht von denkendem Fleisch. – Meerschweinchen … Meerschweinchen, die nicht wissen, wozu sie verwendet werden. Und niemand denkt daran, ihnen das mitzuteilen. Es sind ja nur Tiere. Man verwendet sie …«

Manu stand dort, wo ihn die Angst vor der Erscheinung hingetrieben hatte. Er betastete die große Narbe an seinem Bein und war fassungslos.

Tasso stutzte, griff in die Tastaturen. Schaltete wild, arbeitete sich in Schweiß, Blockschaltbilder huschten über Bildschirme, ein Drucker spie unbeachtet Papier aus. Der Pilot suchte etwas, von Manu stumm beobachtet. Dann stand er auf. Sein Gesicht war sehr blaß.

»Tasso, was ist dir, Freund?«

»Sie sind stärker … Viel weiter als wir …«

»Was kömmt dich an?«

»Sieh her«, und er zeigte dem armen Manu, der nicht verstand, ein paar Anzeigen und ein ruhig leuchtendes Computerschema auf einem der Schirme.

»Hier, er hat versucht, den Computer zu übernehmen, ihn zu kopieren, das Wissen der Menschen abzuschreiben. Und als ihm das nicht gelang – vielleicht –, da hat er versucht, alle Speicher zu löschen. Ich weiß nicht, wieviel er zerstört hat. Muß ich herausfinden.«

»Der Herr des fressenden Wassers ... hat jene sprechende Maschine befragen wollen?«

»Hm – zu Tode befragen, sozusagen. Und er hat mehr getan.«

Tassos Finger wies auf ein unscheinbares Instrument, das die Zahl null Komma drei Prozent herwies.

»Aus Rache, was weiß ich, hat er uns die Energie gestohlen, die Kraft zur Heimkehr. Vielleicht für seinen eigenen Rückflug ... aber eher aus reiner Vorsicht.«

Plötzlich brach der Pilot in höhnisches Gelächter aus. Manu preßte sich entsetzt an die Wand.

»Was ...?«

»Und trotzdem«, sagte Tasso triumphierend, »haben sie Angst vor uns, erbärmliche Angst, daß wir zurückfliegen könnten zu unseren Leuten und alles berichten. Wir sind ihnen nicht egal, sie befürchten etwas von uns!«

Und Tasso lachte, lachte und lachte, furchtsam beobachtet von Manu, während die Lichter im Raumboot langsam dunkler und dunkler wurden.

1984/86

Großartige Party, wirklich großartig

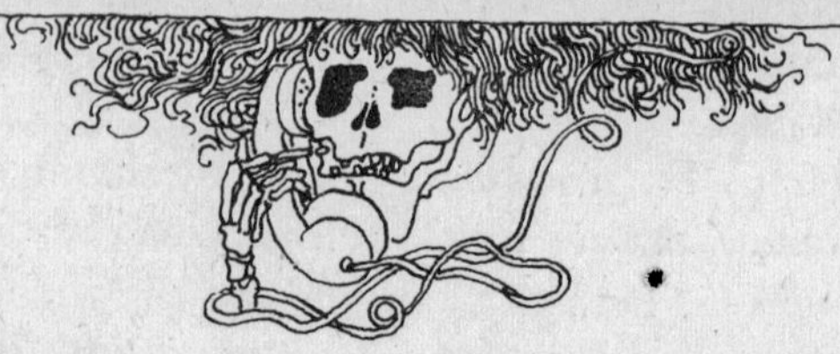

Als der Summer zum ersten Mal ertönte, dachte keiner der beiden daran, zu reagieren. Vielleicht eine Fehlverbindung. Vielleicht würde das Gerät verstummen und sic nicht stören.

Es störte. Summte hartnäckig.

Der Mann knurrte unwillig und setzte sich im Bett auf. Die junge Frau sah im matten Licht der abgeblendeten Lampe zu ihm auf, rutschte an ihn heran. Ihre Hände legten sich um ihn, wollten ihn zurückziehen. Aber er griff zur Fernbedienung und schaltete die Sichtverbindung aus. Im Lautsprecher knackte es leise. Als die Stimme ertönte, schrak die junge Frau zusammen und zog ihre Hände zurück, als hätte sie sich am nackten Körper des Mannes verbrannt.

»Georg? Hallo?«

»Ja. Was ist?«

»Ich hab Sie doch nicht geweckt, oder … Äh, ich habe hier kein Bild, ich weiß nicht …«

»Ist schon in Ordnung so. Es sieht ein bißchen chaotisch aus hier, müssen Sie wissen.«

»Sie haben doch nicht schon geschlafen?«

»Nein, nein. Ich schalte das Bild abends immer ab, und meistens lese ich bis spät in die Nacht.«

»Würde mir echt leid tun, wenn ich Sie ...«

»Nein, Sie haben mich nicht geweckt. Ich habe alte Manuskripte gesucht und gelesen ... Sieht aus wie ein Schlachtfeld. Ich brauche nicht mehr viel Schlaf in den letzten Jahren.«

Der Mann winkte mit den Augen zum Sessel hinüber, wo Kleidungsstücke herumlagen. Die Frau sah ihn erstaunt an, aber er bemerkte ihren Blick nicht.

»Es ist so, müssen Sie wissen«, klang die andere Stimme, die sie beide kannten, aus dem Lautsprecher, »ich weiß nicht, wie ich es sagen soll ... Ganz einfach, ich weiß nicht, wo Paula steckt. Irgendwann gestern abend muß ich den Überblick verloren haben, und vor ein paar Stunden, so kurz vor eins, sind die letzten gegangen, und ich in meinem Tran ... Es ist fast lustig, ich weiß, aber – da stehe ich da und merke, daß keine Paula mehr da ist! Na ja, Sie kennen sie doch.«

»Ja, Craven, ich kenne sie«, sagte der Mann ruhig und strich mit den Händen über seinen fast kahlen Schädel. Er nahm den altmodischen Hörer und schaltete die Verbindung um, so daß die aufgeregte und weinselige Stimme Cravens nicht mehr greifbar und überdeutlich im Raum stand.

»Es war eine großartige Party«, sprach Craven weiter, »und ich weiß nicht einmal, ob ich Ihnen das schon gesagt habe! Also, falls ich es vergessen haben sollte, ich hab's jetzt nachgeholt.«

»Sie haben es mir gesagt«, sagte Georg, »mehrmals sogar.«

»Ja? Ist mir völlig entfallen. Und es ist mir auch ziemlich schnurz. Paula ist weg, und ich weiß nicht, was ich tun soll. Das macht mich wahnsinnig, alles hier oben, wußten Sie das? Diese Station und dieser Berg, die Einsamkeit ... vielleicht ist es das, wovor sie wieder weggerannt ist. Das Heulen des kalten Windes um die Berge herum. Und hinauf und hinunter. Das kann einen fertigmachen. Ich hab Sie nicht beim Schlafen gestört, nein?«

»Nein. Ich brauche nicht mehr so viel ...«

»Paula ist launisch manchmal, schon damals, als ich anfing, da blieb sie mitunter Tage weg, einfach fort. Gut, da waren wir noch nicht verheiratet. Aber jetzt ... Sie wissen nicht, wie das ist. Sie haben sich frei gehalten und leben allein. Einzeln und frei, haha.«

Es klang gekünstelt, jenes bißchen Heiterkeit, und Georg sah zu der jungen Frau hinüber. Leise schwang sie die Beine aus dem Bett, bemüht, kein Geräusch zu machen. Sie ging zu dem Sessel und wühlte einen Morgenmantel unter den Sachen hervor, die dort lagen.

Die Stimme aus dem Hörer stand leise und verzerrt im Raum, so still war es.

»Vielleicht ist sie mit irgend jemandem mitgegangen? Das ist es, was ich Sie fragen wollte, Georg – haben Sie sie nicht gesehen? Daß sie bei den Lenards mit eingestiegen ist etwa? Die hatten doch bestimmt noch nicht genug. Obwohl ich nicht einmal weiß, wann die gegangen sind. War eben eine großartige Party. Haben Sie sie gesehen, Georg?«

»Nein, Craven. Hab ich nicht.«

Die junge Frau legte dem Mann langsam den dünnen Morgenmantel um die Schultern und setzte sich neben ihn auf die Bettkante. Er legte seine freie Hand auf ihre bloßen Schenkel. Der kleine Finger fehlte, und über den Handrücken zog sich eine alte blasse Narbe.

»Mir ist nicht so richtig gut, wissen Sie ... Wahrscheinlich hätte ich nicht die verdammte Flasche noch austrinken dürfen. Aber was soll ich machen beim Warten. Das nervt, wissen Sie das? Und dann diese Station – ich kann ja nicht gut weg. Vorhin war ich auf dem Rundgang. Habe überall das Licht angemacht. Überall. Habe die Heizung aufgedreht und mich mit den Dingern beschäftigt. Sie wissen schon.«

»Nein«, sagte Georg, »ich weiß nicht.« Seine Hand öffnete sich, glitt den Schenkel der jungen Frau aufwärts, ganz allmählich.

Im Hörer ein leises Lachen. Es klang ein wenig hysterisch.

»Ich kenne das Ding so genau – habe es ja selbst mit gebaut, und dann gestern, bei der Eröffnungsfeier ... Das ist was Besonderes. Hab ich gemerkt bei der Rede mittags. Das Fort Imassam – letztes Glied in der nördlichen Kette – Verteidigungslinie endlich geschlossen ... Das ging mir runter wie Öl.«

»Sie wissen genau, daß Sie gute Arbeit geleistet haben«, sagte Georg; seine Hand war fast angekommen, die junge Frau lächelte und biß ihn ein klein wenig in den Hals.

»Jaja. Nun sitze ich hier und öde mich an und werde fast wahnsinnig ... Habe mir überlegt, daß ich die Station auch von Hand bedienen kann, einfach so. Ich kenne sie ja. Ich könnte den Planeten unter mir wegsprengen und würde nur ein bißchen Gerüttel spüren. Und wenn ich mir vorstelle, Paula hat sich von jemand mitschleifen lassen und liegt jetzt bei irgendeinem Kerl im Bett, wär ich dazu imstande.«

»Wozu?«

»Wozu wohl – alles entfesseln, was die Station hergibt, die Festung mal arbeiten lassen, die Laser abfeuern und die Gravitationsfäuste sausen lassen, daß der Planet zerspringt wie Gips.«

Der Mann zog mit einem Ruck seine Hand an sich und hob sie abwehrend.

»Moment mal – ich hoffe, wir reden von Möglichkeiten und von Befürchtungen, oder, und wir waren bei Paula, ja?«

»Natürlich waren wir das. Aber wenn Sie lieber schlafen wollen, da werde ich …«

»Nein, nein, bleiben Sie dran. Es wird sein, wie Sie sagten, Craven – sie ist mit jemand mitgeflogen, der etwas losmachen wollte. Ein halbwegs gutes Gefährt kann von Ihnen aus in knapp zwei Stunden zum Beispiel in Kranon-City sein, da gibt es rund um die Uhr Möglichkeiten, sich noch einen vergnügten Tag zu machen, das wissen Sie. Paula ist … ist doch nicht so, daß sie mit irgend jemand … oder?«

»Das weiß ich nicht, und Sie auch nicht. Sie ist völlig unberechenbar. Ich trau es ihr zu, ehrlich gesagt … Wissen Sie, wo ich bin?«

Georg zuckte die Achseln, als könne der andere ihn sehen, aber das tat nichts. Die junge Frau hörte, da sie jetzt daneben saß, alles mit an, was gesprochen wurde, und nach anfänglicher Erstarrung wich sie zurück.

»Ich bin nicht in der Wohnung oder im Bett oder so. Ich bin in der Kampfzentrale und habe Unterhosen an und eine Flasche in der Hand und die Füße auf dem Schaltpult. Socken müßte ich mir mal anziehen … Und um mich summt der Apparat, diese ganze Kraft und Macht, mit der ich alles vernichten könnte. Einschließlich der

Sonne, dieser wunderschönen Sonne, wußten Sie das, Georg?«

»Ja.«

»Ich könnte sie hochgehen lassen. Ich habe fünfzehn mittlere Asteroiden, die ich zu Plasma machen kann und auf jemanden schleudern. Ich habe Schockwellengeneratoren, mit denen ich sogar Kranon braten könnte, und das sind drei Lichttage. Ich rede besoffenes Zeug zusammen, nicht?«

»Es geht grad noch so«, sagte Georg, warf der jungen Frau einen beschwörenden Blick zu und bedeutete ihr, sie solle leise sein. Sie kroch gerade wieder unter die Bettdecke. Als wolle sie nicht hören, was gesprochen wurde. Georg vergaß, daß er fror, dachte an Kranon-City, das er sehen könnte, wenn er die Vorhänge aufzöge. Er lauschte dem trunkenen Geschwätz des Mannes in Imassam, langte zum Pult hinüber und tastete rasch etwas ein. Ein Rufsignal flimmerte kurz auf dem Bildschirm, und Georg preßte seine Hand auf die Sprechmuschel, damit Craven nicht hören konnte, was sein Vorgesetzter zu reden hatte auf der anderen Leitung.

Das Bild sprang auf den Schirm: ein Mann in der Dienstuniform der Flotte, mehrere Knöpfe lässig geöffnet, weit zurückgelehnt. Voll überraschter Hast setzte er die schwappende Kaffeetasse ab.

»Was …?«

»Den diensthabenden Einsatzoperator, schnell!« sagte Georg mit unterdrückter Stimme. Nicht die richtige Zeit, über schlampigen Zustand der Uniform im Dienst zu reden.

Der Mann auf dem Schirm schaltete, mit einer Hand an den offenen Knöpfen nestelnd. Georg hörte halb auf Cravens Sätze über Paula, nichts Wichtiges, Gerede. Der Mann in der Zentrale erstarrte.

»Der Operator«, sagte er bedrückt, »ist unterwegs, wie immer um diese Nachtzeit.«

»Unterwegs?«

»Ja, mit der Mannschaft. Sie gehen unten in der Stadt essen, weil die Kantine …«

»Ich weiß«, zischte Georg. Er überlegte. Der Operator hätte das Fort elegant in Fernsteuerung übernehmen können, er hatte dazu die Befugnis und Möglichkeit. Was nun?

»Reserveteam!« befahl er und wandte sich wieder Craven zu.

»Hören Sie«, sagte er und legte die Autorität des Älteren in seine Stimme, »Sie sollten Paula nicht das Schlimmste zutrauen. Haben Sie so verflixt wenig Vertrauen zu ihr? Und zu sich selbst übrigens auch!«

Ganz leise wisperte es im Hörer.

»Wie ich das meine? Meine Güte! Sind Sie so schlecht als Ehemann, daß Sie befürchten müßten, sie laufe Ihnen weg? Wenn Sie sie das spüren lassen, treiben Sie sie geradezu dahin, es mal auszuprobieren.«

»Es ist ja nicht so«, sagte Craven mit seiner verwaschen und breiig klingenden Stimme, »daß wir keine Probleme gehabt hätten. Die Einsamkeit hier und so weiter, Sie wissen schon. Aber im Bett hat es allemal geklappt, und wenn auch nicht immer, wie soll ich es sagen ... Na ja, es kam vor, daß ich nach einem Fünfzehn-Stunden-Arbeitstag einfach umfiel, aber ich glaube nicht, daß das ein Grund für Paula ist, sich etwas Jüngeres und Frisches ins Bett zu ziehen.«

»Das glaube ich auch nicht«, sagte Georg und schüttelte den Kopf, weil er den Anflug eines Grinsens auf dem Gesicht gespürt hatte. Die junge Frau war wieder hinter ihm.

»Das Problem ist, daß Paula so flatterhaft ist!« rief Craven, und als er schwieg, konnte man, über die Entfernung hinweg und trotz der schlechten Übertragung, das Gluckern hören, als er trank. Er mußte den Hörer zwischen Schulter und Kopf geklemmt haben, um gleichzeitig telefonieren und trinken zu können. Oder der Raumton dort war zu gut.

»Ich habe Ihnen das nicht erzählt, aber Sie müssen es wissen. Sie hat es fertiggebracht, nach Kranon zu fliegen, als es den Aviadrom noch nicht gab, und Sie wissen, das war eine Sache von

Tagen, ehe man landen konnte, sie ist dorthin geflogen, ohne was zu sagen, einfach so, und hat uns beide dort neu eingekleidet, komplett – ohne daß ich dabei war natürlich. Es hat sogar gepaßt, und alles vom Modernsten, alles schick. Ich habe nicht mal bemerkt, daß sie fort war, und so konnte sie mich überraschen – und dann wieder sinnlose Szenen, in denen sie schrie und tobte und ...«

»Ganz einfach hat sie es da draußen auch nicht«, sagte Georg besänftigend. Er starrte auf den Schirm.

»Natürlich nicht. Wir beide monatelang allein auf dem Planeten, bloß die Roboter noch und die Baustelle. Aber bitte, sie hatte einen Planeten für sich. Konnte auch mal weg, ein paar Tage wenigstens. Hin und wieder. Aber als wir noch in der Stadt wohnten – vor dem Baubeginn auf Imassam –, war es auch nicht anders. Wissen Sie, wie oft sie mich lächerlich gemacht hat? Sie wissen es doch – waren ja dabei. Als sie mit diesen verdammten viel zu hohen Absatzschuhen zur Verabschiedung des alten Commanders kam und umknickte, wie ich es vorausgesagt hatte, und sich alles nur noch um sie kümmerte und der Commander vergessen war. Herrje!, wir haben Paulas kranken Fuß begossen, und der Commander mußte einen Hustenanfall kriegen, ehe wir merkten, daß er auch noch da war. Oder der verdammte Empfang für den verdammten Hochkommissar, als sie nach einer halben Stunde besoffen war, die blöde Kuh, meine Güte – was hab ich mich entschuldigt und was bin ich Spießruten gelaufen. Dabei ist sie nicht mal hübsch, wenn ich's recht bedenk, haben Sie sie sich schon mal auslassen hören über jemand, den sie kennengelernt hat? Sie würden sich kaputtlachen, zwei Dinge sind ihr wichtig: Sie beurteilt seinen Geist nach den ersten drei Worten, die er sagt, und den Rest danach, was sie in seiner Hose vermutet. Sagt sie erst, wenn sie kräftig einen genommen hat. Und ich mach mir Sorgen. Ich könnt mich ohrfeigen!«

In diesem Stil ging das weiter, Georg verdeckte die Muschel und hörte dem Diensthabenden zu, der verlegen aus dem Schirm sah.

»Das Reserveteam kommt erst übermorgen mit dem Linienkreuzer an – wir haben kein Reserveteam hier.«

Das darf nicht wahr sein, dachte Georg, gibt es das, daß man sich so an eine Gefahr gewöhnt, daß man nicht mehr daran denkt? Daß man auf Bomben sitzt, im Fadenkreuz sozusagen, und es vergißt? Dieser betrunkene Mann da oben hätte von dem Einsatzteam aus der Station geholt werden können. Keine schöne Lösung, aber es wäre eine gewesen.

Was nun, überlegte Georg, er braucht nur umzufallen und ein paar Schalter zu berühren ... Schalter! Er richtete sich auf.

»Im Panzerschrank«, sagte er leise zu dem Diensthabenden, »finden Sie die Zero-Schlüssel. Holen Sie den vom Fort Imassam. Schnell!«

Er atmete auf. Mit dem Zeroschlüssel konnte man per Tachyonenimpuls das ganze Fort abschalten. Im Hörer war Cravens Stimme, die Schlechtigkeiten von Paula aufzählte.

Und wieder das Gluckern.

Georg räusperte sich und suchte nach Worten. Die junge Frau schmiegte sich an ihn, hielt fast den Atem an. Er spürte ihre weichen Brüste.

»Ich glaube, Sie sollten sich ins Bett legen, meinetwegen diese Flasche noch niedermachen, die Sie am Wickel haben, und erst mal ausschlafen. Was bringt es, wenn sie plötzlich hereinkommt und Sie in diesem Zustand findet, hm? Ich bin sicher, daß sie irgendwo ein wenig schwatzt und sich harmlos amüsiert – Sie machen sich zuviel Sorgen. Das ist so, wenn man allein rumsitzt. Und Sie sitzen allein auf einem Planeten, auf dem es nichts gibt als diese Station. Aber die Station vergessen Sie am besten und gehen ins Bett, hören Sie?«

»Sie wollen mich weghaben hier, was? Na ja, ist verständlich, alles klar ... Wissen Sie, was mich am meisten ärgert? Daß ich damals eingewilligt habe, mir diese Frau an den Hals zu hängen. Und daß ich jedesmal, wenn die Krise kam, eingelenkt habe und die Sache zurechtgebogen. Ich hätte mich längst von ihr trennen müssen … Ich habe das Havarieboot, ich könnte in einer halben Stunde bei Ihnen sein. Mir wäre es lieb, ich könnte – hm, nicht gerade einen saufen mit meinem Vorgesetzten, aber es erzählt sich besser. Meinen Sie nicht … Würde mir helfen, mich auszusprechen, ehrlich, ich will Ihnen nicht auf die Nerven gehen, wirklich nicht …«

Georg richtete sich auf. »Das ist an sich eine gute Idee, Craven, aber ich würde das an Ihrer Stelle nicht tun – sehen Sie, meiner Meinung platzt Paula jeden Moment bei Ihnen rein. Da sollten Sie dasein. Und am besten im Bett, wissen Sie? Ich würde auch langsam schlafen wollen. So knapp vier Stunden brauche ich. Wir können uns bei Gelegenheit aussprechen. Über alles.«

»Ja … Wie Sie meinen. Ich habe übrigens die Kampfemitter der ersten Zone eingeschaltet – nur um die Umgebung abzutasten, als Schnellortung … Ist ja gut, ich weiß, daß das verboten ist, aber es ist die schnellste Methode, jemanden zu finden, der im Anflug ist.«

Georgs Stimme wurde hart. Die junge Frau legte ihm beruhigend die Hand auf die Schulter und rückte näher an ihn heran.

»Sie wissen, daß ein winziger Schaltfehler eine Katastrophe auslösen kann?« fragte er. »Sie übersteuern die Feldstärke, und schon zerschmettern Sie Millionen von Meilen weit weg irgendein Raumschiff, oder eine Entladung trifft einen Planeten. Lassen Sie solche Spiele lieber!«

Ein leises betrunkenes Lachen. »Sie machen sich Sorgen um mich – rührend. Na, ist gut, wir sprechen später; ich kämpfe den mageren Rest dieser Flasche nieder und leg mich hin. In der großartigsten, neu in Betrieb genommenen Station! Hätte ich gewußt, was für ein beschissenes Ende diese Party nimmt. Ich hätt' alles in die Luft gejagt. Luft! Kann man das wirklich Luft nennen? Und nichts auf den Schirmen zu sehen, wissen Sie. Nichts. Ich habe sogar Kranon schon auf dem Schirm, so weit ist der Fächer schon. Feines Ding, diese Station, wirklich fein. Großartig. Wie die Party gestern – großartig bis zum Kotzen.«

»Sie sollten wirklich versuchen, ein wenig zu schlafen. Ein Sessel in der Kampfzentrale ist dafür der schlechteste Ort der Welt, finde ich. Sie wissen, was herauskommt, wenn man lange genug über eine kleine Sorge nachdenkt – sie frißt alles andere auf. Und schon hat man nur diese eine Sorge. Auf die Art kann man überschnappen.«

»Sie meinen, ich sei übergeschnappt? Na fein, da bin ich wenigstens nicht der einzige ... Verrückte Welt, die man kaputtmachen kann.«

Georg legte beruhigend seine freie Hand auf

den Körper der Frau – sie schien nicht bemerkt zu haben, in welcher Gefahr sie waren, was jeden Augenblick geschehen konnte. Vielleicht hörte sie nicht mehr zu …

»Ich würde sagen, Sie sind jetzt vernünftig«, Georg versuchte ruhig zu sprechen und beherrscht, »und Sie tun die Flasche weg und sich selbst ins Bett. Es wäre besser, gefaßt zu sein, wenn Paula plötzlich aufgekratzt und schuldbewußt hereinkommt. Da sind Sie am besten in der Lage, ihr sachlich zu sagen, daß es so nicht geht. Verstehen Sie mich?«

»Ja, schon …«

»Wenn Sie mir das versprechen, bin ich bereit, über diese Geschichte hinwegzusehen … Sie wissen schon. Es ist nicht erlaubt, was Sie gemacht haben, die Kampfzentrale zu betreten ist schon untersagt. Aber lassen wir das. Ich denke, wir verstehen uns?«

»Ich glaube«, kam zögernd Cravens Stimme, »ich weiß, was Sie meinen … Und seien Sie mir nicht bös, wenn ich Sie aus dem Bett geholt haben sollte.«

»Ich bin immer noch drin«, antwortete Georg und sah zu der jungen Frau hinunter.

Ein leises Klicken im Hörer. Georg legte ihn, wie ein zerbrechliches Kunstwerk, vorsichtig auf das Tischchen.

»Und?« sagte die junge Frau leise, schlang ihre

Arme um den Körper des Mannes und zog ihn zu sich.

Georg ließ es geschehen, auch daß die junge Frau die Decke über ihn breitete.

»Ich kann's nicht fassen«, sagte er mit einer Stimme, die älter klang, als er wirklich war, »sitzt dieser Mensch stockbesoffen in der Kampfzentrale, hat alles eingeschaltet und spielt mit einem Planetenfort … Es ist nicht zu begreifen.«

»Was ist daran so furchtbar«, murmelte die junge Frau abwesend; ihre Hände waren unter der Decke mit dem Mann befaßt.

»Das müßtest du am besten wissen«, knurrte er halb erbost, halb belustigt.

»Du hast ein Talent zum Psychofritzen«, sagte die junge Frau, »wußtest du das?«

»Schmier dem Alten ruhig Honig ums Maul … Was ist denn nun mit dem Zero-Schlüssel«, sagte er dann zu dem Diensthabenden, dessen Kopf wieder auftauchte.

Der Mann hob die Schultern. »In dem Panzerschrank ist ein heilloses Durcheinander, den hat nie jemand gebraucht … Und zugeschlossen war auch nicht.«

»Das darf nicht wahr sein.«

Ein paar der blitzenden versiegelten Magnetkarten, in denen die geheimen Abschaltbefehle verschlüsselt waren, wurden in der Zentrale aufs Pult gelegt.

»Diese Zero-Schlüssel hab ich gefunden. Der von Imassam ist nicht dabei. Wer weiß, wo der sich herumtreibt.«

»Das wird ein Nachspiel haben«, sagte Georg hart und unterbrach brüsk die Verbindung. In seinem Kopf brummte es. Man hatte auf einem Pulverfaß gelebt, ruhig und zufrieden, und hatte alles, womit sich eine glimmende Lunte löschen ließ, fortgeräumt. Nein, sagte er sich, eine solche Bedrohung kann man nicht einfach vergessen. Man darf das einfach nicht.

Er sah die Frau an.

Es summte wieder. Aufdringlich und laut.

Georg langte nach dem Hörer, als habe ihn etwas gestochen, und meldete sich.

»Hier ist Craven wieder«, sprudelte die ferne Stimme hervor, »ich hab Sie doch nicht schon beim Schlafen gestört, oder? Das täte mir leid, weil ... Nun ja, eigentlich wollte ich Sie nur beruhigen, sozusagen entwarnen ...«

»Ich war gerade beim Einschlafen, wenn Sie mich fragen«, antwortete Georg und verdrehte die Augen, schüttelte den Kopf. Die junge Frau, unter der Bettdecke, kicherte leise.

»Na, da ist es nicht schlimm ... Gut, daß ich gleich angerufen habe. Ich habe immer noch kein Bild ...«

»Das ist in Ordnung so, wegen der ...«

»Ach ja, das Chaos, mir fällt's grade wieder ein.

Ich bin ein bißchen durcheinander, müssen Sie wissen, weil, also, um's kurz zu machen, Paula ist gerade gekommen.«

»Was?« fragte Georg scharf und setzte sich ruckartig auf, ganz gespannt. Er sah kurz zu Paula hinüber.

»Ja – kaum hatte ich die Verbindung gelöst und wollte in das verdammte Bett, da kam sie rein. Ich muß Ihnen das sagen, wenn ich Sie verrückt gemacht habe mit meinen Sorgen und so weiter. Nehmen Sie mir's nicht übel, nein?«

»Ist schon gut …«

»Es war fast – aber nur fast – so, wie Sie's vermutet hatten. Sie war mit den beiden – wie hießen sie denn gleich, ist egal, mit Petr und Klara jedenfalls, nach Kranon geflogen. Und sie haben sich einen wirklich gemütlichen Abend gemacht, alles, was recht ist, Sie wissen ja, was man da alles unternehmen kann … Es endete natürlich, wie so was enden muß, wenn eine Party ein bißchen zu großartig war. Schließlich und endlich war Klara nicht mehr auf der Höhe – sie hatten wohl versucht, die Karte in einem Lokal abzuarbeiten, und dummerweise mit der Getränkekarte angefangen. Ich muß Ihnen das rasch erzählen, Paula ist gleich unter die Dusche, wissen Sie … Ja, und dann mußte Paula dem armen Petr helfen, Klara in halbwegs erträglichem Zustand nach Haus zu schaffen. Da können Sie nicht mitreden, Sie lediger Genießer, da beginnen die sinnlosesten und idiotischsten Streitereien zwischen Eheleuten, die Sie sich vorstellen können – ach Quatsch, gerade das können Sie sich nicht vorstellen, und Paula mußte den Engel spielen und Mord und Totschlag verhindern und Klara wegschaffen und Petr davon abhalten, sich zu besaufen. Und nun ist sie zurückgekommen.«

»Ja.«

»Ich freu mich so – das kann ich Ihnen sagen! Und wenn ich's mir überlege, ist sie nicht soo furchtbar schlecht, wie ich sie gemacht habe vorhin, oder? Ich meine, jeder hat seine Macken, größer oder kleiner, und ich hab einen in der Krone, und wie, aber egal, Paula ist zurück – ich wollte Ihnen danken, daß Sie mir zugeredet haben vorhin, wie einem störrischen Esel am Berg, wirklich. Ich bin furchtbar manchmal. Das wollte ich Ihnen sagen, mitten in der Nacht noch. Und was das andere betrifft ...«

»Hören Sie, Craven, ich würde jetzt wirklich«, sagte Georg schleppend, »wirklich gern schlafen, endlich, irgendwann wird ein alter Knacker mal müde, richtig müde, und das ist gerade passiert. Lassen Sie's gut sein, ja ...«

»Klar, na klar doch. Gute Nacht, Chef, und nichts für ungut, ich wollte Sie nicht um den Schlaf bringen, nein ...«

Georg hielt den Hörer ein Stück weg, aber es

kam nichts mehr. Die Verbindung nach Imassam war abgebrochen. Georg ließ den Hörer fallen und schob die Hände der jungen Frau von seinem Körper. Erstaunt blickte sie auf. Georg erhob sich aus dem Bett, war mit ein paar Schritten am Fenster und zog die schweren Vorhänge zur Seite. Da lag Kranon-City, eine Millionenstadt. Und mit schmerzhafter Deutlichkeit stellte Georg sich vor, wie eine einzige Schockwelle das friedliche Bild in infernalische Gemälde verwandeln würde, einen Höllen-Breughel oder Bosch, alles würde in Flammen und Donner untergehen ...

Die junge Frau trat neben ihn und spürte, als sie ihn berührte, wie er fror und zitterte. Sie fragte etwas. Georg fuhr sie barsch an, sie solle den Mund halten, weiter nichts, nur den Mund halten. Nie in seinem Leben hatte er so erbärmliche Angst gespürt; niemals war er so ausgeliefert gewesen. Er starrte in den Himmel, der voller blasser Sterne war, und glaubte beinah, den herabrasenden Tod sehen zu können.

Die junge Frau wich zurück und stand verloren und jämmerlich da, als ihr aufgegangen war, was geschehen würde – vielleicht.

Dieses »vielleicht« war es, was an ihnen zerrte und sie voneinander trennte, als wäre eine gläserne Mauer zwischen ihnen.

1981/85/86

Die Schuld

… daß wohl jeder irgendwo festgebunden ist
und daß es ein Zurück nicht mehr gibt in die Unschuld,
wenn man einmal aus ihr herausgetreten ist.

Werner Heiduczek, Reise nach Beirut

1.

Abends gingen die Leute auf die Straßen und in dic lichten Wälder der Insel hinaus, um in den Nachthimmel zu schauen. Zwischen den bekannten Sternen und unveränderlichen Lichtflecken der Milchstraße war ein neues Licht aufgetaucht. Abend für Abend war es, wenn es erschien, größer geworden. Erst nach mehreren Tagen gab man bekannt, daß es sich, wie alle vermuteten, um ein Sternenschiff handelte.

»Habe ich doch recht gehabt«, sagte Apollo Mallee stolz zu seiner Familie, »in dieser Gegend springen alle Schiffe in den Raum zurück, wenn sie zu uns wollen. Es konnte bloß ein Raumschiff sein.«

»Es ist ja gut«, antwortete seine Frau müde,

»ich hatte nur gemeint, daß es auch andere Dinge gibt, die am Nachthimmel aufleuchten …«

Apollo lachte und begann, seiner Barbara zum vierten oder fünften Mal zu erklären, wieso ein Objekt mit dieser Helligkeit und dieser Position und diesen Bewegungen weder ein Komet noch ein Asteroid noch ein Meteorit sein konnte. Sein Sohn David blickte ihn besorgt an und dann zu seiner Mutter. Gleich würden sie sich streiten. David wäre gern verschwunden, aber das duldeten die Eltern nicht beim Essen. Beim Essen hatte David dazusitzen und zu warten, bis man ihm zu gehen erlaubte.

»Du mußt mich nicht für blöd halten, weißt du«, sagte Davids Mutter mit leiser Schärfe in der Stimme. Apollo brach seine Rede über Winkelsekunde und Azimut ab.

»Wenn man dir nicht mal was erklären darf …«

»Darfst du. Nur nicht fünfmal. Nicht fünfmal dasselbe. Du mußt mich wirklich für blöd halten.«

»Also, Barbara, mein Dummerchen, das ist …«

»Und nenn mich nicht so geziert ›Dummerchen‹! Meine Güte, als ob du die Weisheit mit Löffeln …«

»Barbara!«

»… gefressen hättest. Ist doch wahr!«

Die Eltern starrten einander an, und David wünschte, er könne sich klein, ganz klein machen, verschwinden und irgendwo auftauchen, egal wo, wenn es nicht in diesem Haus war. Aber er konnte sich nur still verhalten und hoffen, daß es vorüberginge.

»Wir wollten uns nicht mehr streiten«, sagte der Vater leise. Friedensangebote, dachte David und entspannte sich.

»Du hast recht«, sagte die Mutter, und ihr Blick fiel auf den Sohn. »Sitz grade!«

Eine halbe Stunde danach verließ eine kleine Gestalt leise das Haus der Familie Mallee und lief barfuß in das Wäldchen hinein, das zwischen Haus und Hügel am Strand lag. Die Nacht war klar, und überall, wo eine größere Lichtung sich auftat, standen Leute. Sahen in den Himmel, unterhielten sich leise, lachten. Viele hatten Decken mit und aßen unter den Sternen Abendbrot. Man stellte verrückte Vermutungen an, warum unangemeldet und ungeplant zu ungewöhnlicher Zeit ein Sternenschiff bei Billabong Station machte.

Die Einheimischen sprachen den Namen ihres Planeten allerdings nie vollständig aus, er war zu lang und klang ihnen seltsam in den Ohren, wenn ein Fremder ihn sagte. Man redete von Labon, das genügte.

David wollte nicht gesehen werden. Das fehlte noch, daß irgendein Kollege zum Vater etwas von dreizehnjährigen Söhnen sagte, die zur Schlafenszeit draußen herumliefen. Wenn jener

Kollege obendrein Vaters lächerlichen Vornamen gebrauchte, würde David die Folgen zu spüren bekommen. So oder so.

Am Fuße des Hügels stand ein merkwürdiges Haus, das sich von den üblichen Häusern Labons unterschied – keine große Terrasse nach Süden und keine großen Glasfenster, kein Rasen und keine Seitenflügel, die einen Innenhof umschließen. Dieses Haus war nicht nur halb in den Hügel hineingebaut, sondern auch grün überwuchert, fast ein Teil des Hügels geworden. Und der Garten – wenn man das so nennen konnte – war einfach ein Stück Wildnis.

Jetzt zeigte sich der Garten leer, ein paar abgenutzte Gartenmöbel standen herum. David wußte genau, wo sie zu stehen hatten, und wich ihnen in der sternhellen Nacht sicher aus.

In diesem Haus wohnten Mechin, der alte Arzt, und sein Patient (und Freund), Onkel Albert.

Mechin war der einzige, der David mehr über das unerwartete Raumschiff erzählen könnte. Mechin konnte immer etwas erzählen. Der Alte war sein ganzes Leben lang durchs All geflogen und hatte die seltsamsten Dinge erlebt. Wenn einer etwas wußte, dann er. Und vielleicht traf er heute auch Onkel Albert, es waren so viele Leute draußen unterwegs.

David klopfte und trat ein, ohne eine Antwort

abzuwarten. Mechin hatte lange gebraucht, um dem Jungen diese Unart abzugewöhnen – klopfen und warten, ob jemand ›herein‹ zu rufen gedenkt. Du bist kein Dackel, hatte er gesagt.

Im Innern des Hauses war es kühl und dämmrig. Mechin saß im Rollstuhl, also ging es ihm nicht gut. David wußte nicht, sollte er bedauern, daß der alte Mann wieder einmal krank war, oder sollte er sich freuen, denn immer dann war der Alte besonders gesprächig und freute sich über jede Abwechslung.

»Grüß dich, David«, sagte Mechin, ohne die Kopfhörer abzusetzen und ohne sich umzudrehen. Onkel Albert war nicht da.

David schaute sich um, alles war wie immer, abgesehen von dem Gerät, das Mechin an seinen Kommunikationsblock angeschlossen hatte. Es war in einer der Truhen versteckt gewesen, jetzt zogen sich einige Kabel von dort in das Empfangsteil des Radios.

»Was ist das?« fragte David, aber Mechin konnte ja nichts hören, wegen der gepolsterten Muscheln auf den Ohren. David griff in die Tastatur und schaltete den Kopfhörerausgang auf Lautsprecher.

»... an die Festlegungen des Deportationsgesetzes erinnern«, sagte eine unbekannte und gelangweilte Stimme. »Sie wissen ebensogut wie ich, daß Sie zur Einhaltung verpflichtet sind. Es

könnte zu überaus unangenehmen Folgen für Billabong kommen.«

So, wie die Stimme den ungewohnten Namen des Planeten aussprach, klang er wie die Bezeichnung einer Giftschlange.

»Sie haben es nicht nötig zu drohen.« David fuhr erschrocken zusammen. Diese Stimme kannte er. Sie gehörte Sorrell, dem Ratsvorsitzenden Labons. Der alte Arzt hörte Funkverkehr der Regierung ab. David vermutete, daß dies verboten sei. Wozu sonst die Heimlichtuerei mit den Kopfhörern?

»Wir müssen Ihrem Verlangen entsprechen, das weiß ich. Es geht darum, daß Ihre ... Passagiere ..., wenn man das sagen kann, nicht alles durcheinanderbringen.« Sorrell klang bekümmert. Die unbekannte Stimme veränderte ihren Tonfall kaum.

»Wir haben Ihnen Unterlagen hinuntergefunkt. Ihre Fachleute werden bestätigen, daß der von uns ausgearbeitete Plan der einzig mögliche ist, um das Schiff zu retten.«

»Aber die Ursache dieser schweren Mißfunktion ...«

»... geht Sie nichts an.«

Ein scharfes Knacken, der alte Mann hatte den Lautsprecher abgeschaltet und sah David an, der blaß geworden war.

»Erschrocken?«

»Ja … aber nicht ihretwegen. Wie dieser Fremde Sorrell behandelt hat. Als ob …«

David wußte nicht weiter.

»Tja, wie soll man sagen …« Mechin überlegte. »Weißt du, für die Kapitäne der großen Sternenschiffe sind Planeten so etwas wie Bojen, die die Route des Schiffes markieren. Kaum daß sie sich an alle erinnern oder ihre Namen wissen. Sie kennen sie nicht. Und den Chef einer Planetenregierung hält so ein Kapitän für einen rangniedrigeren Kollegen, dessen Raumschiff ortsfest und langweilig ist.«

Der Junge hatte Mechin mit offenem Mund zugehört. Sternenschiffe, Kapitäne, Weltenkreuzer, das wollte er von dem Alten hören; Geschichten, in denen Planeten mit wunderbaren und verheißungsvollen Namen wie selbstverständlich vorkamen. Es gab einige hundert bewohnte Inseln auf Labon, aber sie glichen einander mehr oder weniger – langweilig. Die Welt der Planeten dagegen …!

»Du wunderst dich nicht, daß ich geheime Gespräche mithöre?«

David schüttelte den Kopf. Was Mechin tat, war richtig. Er könnte ein großartiger Freund sein, wenn er nicht so alt wäre.

Mechin erklärte David die Entschlüsselungsanlage, die er an das Funkgerät gekoppelt hatte. »Es gab Zeiten«, sagte er, »da wäre ich an dieser Aufgabe gescheitert ..., aber ich glaube, die Geschichte habe ich dir schon erzählt.«

»Die mit dem SOS-Ruf endet?«

»Und mit Gelächter. Genau die.«

Diese Andeutungen reichten aus, um beide lächeln zu lassen, sie waren sich einig. David kannte viele Geschichten aus Mechins Leben, und er hörte sie gern ein zweites, drittes Mal. Meist aber fiel Mechin eine neue Begebenheit ein.

Davids Vater meinte, der Alte denke sich alles aus. Da wäre nichts dran. David hatte ihn gehaßt dafür.

»Was ist das für ein Raumschiff?«

»Deswegen bist du hergekommen, was?«

»Ja. Die rätseln alle, und keiner weiß etwas Genaues.«

Der alte Mann atmete tief und ließ sich in den Rollstuhl fallen. Sein Blick war forschend auf den Jungen gerichtet, der ihn mit großen, neugierigen Augen ansah.

»Es wird viel Unruhe geben in der nächsten Zeit«, sagte er langsam, »und es wird nicht alles gut sein ..., aber vielleicht täusche ich mich. Ich hoffe es.«

David rutschte unruhig hin und her.

»Du weißt, daß es Menschen gibt, die gegen Gesetze verstoßen und dafür bestraft werden müssen ...«

»Wie der verrückte Bastler von der Halbmond-Insel? Der dieses Auto in die Luft gejagt hat bei seinen Versuchen?«

»Ja, wie der ...«

Obwohl das ein tragischer Fall gewesen war, schließlich hatte der Mann nicht gewußt, daß jemand in dem Wagen saß ... Mechin entschied sich dafür, diese Diskussion mit dem Jungen besser nicht aufzuwärmen.

»Und es gibt Leute, die nicht so einfach bestraft werden können, weil sie zu schlimme Dinge getan haben. Man kann die nicht nur vor Gericht stellen und behandeln. Man tut mehr. Man stellt Transporte zusammen. Man entfernt solche Menschen aus ihrer Welt. Verwandte, Freunde, Bekannte – alle, die um ihr Verbrechen wissen ..., alle würden immer wissen, was derjenige getan hat, nicht?«

»Und was wäre dabei?«

»Würde dein Vater mit jemandem zusammenarbeiten, von dem er weiß, daß er im Streit einen Menschen erschlagen hat?«

David schüttelte den Kopf und dachte, daß sein Vater wahrscheinlich Angst hätte. Obwohl er immer davon sprach, ein Mann müsse sich verteidigen können. David berührte die Narben, die sich um seine Augen zogen, fein und kaum sichtbar.

»Na siehst du. Es gibt noch andere Gründe.

Die Leute sollen ganz von vorn anfangen, frei sozusagen.«

David überlegte.

»Keine Freunde und keine Bekannten?«

»Nein«, sagte Mechin und dachte: Typisch, von Familie spricht der Junge kein Wort.

»Ist das nicht ganz schön hart?«

»Natürlich. Und es gehört zur Strafe.«

»Und wenn ein solcher Mensch auf seine Welt zurückkehren will?«

»Das darf er nicht. Und das weiß er. Und er hat einen Mentor, das ist so was wie ... ein großer Freund. Der darf ihn beobachten, der hilft ihm, bis er zu Hause ist dort, wo man ihn hingebracht hat.«

»Und nicht mehr fort will?«

»Ja.«

»Und ... bekommt man da auch einen neuen Namen?«

»Natürlich.«

Davids Augen leuchteten, und Mechin wußte, woran der Junge dachte. In der Familie Mallee sollten Namen immer etwas bedeuten – so war Davids Vater zu dem Vornamen gekommen, der von allen Namen der Welt am wenigsten zu ihm paßte: Apollo. Den Namen zu hören und dazu den spindeldürren Mann zu sehen war komisch. Diese unregelmäßige Glatze, diese spitze Nase, die eckigen Bewegungen. Der Sohn hatte ein schöner Mann werden sollen, sportlich und ein richtiger Junge. Nicht weniger als die Figur, die Michelangelo gemeißelt hatte, war schuld an Davids Namen. Und was war geschehen? Man hatte den Jungen schon dreimal an den Augen operiert, man hatte ihm deswegen den Sport verbieten müssen, und als sein Vater ihn, vor Jahren schon, einmal mit dem Boot über Nacht mit aufs Meer hinausgenommen hatte und der Junge nicht schlafen konnte, hatte Apollo alles seinem einzigen Freund berichtet. David wußte jedes Wort davon. Auswendig. Mechin war der einzige, dem er das erzählt hatte. Ich könnte verrückt werden, hatte Apollo gesagt, wenn ich dieses Riesenbaby sehe, mit diesem schwammigen Körper und diesen Glotzaugen; eines Tages schlage ich ihn tot, wenn ich mich nicht beherrsche.

Deswegen hatte David nach dem Namen der Verbrecher gefragt, und beide wußten das. David schob den unangenehmen Gedanken rasch beiseite, wie das Kinder tun.

»Was hat das mit dem fremden Sternenschiff zu tun?« fragte er.

»Dieses Schiff ist die *Pocahontas*. Ein Sternenschiff älterer Bauart, hat seine beste Zeit schon lange hinter sich. Jetzt ist es ein Deportationsschiff. Es bringt Verurteilte zu Verteilerplätzen, wo sie ihre neuen Leben beginnen.«

David verstand immer noch nicht.

»Die *Pocahontas* hatte eine Havarie. Sie muß während der Reparatur alle ihre Passagiere hier absetzen.«

2.

Die Nachricht hatte sich wie ein Lauffeuer verbreitet. David hatte dem Vater Rede und Antwort stehen müssen, was er so spät bei Mechin gemacht habe. Obwohl David ihn gebeten hatte, nichts weiterzuerzählen, war Apollo sofort ans Video gegangen und hatte Mechin angerufen. Auch der bat darum, einstweilen still zu sein, aber der nächste Anruf galt dem Freund Apollos. Barbara hatte, ohne ein Wort zu sagen, das Haus verlassen.

David ging wütend in sein Zimmer, legte sich hin und schlief über vielen unfreundlichen Gedanken ein, die seine Eltern betrafen.

Am Mittag des darauffolgenden Tages hatte die Bevölkerung Labons die Regierung zu einer Stellungnahme gezwungen. David verstand nicht alles, was gesagt wurde, es war verzwickt formuliert. Von notwendigen Reparaturmaßnahmen größeren Ausmaßes war die Rede, von wiedereingliederungsfähigen Mitbürgern und gesicherter psychologischer Behandlung und Bürgschaft und mehr Dingen, die sehr beruhigend und gebildet klangen, die Menschen Labons aber sämtlich maßlos aufbrachten. Schon am nächsten Tag sollten diese Leute herabkommen, und bis zum Abend ruhte die Arbeit. Überall sah man diskutierende Menschen, in Gaststätten hatten sich lärmende Versammlungen gebildet. Man war sich keinesfalls einig.

David stellte fest, daß alle Erwachsenen, die sich gegen die Gäste aussprachen, ihm zuwider waren. Des Vaters Freund war darunter. Seinen Vater selbst zu diesen Leuten zu zählen, wagte er nicht. Doch die wenigen Erwachsenen, die er mochte, freuten sich, daß mal Bewegung gemacht, das Einerlei durchbrochen wurde. Oder sie freuten sich einfach über die Aufregung.

Onkel Albert hörte sich alles gelassen an, wie es seine Art war, hob die Handfläche gen Himmel und sagte: »Lasset die Kindlein ruhig kommen!«

Natürlich hatte er, wie immer, nur durch David und Mechin von dem Trubel erfahren und war sofort auf seinen Hügel geklettert, um dem Himmel beim Stricken zuzusehen. Das war eine seiner Redensarten. Er hatte einige Male versucht, dem Jungen zu erklären, was er meinte, aber David hatte gespürt, daß Onkel Albert selbst nicht wußte, warum er immer dort auf dem Hügel saß und schaute, stundenlang, tagelang.

Es ging um Sonnenauf- und -untergang und um die Bahn der Sterne und unsichtbare Dinge, die die Menschen und den Himmel miteinander verbänden – und da geriet Onkel Albert ins Stokken und wurde wirr, so daß David an das Lied denken mußte.

Trotzdem oder deswegen kam David gern auf den Hügel, setzte sich neben Onkel Albert und sprach mit ihm oder sah mit ihm zusammen dem Himmel beim Stricken zu.

Onkel Albert half in der Gegend bei der Pflege der Gärten aus, stutzte Rasen, pflegte Beete, beschnitt Obstbäume. Seine Eigenarten bewahrten ihn vor zuviel Arbeit. Es durfte ihm keiner zusehen und niemand hineinreden ... Tat das jemand, so legte Onkel Albert vorsichtig den Spaten oder das Messer weg, wischte die Hände an der Hose ab und marschierte geradewegs auf den Hügel. Manche Leute behaupteten, er habe schon ein- oder zweimal das Lied gesummt, aber das glaubten weder Mechin noch David.

An diesem hektischen Tag also saß David neben Onkel Albert auf dem Hügel – es war hell, und über dem nördlichen Horizont begannen sich Wolken zu türmen –, David erzählte, was vorgegangen war, Onkel Albert hörte zu, und sein glattes Gesicht, dem man kein Alter ansah, war aufmerksam und leicht gerötet.

David berichtete die sensationelle Neuigkeit, verschwieg aber, wie sie bekannt geworden war. Man konnte sich nicht darauf verlassen, daß Onkel Albert nicht vor sich hin brabbeln würde, wenn er einen schlechten Tag hatte. David berichtete von Leuten, die über die »Gäste« schimpften, und von denen, die sich freuten. David berichtete von den Zelten, die man auf geeigneten Plätzen eilig aufgestellt hatte. Onkel Albert hörte sich das an und schaute aufs Meer hinaus. Dort, weit draußen, erkannte man undeutlich die Pontons der Fischfarm.

»Das erinnert mich an was«, sagte Onkel Albert, ohne den Blick zu wenden, und auch David sah zu den Pontons hinüber.

»Woran denn?«

»An den Fisch.«

David rührte sich nicht, an seltsame Einwürfe mußte man gewöhnt sein, wenn man mit Onkel Albert reden wollte.

»Und an deine Eltern«, nahm Onkel Albert den unterbrochenen Gedanken wieder auf. »Ob sie sich da vielleicht ein bißchen weniger streiten?«

David zuckte die Achseln.

»Mutter ist gestern wieder fortgegangen, abends. Aber im Krankenhaus hat sie heute pünktlich angefangen, ich hab angerufen. Ich weiß nicht mal, warum sie diesmal weg war.«

»Das ist alles längst gestrickt«, sagte Onkel Albert und nickte. Das sagte er immer, wenn Davids Eltern sich stritten und David zu ihm kam und erzählte oder sich einfach hinsetzte und stumm aufs Meer blickte (aber nicht zu den Pontons der Farm, wo sein Vater arbeitete).

»Vielleicht hängt es mit dem zusammen, was deine Mutter damals beim Umzug gesagt hat …«

David sah den »sanften Irren«, wie Onkel Albert von vielen genannt wurde, überrascht an. Was konnte das miteinander zu tun haben? Barbara hatte damals wütend von ihrem Studium gesprochen, das sie nicht hatte zu Ende führen können, und wenn sie es gekonnt hätte, wäre sie Ärztin auf einem Raumschiff und hätte Besseres zu tun, als angeknackste Knochen zu richten. Was soll das mit dem Deportationsschiff zu tun haben und den »Gästen«, wie man die Leute nannte, die kommen sollten? Es gab auch das Wort Verbrecher und das Wort Sträfling. Und das Wort Gefangene, bei dem David an in einen Käfig gesperrte Tiere dachte und das er für Menschen äußerst unpassend fand.

David entschied, daß Onkel Alberts Vermutung auf jenen unbegreiflichen Wegen zustande gekommen war, auf denen der Himmel strickte.

»Ärgerst du dich, daß sie wieder fort war?«

»Natürlich. Das gibt doch Streit heute abend. Und morgen kommen die ›Gäste‹.«

Onkel Albert sah den Jungen an, der neben ihm saß und unglücklich aufs Meer starrte, rückte näher heran und legte den Arm um ihn. So saßen sie eine ganze Weile, ohne zu sprechen, während die Sonne sich langsam weiterbewegte, im Norden die Wolken immer höher quollen und ein winziges blasses Scheibchen schwach sichtbar wurde, ehe es unterging – die *Pocahontas*.

Eine Stimme rief David hinunter – Mechin. Davids Eltern wollten, daß der Junge nach Hause käme, bevor der Regen sie da oben überraschte. David grinste. Als ob ein Regenguß auf Labon jemandem etwas tun könnte. Na gut, sie sollten ihren Willen haben.

Doch als David zu Hause ankam, hatten sie entweder vergessen, daß sie ihn gerufen hatten, oder nicht damit gerechnet, daß er so schnell kam, oder sie hatten vergessen, daß es David gab. Der Junge blieb vor der offenen Tür auf der Terrasse stehen und hörte laute Stimmen, wollte weglaufen und tat es nicht.

»Du hast dich wieder verdammt zickig, meine Liebe!«

»Ach so? Weil ich laut nachgedacht habe, bin ich also zickig? Darf ich dich erinnern …«

»Jetzt geht die Erinnere-dich-mal-Aufwärmerei wieder los!«

»Wer hat damals mit Engelszungen geredet, mit dem einfachen Studium zufrieden zu sein und nach Labon zu gehen? Wer war dagegen, daß ich weitermache?«

»Das war unsere gemeinsame Entscheidung, Schätzchen.«

»Jaja, hör doch auf. Die Mutter gehört zu ihrem Kind, nicht wahr? Und dann war das Kind krank, und die Mutter ist ja Arzt, wie überaus günstig.«

»War es doch auch. Wer weiß, was aus Davids Augen geworden wäre, hättest du damals nicht bemerkt, daß ...«

»Das mag alles sein, aber es hat mich hier festgenagelt! Ich könnte längst eine Raumärztin mit Spezialisierung sein, wenn du mich nicht breitgeredet hättest damals.«

»Wer weiß, ob du's geschafft hättest.«

»Ach, jetzt bin ich auch noch blöde, ja?«

»Quark ... Und außerdem wollten wir beide das Kind, wenn ich mich recht entsinne.«

»Ich höre dich noch. Ein Buch schreiben, einen Baum pflanzen, einen Sohn zeugen. Was für ein Schwachsinn!«

»Du drehst dir das im nachhinein hübsch zurecht.«

»Wenn ich überlege, was heute sein könnte ... Ich werde nie wieder wegkommen von hier, werde hier versauern, und wer ist schuld?«

»Laß David da raus, ja!«

Einen Augenblick lang herrschte lastende Stille, und der Junge, der mit angehaltenem Atem auf der Terrasse stand, spürte fast körperlich, wie in dieser Pause unausgesprochen lag, was keiner der Streitenden auszusprechen wagte. Die Wolken, die sich über die Insel geschoben hatten, fingen an, sich langsam zu entladen, und der Regen war leise und sanft wie hier immer. Während David darauf wartete, daß ein Wort fiele, das dieses schmerzende Gefühl in ihm zudecken würde, bedeckte der Regen ihn mit Nässe. Es war still im Haus.

Der Junge fühlte sich, als wäre er allein auf dem Planeten und der Regen würde ihn ertränken, wenn er lange genug still stünde. Onkel Albert hat in seiner verqueren Art recht gehabt ... Was sollte das alles? Die Mutter hatte immer etwas anderes gewollt als ihn. Der Vater hatte einen anderen als ihn, David, zum Sohn gewollt. Das Regenwasser hatte Davids Haar – kurzgeschnitten, weil der Vater es so wollte – durchweicht, einzelne Tropfen fingen an, über das Gesicht des Jungen zu rinnen, kühl und angenehm. Da sieht niemand, daß ich weine, dachte David. Aber er weinte nicht.

3.

Die Ankunft der »Gäste« zog sich einen Vormittag lang hin. Die *Pocahontas* konnte nur zwei Landeschiffe einsetzen, und es bedurfte der kleinen Raumflotte Labons, um alle »Gäste« rechtzeitig herunterzubringen. Das waren immerhin fast zwanzigtausend Menschen, die auf die vielen bewohnten Inseln des Planeten verteilt werden mußten. Weil die »Gäste« nur auf einem Transport gewesen waren, hatten sie weder Gepäck noch Kleidung. Alle trugen dieselben dunkelbraunen Trainingsanzüge mit gelben Ärmelstreifen. Sie waren sichtlich verwirrt über die Unterbrechung der Reise. Die meisten hatten nicht einmal neue Identitäten erhalten. Sie kannten ihre neuen Namen, mehr aber nicht. Ihre alten Lebensläufe und Berufe waren für sie etwas Abgelegtes, Fremdes geworden, und so waren die »Gäste« verunsichert und scheu. Keiner von ihnen wußte etwas über den Grund der Unterbrechung ihrer Deportation; eine Rundfrage hatte es gegeben nach erlernten Berufen, und man hatte alle Techniker, die bei den Reparaturen helfen konnten, oben behalten.

Natürlich zeigte sich schon nach wenigen Tagen, daß die »Gäste« dort aufbauten, wo es ihnen am besten gefiel. Nie allzuweit entfernt von den Versorgungspunkten, fand man den einen Garten mit mehreren Zelten besetzt, während die umliegenden Grundstücke leer waren. Ganz langsam gab es die ersten Kontakte.

Der Garten der Familie Mallee blieb leer. Dafür schimmerten aus dem Wäldchen, das zu Mechins Anwesen gehörte, vier oder fünf Zeltdächer. David war fast nur noch bei dem Alten, er hoffte mit den »Gästen« ins Gespräch zu kommen, aber er merkte schnell, daß die das nicht wollten, und ließ sie in Ruhe.

In zwei Wochen würden die Ferien vorbei sein, und die wollte er genießen. Er war bei Mechin und hörte Geschichten an, saß mit Onkel Albert auf dem Hügel und sah dem Himmel beim Stricken zu. Manchmal versuchte auch Onkel Albert etwas zu erzählen, aber es endete im üblichen Durcheinander. Doch kam David ins Staunen, als Onkel Albert plötzlich anfing, jenes Lied vor sich hin zu trällern.

»Findest du das schön?« fragte der Junge erstaunt; immer war Mechin böse geworden, wenn jemand dieses Lied gesungen hatte. Es wäre eine häßliche Anspielung, hatte er gesagt.

»Warum nicht«, sagte Onkel Albert und blinzelte. »Ist eine hübsche Melodie ... ruhiges sattes Dunkelblau, mit einem kleinen Schimmer blassen Grüns.«

Das waren genau die Redensarten, die es anstrengend machten, mit dem guten Onkel Albert zu sprechen. Also sang David ihm das ganze Lied vor, im Original, und dann übersetzte er. Onkel Albert fand es immer noch schön.

»Soll ich damit gemeint sein?« fragte er sich und schien David nicht mehr zu bemerken.

»Was sollte ich dagegen haben. Stimmt doch. Für die stimmt es. Die wissen ja nichts. Oder?«

David nickte unbehaglich.

»Und wörtlich übersetzt heißt es ›Der Dumme auf dem Berg‹, ja? Das finde ich reizend, wirklich reizend.«

Das war Onkel Alberts Kommentar dazu, und er pfiff die Melodie jetzt öfter vor sich hin. Mechin, der das bemerkte, fragte David aus – wer gesungen habe und woher Onkel Albert es habe. Dann schüttelte der alte Mann den Kopf und sah nachdenklich den Hügel hinauf.

»Zusehen, wie der Himmel strickt, ja?« murmelte er und vergaß, daß David bei ihm stand.

Und dann geschah etwas, wenige Tage bevor die *Pocahontas* wieder abflog, was wie eine Lawine auf David hinabrollte und von dem er erst viel später begriff, was es gewesen war.

Apollo war zu einer automatischen Meßstation weit draußen im Norden geflogen, die aufgehört hatte, ihre Wettermeldungen zu senden und ihre Fischbeobachtungen durchzugeben, und David lief nach Hause, um mit der Mutter einmal richtig und in Ruhe Mittag zu essen. Sonst blieb er meist bei Mechin, der kochte immer verrücktes Zeug, das zwar gut schmeckte, aber stets seltsam aussah und roch. Was er zubereitete, verriet der Alte sowieso nicht, und der Junge hatte den Verdacht, daß hin und wieder allerlei ekliges Getier darunter sein mochte. Wozu sonst die Heimlichkeit.

Wie immer lief David über die Terrasse, um aus dem großen Wohnzimmer über Video im

Krankenhaus anzurufen und seine Mutter zu fragen. Aber er rief nicht an. Er hörte fremdes Geräusch im Haus. Ein ungewohntes Geräusch. Die Pflegeautomaten hatten das Haus verlassen, seit Stunden schon. Es klang auch nicht wie ein Gerät. Es klang tierisch.

Billabong ist ein großer Planet, und es gibt Raubtiere dort, aber nicht auf besiedelten Inseln. Sogar in den Meeren um die bewohnten Äquatorinseln waren die Meeresräuber ausgerottet worden, um den Menschen Ruhe zu verschaffen. David verspürte also keinerlei Angst. Nur Neugier.

Der Junge ging leise durchs Haus und spähte durch die angelehnte Tür des kleinen Wohnzimmers. Da lag ein dunkelbrauner Trainingsanzug auf dem Boden, der gelbe Armstreifen leuchtete hervor. Da war überall ein Durcheinander von Kleidungsstücken im Zimmer. Da war ein fremder Mann mit sehr heller Haut, der nackt in dem riesigen Liegesessel saß, David den Rücken zukehrend, so daß der Junge nur stoppelkurz geschorenes blondes Haar sah und kein Gesicht. Da war Barbara, auch unbekleidet, die mit gespreizten Beinen auf dem Mann saß, das Gesicht mit geschlossenen Augen, gerötet. Sie atmete heftig, und durch beide ging langsamer stetiger Rhythmus, in dem der Atem durch den Raum zu hallen schien. Das war, was David gehört hatte.

Die Hände des fremden Mannes hielten die Brüste der Frau umfaßt, und der Junge vermochte nicht, den Blick von diesen großen weißen Händen zu wenden, die den Körper der Mutter auf und ab glitten, immer schneller, wie auch das Atmen schneller wurde.

David stand erstarrt, unbequem auf einem Bein, im Schritt festgebannt. Er spürte es nicht. Er sah an sich herunter und stellte das erste Mal in seinem Leben bewußt fest, daß er eine Erektion hatte. Er sah auf und schaute in die weit geöffneten Augen seiner Mutter, drehte sich um und lief hinauf in sein Zimmer, ohne nachzudenken. Er hinkte auf der Treppe. Sein Fuß war eingeschlafen. Er setzte sich auf den Hocker vor seinem Schreibtisch und starrte auf den kleinen Computer, das Terminal, die Disketten, die Einschübe, all das elektronische Spielzeug, ohne es zu sehen. Sein Kopf war völlig leer.

Irgendwie mußte es weitergehen. Es sei denn, die Welt würde in diesem Augenblick anhalten und für immer so bleiben. Fast wünschte der Junge sich, Onkel Albert möchte es in genau diesem Moment gelingen, die Welt am Fortspinnen ihres Weges zu hindern.

Die Mutter kam ins Zimmer. Sie trug einen eilig umgeworfenen Bademantel, und ihre Wangen brannten rot. David sah sie stumm an.

Sie suchte nach Worten.

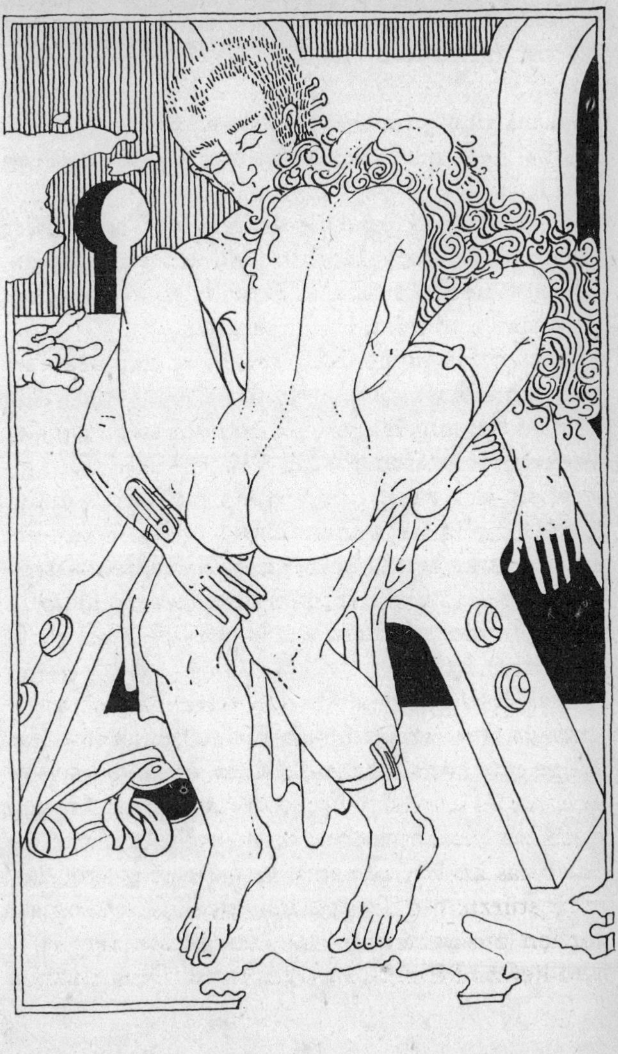

»David, das ist …«, fing sie an. Wütend nagte sie auf der Unterlippe, dann brach es aus ihr heraus.

»Daß mir jetzt auch noch hinterherspioniert wird.« Sie wußte nicht, was sie eigentlich sagen wollte.

»Geh hin und erzähle es deinem Vater. Oder gleich dem alten Mechin und seinem Idioten. Dann wissen es bald alle. Dann hast du es wieder geschafft und mich kaputtgemacht.«

Sie stockte und sprach weiter, immer schneller und schneller.

»Das hat angefangen, als du noch nicht auf der Welt warst … Und bei der Geburt bin ich fast gestorben, das war … mir fehlen die Worte dafür. Und so ging es weiter. David, mein Klotz am Bein. Immer krank. Immer ein Grund, hierzubleiben und draußen. Für immer draußen zu bleiben. Sei froh, daß du nicht weißt, was ich alles geopfert habe …«

David hatte bemerkt, daß seine Mutter angetrunken war; und daß man Erwachsenen aus dem Wege geht, wenn sie nach Wein riechen, hatte er gelernt. Es hätte der Aufforderung seiner Mutter, doch zu verschwinden, nicht bedurft. Aber sie hatte das anders gemeint, und David spürte das.

Er stürzte die Treppe hinunter, raffte ein paar Sachen zusammen – was ihm gerade einfiel – und lief zu Mechin, zu wem sonst. Dem erzählte er alles und konnte dabei immer noch nicht weinen, nur schneller reden und immer hastiger, denn er spürte, daß er weg müsse, weiter weg.

»Bleib doch bei mir«, rief Mechin dem Jungen nach, aber der hörte nicht. Onkel Albert wäre der einzige gewesen, der David zum Bleiben hätte bewegen können, aber Onkel Albert saß oben auf dem Hügel, versunken ins Schauen. Und Mechin mit seinen steifen alten Beinen schaffte es nicht mehr bis dort hinauf.

Wild fluchend zerrte der alte Arzt das Schuppentor auf und setzte sich stöhnend in den elektrischen Rollstuhl. Wenn der Junge sich etwas antut, dachte er, und daß es irgendwann wohl sowieso hätte passieren müssen. Nicht auf diese häßliche Art und Weise; doch irgendwann einmal.

Aber Mechins elektrischer Rollstuhl war viel zu langsam und zu schwerfällig. Als der Alte den Steg erreichte, wo David hingerannt war, konnte er nur feststellen, daß er zu spät kam. Er ließ den Rollstuhl bis zum äußersten Ende des Stegs fahren, ohne sich Gedanken zu machen, wie er das Gefährt hier wenden sollte. Von dort rief er, aber David war außer Hörweite. Und selbst wenn er die Rufe gehört hätte, wäre er wohl nicht zurückgekommen.

Mechin sah dem Boot nach. Auf dieser Welt geht niemand verloren, dachte er. Und auf jeder

Insel in der Nähe gibt es wenigstens einen kleinen Ort. Der Junge muß ja was essen. Und die Benutzung seiner Identitätskarte wird registriert. Mag er irgendwo zur Ruhe kommen fürs erste.

Es war nicht kalt. Doch der Arzt fror unsäglich und zog die Wolldecke um seine Schultern fester.

4.

David saß auf einem Felsen am Strand und sah zu, wie Felix aus dem Wasser stieg. Felix war nicht größer als David, aber schon neunzehn; klein, durchtrainiert und kräftig. Und verschlossen. Mehr als seinen Vornamen verriet er nicht, David wußte nicht, ob das sein neuer oder alter Name war. Es war ihm gleich.

Auch Felix hatte weiße Haut, und als er sich in die Sonne legte, erklärte David ihm, daß es nicht sehr sinnvoll sei. Der Ultraviolettanteil des Sonnenlichts war gering, und man mußte den ganzen Sommer nackt herumlaufen, um wenigstens halbwegs braun zu werden.

»Das ist mir schnurz«, sagte Felix und aalte sich im Sand, »ich finde es einfach schön hier.«

»Ich nicht«, knurrte David. Er hatte Felix alles erzählt, nachdem der ihn aus dem Boot gezogen hatte, das auf Grund gelaufen und jetzt weit draußen als winziger Punkt zu sehen war.

Seit zwei Tagen waren sie hier. Felix ging in

Davids Sachen mit Davids Karte einkaufen, und manchmal brieten sie einen Fisch, den David fing. Wenn Felix angelte, holte er ungenießbares Viehzeug aus dem Meer.

»Felix, wenn es dir hier gefällt, warum wollen wir es dann nicht so machen, wie ich gesagt habe? Wir tauschen die Karten aus und den Namen – du bleibst hier und ich fliege fort.«

»Meine Güte«, sagte Felix und schaufelte sich heißen Sand auf den Bauch, »das habe ich schon ein paarmal gesagt. Ich will nicht noch mal bestraft werden. Und von unüberlegten Dingen habe ich die Nase voll.«

»Die Eintragungen auf deiner Karte kann ich ganz leicht ändern«, sagte David, »die Dinger haben sie improvisiert, weil sie euch hier absetzen mußten.«

»Du kennst ja tolle Wörter«, sagte Felix und schaufelte weiter.

»Ich hatte mal ein halbes Jahr nichts als ein Terminal zum Spielzeug, weißt du. Mechin sagt immer, ich habe da ein bißchen zu viel gelernt und leider die falschen Sachen.«

»Hm, hm.«

»Eines mußt du noch wissen über Onkel Albert. Ich muß dir das Lied beibringen.«

Das Lied gefiel Felix, und er summte es unaufhörlich vor sich hin, als David verträumt weiterredete; daß Felix für den Rückweg seine, Davids,

Hosen tragen könne, er müsse nur einen Strick um den Bauch binden, weil er schlanker sei. Und er, David, würde nicht auffallen, wenn er erst einmal in dem Einheitstrainingsanzug stecke und am Nachmittag mit den anderen in das Schiff gehen würde. Alles ganz einfach.

David sprach nicht davon, daß er nicht vorhatte, zu warten, bis Felix einverstanden war. Er nahm den Tausch als gegeben an. Schließlich hatte er etwas dafür getan. Er sah Felix zu, der seinen Körper mit dem warmen Sand bedeckte. Der würde Apollo als Sohn besser zusagen.

»Meinst du«, sagte Felix leise, »deinen Eltern würde gefallen, einen wie mich im Hause zu haben?«

David knurrte nur kurz; was machte das. Schließlich hatte er selbst sich immer gefühlt, als habe er irgend etwas Schlimmes angestellt.

Felix sah den Jungen scharf an und drehte sich rasch herum.

»Ich kann's dir ja sagen, wir sehen uns nie wieder ... Ich war Kadett einer Flottenabteilung. Und ich hab bei einer Erkundung durchgedreht. Man spricht auch von Kurzschlußreaktion, aber in Wirklichkeit war es Angst. Das haben sie mir klargemacht. Ich habe zwei meiner Kameraden ... mit so einem Werfer, weiß du ... Weil ich nicht wußte, ob ich es schaffen würde ... Das ist ...« Felix sprang auf, daß der Sand stiebte, und ging ein paar Schritte auf David zu, der ihn mit großen Augen ansah.

»Ich hab die beiden umgebracht, mußt du wissen. Aus Feigheit. So einen Kerl willst du deinen Eltern antun?«

David antwortete nicht. Er sah Felix an. Felix verstand, was David nicht fähig war, in Worten auszudrücken. Er drehte sich um und lief mit großen Schritten ins Meer.

Jetzt schwimmt er wieder zu dem Felsen und setzt sich darauf und guckt ins Wasser, dachte David. Er wird sich gut mit Onkel Albert verstehen. Schade, daß ich ein bißchen betrügen muß. Jetzt ist er auf dem Felsen, setzt sich hin, starrt ins Wasser.

David langte in den Haufen Sachen – seine und Felix' – und verstellte die Armbanduhr um eine weitere Stunde. Sie würden drei Stunden zu spät Mittagessen machen, und Felix würde seinen Mittagsschlaf machen und den Start des Schiffes verschlafen, auf dem David sein würde.

Zwei Inseln weiter saß Onkel Albert auf seinem Hügel und sang leise das Lied vor sich hin. Barbara stand vor ihm und fragte wieder und wieder, ob er nicht wisse, wohin David gefahren sei mit dem Boot ... Sees the sun goin' down, sang Onkel Albert, als die Sonne auf- und untergegangen war und Apollo, der das erste Mal mit ihm sprach, ihn dasselbe fragte. Sie wüßten ja, daß der

Junge lebt, sagten Mallees am nächsten Tag, irgendwo würden mit seiner Karte Einkäufe getätigt, aber wo ... Onkel Albert war nicht unwillig, daß sie ihm die Sicht verdeckten, er hatte das Lied. Irgendwann setzte sich ein anderer Junge zu ihm auf den Hügel und sang zusammen mit ihm und sah zusammen mit ihm eine ganze Weile der Welt beim Stricken zu, ehe Mechin kam und mit dem Jungen wegging.

Die Familie Mallee wurde vier Tage nach Abflug der *Pocahontas* wieder vervollständigt. Der alte Arzt schob den Jungen ins Haus und sagte, was zu sagen war. Felix schwieg; was hätte er sagen können. Er ging auf die Terrasse und sah in den Abendhimmel, in etwa die Richtung, in der das Raumschiff verschwunden war.

Apollo starrte fassungslos auf diese kleine kräftige Gestalt, die Davids Hosen trug, einen zusammengeknoteten Strick um den Leib und sonst nichts. David war nie barfuß auf Steinen gelaufen.

Ich werde dem Alten nie wieder in die Augen sehen können, dachte er und sah zu Barbara hinüber.

Felix-Davids Mutter saß auf dem Sofa und sah ungläubig den alten Mann an, der auf schmerzenden Beinen krumm dastand und auf etwas zu warten schien. Sie stand auf und ging zu Apollo und wollte ihn am Arm fassen. Aber ihre Hand stockte, ehe sie ihn berühren konnte, als sei etwas zwischen ihnen, das jede Berührung für immer verhinderte.

Dann ging der Alte langsam zu Felix, sagte leise etwas zu ihm; der Junge schüttelte den Kopf.

»Du hast doch keine Schuld«, sagte Mechin laut und wandte sich ab und ging, langsam und mit steifen Beinen, durch den Garten davon, auf den Hügel zu, wo Onkel Albert sitzen mußte.

1983/86

Glücklicher Lotse

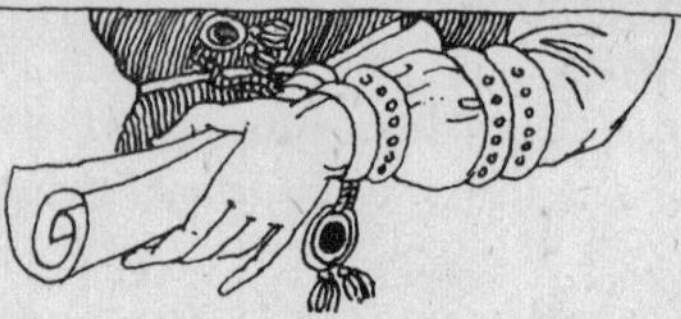

Mag, wen ein günstiges Geschick erschuf,
an Titeln sich und äußrer Ehre laben.
Mir, der sich fern fühlt solcherlei Beruf,
ward der Gewinn, ein andres Glück zu haben.

Shakespeare, 25. Sonett, deutsch von Karl Kraus

Eine Runde von Kapitänen saß beisammen, an geräumigem Sechsertisch, an dem ein Platz sorgsam freigehalten wurde. Es wäre niemand auf den Gedanken gekommen, sich zu ihnen zu setzen. Touristen verirrten sich nicht in die »Laterne«, und wer sich hier auskannte, wußte, daß dieser Tisch so etwas wie Besitz der Kapitäne war. Wenn der Raumhafen voll war, mußten Stühle herangestellt werden; es kam vor, daß einer oder zwei einsam an dem Tisch hockten.

Die »Laterne« war eine Lokalität auf Atibon Legba, unter Raumfahrervolk bekannt weniger wegen der Kapitänsrunde als wegen ihres ausgefallenen Raumschmucks – nicht nur Schmuck, sondern vielleicht auch makabre Warnung und

Beispiel. In poliertem Glaskasten wurde ein Laternenflamingo gezeigt, der von Steinstrahlung getroffen worden war, wie sie hin und wieder bei den Grauen Sonnen vorkommen soll. Er hatte sich, wie alles irdische Leben, unter dem Einfluß des rätselhaften Strahls langsam in geäderten Stein verwandelt. Natürlich sah er gut aus, der elegante Ziervogel, noch im steinernen Tod anmutig. Und doch wirkte der eigenartige Raumschmuck wie eine Warntafel: Daß es unnatürlich wäre, seine Grenzen zu überschreiten, Leben ins All zu tragen, daß man dafür bezahlen müsse. Die Wirkung – wenn sie beabsichtigt war – verlor sich freilich rasch. Ständige Mahnung wird lächerlich, das Grausige anheimelnd durch Gewöhnung. Außerdem war jene Strahlung außerordentlich selten.

Die fünf, die heute am Kapitänstisch saßen, kannten sich lange, dementsprechend laut und lebhaft ging es her. In der »Laterne« wird von Raumgegenden gesprochen, die keine sorgfältig geräumten Trassen haben und in denen Fliegen mehr ist als eine Rechenaufgabe mit mehr oder weniger vorhersehbaren Unbekannten.

»Und jedesmal«, röhrte Vliesenbrink mit seiner übermäßig lauten Stimme, »wenn man dort vorbeikommt, hat sich die Form dieser verflixten Wolke verändert! Sie teilt sich, stülpt Füße aus, zieht sich zusammen – als wäre sie lebendig!«

»Du bist dir sicher, daß du von der Nebula Sciuri sprichst?« erkundigte sich Punt, der unscheinbar und rundlich war und zweifelnd seine Glatze krauste.

Statt einer Antwort wies der riesige Mann, der von Karna stammte, aber nicht viel mit Heimat im Sinn hatte, auf sein Gegenüber, den alten Schlunke, der nur nickte.

»Aber woher diese Bewegungen?« fragte Punt verständnislos. »Das gibt's doch nicht – lebende Wolken im Kosmos!«

Alle sahen zu Tullama, der mal Physik studiert hatte und unter Kapitänen als weiser Uhu galt. Aber Tullama zog es vor, vage mit dem Kopf zu wackeln. Dafür fing der jüngste von ihnen, Claras, von dem niemand wußte, ob er Mann oder Frau war, mit wilden Spekulationen an, die sie grinsen ließen: In der Wolke verborgene Doppelsterne, verdeckte Novaausbrüche eines hypothetischen Sterns, Bombenexplosionen einer unbekannten Rasse, pulsierende Schwarze Löcher …

»Wirklich toll, Claras«, donnerte Vliesenbrink, daß Tullama zusammenzuckte.

»Wie fliegst du denn nun, wenn du an dieser Wolke entlang willst?« erkundigte sich Punt.

Vliesenbrink dämpfte seine Lautstärke. »Du hast zwei Möglichkeiten – du machst den großen Umweg und verlierst zwei Wochen … oder … oder du hast einen wirklich guten Lotsen.«

»Du meinst Christoff?«

»Natürlich. Einmal ist er sogar mittendurch geflogen.«

»Also weiß der, was dort los ist?« warf Claras dazwischen.

»Natürlich nicht. Aber er weiß, wie man heil vorbeikommt.«

»Woher, frage ich mich«, sagte der alte Schlunke nachdenklich.

»Er *weiß* es nicht, das ist der falsche Ausdruck.« Vliesenbrink suchte nach Worten. »Er hat eine Art zusätzlichen Sinn für diese Dinge.«

»Einen Draht zum lieben Gott«, bemerkte Punt spöttisch.

Vliesenbrink sah ihn mit ernstem Gesicht an. »Wenn du es so nennen willst – bitte. Ich glaube auch nicht, daß er jemals krank gewesen ist – oder es je wird.«

Tullama beugte sich vor. »Und dieser Christoff kommt heute abend her?« fragte er.

»Er kommt«, sagte Schlunke, »da bin ich sicher. Schließlich will ich mit ihm etwas unternehmen.«

Eine kurze Stille entstand, in der Punt ein kleines »Ach so?« hören ließ.

Claras brach das Schweigen mit sanfter, heller Stimme – die reine Erholung gegenüber dem bullerigen Organ des Karnesen. »Ich bin einmal mit ihm geflogen, und es war genau, ganz genau so, wie du sagst. Wir sollten eine Gruppe von

Forschern abholen, denen im wahrsten Sinne des Wortes der Boden unter den Füßen zu heiß geworden war. Der Planet war in eine Phase vulkanischer Aktivität getreten, und sie hatten nur Flugzeuge und kein Raumfahrzeug. Wie das so ist, ihr Mutterschiff hätte es nicht geschafft, und wir sollten sie rasch holen. Die armen Jungs – Blödsinn, es war eine reine Frauenexpedition, also die armen Mädchen flogen praktisch nur noch mit ihren Gleitern und Schwebern umher. Überall mußten sie schnell wieder fort. Spalten taten sich auf, Erdbeben zerschüttelten alles, Laväströme quollen hervor. Und wir hatten ein kleines Problem: Irgenwo mußten wir unsere Kiste schließlich hinstellen. Ein Raumschiff ist kein Schweber, der mal eben rasch zur Seite hüpft.«

»Du redest mit Raumkapitänen, mußt du wissen«, sagte Schlunke ruhig und giftig, »nicht mit Bürotippsen aus der Zentralverwaltung.«

Claras schluckte und erzählte weiter.

»Wir wußten also nicht, wo auf diesem verflixten Planeten wir unseren Kahn für einige Stunden sicher hinstellen konnten. Alles war in Bewegung. Einer der Kontinente hatte zu versinken angefangen, unsere Computer waren total überfordert. Es war kein relativer Ruhepunkt zu errechnen.«

»Da hätten die Mädels doch in der Luft abwarten können«, warf Tullama ein.

»Treibstoff«, sagte Claras und fuhr fort: »Es schien alles zu spät zu sein. Von Luft konnte man auch nicht reden – eine Brühe aus Rauch und fliegenden Felsbrocken. Aber wir hatten unsern Christoff. Der sah sich zwei Umkreisungen lang das Chaos an und tippte lässig einen Punkt auf den Tüftelglobus in der Zentrale. Dort landeten wir. Dort blieb es sechseinhalb Stunden ruhig, und nach fünf Stunden waren wir weg.«

»Eine Ruhephase in der Tektonik«, sagte Tullama fragend. Claras lächelte ihn strahlend an.

»Später stellten wir fest, daß unser Landeplatz der einzige stille Fleck auf dem ganzen verdammten Planeten gewesen war. Und dreißig Stunden danach gab es keine Planetenoberfläche in unserem Sinne mehr. Nur Lava, Schlamm und treibende Felsen. Die Frauen waren begeistert von dem Gedanken, wir hätten ein bissel gewartet ...«

»Die Computer konnten keinen Ruhepunkt berechnen«, sagte Tullama nachdenklich, »und er tippte einfach auf den Tüftelglobus ...«

»Also doch ein Draht zum lieben Gott«, wiederholte Punt, nicht mehr spöttisch.

»Seid mir nicht böse, aber ich habe die unwahrscheinlichen Geschichten über Christoff immer für Blödsinn gehalten. Diese Verschwendung glücklicher Zufälle. Bis vor drei Jahren. Bis er mit mir geflogen war. Bis ich wußte, daß das eine entschieden unverdauliche Sache ist, über die man besser nicht nachdenkt.«

Vliesenbrink ließ seine riesige Faust auf den Tisch krachen und sah Punt mit komischer Verzweiflung an. »Hat dieser Mensch drei Jahre lang verschwiegen, daß er auch eine Christoff-Sache erlebt hat!«

Schlunke rüttelte prüfend an der Tischplatte, sie hatte dem Schlag Vliesenbrinks erstaunlicherweise widerstanden.

»Erzähl!« sagte Tullama interessiert.

Punt sah unsicher die anderen an. »Ich weiß nicht recht ... Na gut, ihr müßt mir ja nicht glauben. Es war in der Nähe von Boryon VIII, wo es diese Schürfstationen gibt, irgendwelcher seltenen Minerale wegen. Ich kenne mich da nicht aus. Die Leute mußten versorgt werden, ein paar tausend Mann nur, völlig abhängig von den Lieferungen aus A.L.; es gab aber ein kleines Problem. Das Boryon-System war in einen extrastellaren Meteoritenschwarm geraten, eine Lawine von Stein und Staub, die von irgendwo nach irgendwo rast.«

»Die vagabundierenden Müllkippen«, sagte Tullama.

»Die gibt es doch nicht«, brummte Vliesenbrink, und Tullama lächelte nur. Weiß man's? schien er zu fragen, und der große Vliesenbrink zuckte mit den Schultern.

»Dieser Strom war zu groß, um ihn rechnerisch erfassen zu können, und deswegen kamen übliche automatische Transporter nicht an. Sie verschwanden im Strom, und man hörte nie wieder von ihnen. Also schickte man einen bemannten Waraega-Transporter los. Ihr wißt, wie stark die bewaffnet sind. Sie haben versucht, sich den Weg freizuschießen. Wochenlang. Sie kamen aus dem Strom heraus, kurz ehe der Treibstoff ausging.«

Die vier Kapitäne blickten Punt ungläubig an. Das war eine sehr unwahrscheinliche Geschichte. Die Konstrukteure des Waraega-Typs hatten ihre Schiffe fast zu Kampfschiffen aufgemöbelt – deswegen wurden die Einheiten dieses Typs nach und nach aus dem Verkehr gezogen.

»Sie tankten auf und flogen den Strom von einer anderen Seite her an. Aber dort hatten sie noch weniger Glück. Sie gerieten in innere Turbulenzen des Stroms, wurden vom Kurs abgedrängt und waren endlich in einer unmöglichen Situation. Sie hätten sich freischießen müssen, aber eben das konnten sie nicht, weil ihre Salven unweigerlich auch Boryon VIII getroffen hätten. Und das ging ja nun nicht.«

Der alte Schlunke nickte, er konnte sich das vorstellen. Und er hatte eine trübe Ahnung, was das Ende dieses unglücklichen Transporters anging. Er sah Punt an. Der nickte auch.

»Nach Tagen gab es einen Blitz im Strom, und

es hatte den Transporter offensichtlich erwischt. Man weiß nichts über ihn. Vielleicht hat er einen Raumsprung versucht – trotz der Nähe von festen Körpern – und ist sonstwo herausgekommen. Ich glaube, er ist explodiert.«

»Du wolltest von Christoff erzählen«, sagte Tullama.

»Natürlich. Man schickte einen leichten Kreuzer in den Strom, denn die Leute auf Boryon VIII gerieten in echte Schwierigkeiten und mußten den Gürtel enger schnallen. Dieser Kreuzer kam zerschunden und mit entnervter Besatzung nach zwei Wochen zurück, er hatte Boryon VIII nicht mal von weitem gesehen. Nun holte man mich aus dem Urlaub, und ehe ich mich's versah, war ich mit der *Arcadia* auf dem Weg zu Boryon VIII. Man wollte auf Nummer Sicher gehen, da man einen Weltenkreuzer schickte. Wir waren vollgestopft mit Vorräten, damit man vor dem Ende des Stromes die Aktion nicht wiederholen mußte.«

»Daß die Leute auf Boryon das Bombardement überlebt haben«, sagte Claras verwundert.

Schlunke stieß ihn an.

»Du warst noch nicht dort«, sagte er, »das merkt man. Es gibt keine Meteoriten, die von dieser Atmosphäre nicht abgefangen werden, so dicht ist sie.«

»Hm«, machte Claras und merkte sich das für eventuelle Verwendung.

»Ich stürzte mich in den Strom«, fuhr Punt fort, »und es war wie gehabt. Wir mußten aus allen Rohren feuern, und nur die extrem hoch gespannten Schutzfelder der *Arcadia* retteten uns, als wir in die Turbulenzen kamen. Es war kein Durchkommen. Zurück nach Atibon Legba, große Beratung erwartet – nichts davon. Christoff tauchte auf, als Lotse. Er hatte sich gemeldet und dem Flottenkommando irgendwie eine kurze Theorie über den Strom beigebracht. Die hatten auch nicht kapiert, aber ihm sicherheitshalber geglaubt. Und Christoff führte die *Arcadia* durch den Strom. Mir standen die Haare zu Berge. Er steuerte den Mittelpunkt der Turbulenzen an und jagte das Schiff dort hindurch. Wir waren weiter gekommen als alle anderen, ehe sich auch für uns alle Schlupflöcher schlossen. Christoff ging ans Steuer, mein Pilot hielt sich die Augen zu, und ich war wie gelähmt. Plötzlich waren wir auf der Ekliptik von Boryon, wo es nicht mehr viel Trümmer gab, und einige Tage danach, zu unserer und ihrer Überraschung, konnten sich die Leute auf Boryon satt essen. Wie Christoff das geschafft hat, weiß er selber nicht. Ich habe mir die Aufzeichnungen nicht nur einmal angesehen. Es gibt keine Erklärung. Plötzlich war da eine Lücke. Das kommt vor. Aber die *Arcadia* hatte, lange bevor sich die Lücke auftat, Kurs dorthin genommen …«

»Und das sollen wir dir glauben?« sagte Tullama.

»Soll ich dir die Bänder mal schicken? Dann kannst du es dir selbst ansehen.«

»Was hat das Flottenkommando dazu gesagt?« fragte der alte Schlunke, der seine Erfahrungen hatte mit der zähen Verwaltung in den Bürovierteln von A. L.

Punt grinste. »Ich habe Berichte geschrieben und abgeliefert, alles nach Vorschrift. Und ich habe nie wieder davon gehört. Ich wundere mich auch nicht. Es ist schwer zu glauben ...«

»Vor drei Jahren war das, da muß Christoff also schon seine Braut gehabt haben.«

»Ja – die hat ihn damals bis aufs Schiff gebracht« – Punt war überrascht –, »und er hat ihr versprochen, daß es sein unwiderruflich letzter Flug sein wird.«

»Das verspricht er immer«, sagte Schlunke und schob sein leeres Glas beiseite, um seinerseits von Christoff erzählen zu können. Er hatte ausladende Handbewegungen beim Geschichtenerzählen, die anderen wußten, was kam, wenn er sein Glas wegschob.

Doch Vliesenbrink unterbrach ihn. »Ich habe gehört, er will jetzt wirklich Schluß machen«. Er sah die anderen forschend an.

»Das wäre gar nicht gut«, meinte Schlunke.

»Du mußt nicht denken, du wärst der einzige,

der hier ist, um Christoff auf sein Schiff zu holen«, sagte Tullama. Er sah die anderen auffordernd an, und sie nickten. »Ihr habt alle erlebt, was er für ein extrem guter Lotse ist, und ich brauche so einen für meinen nächsten Auftrag.«

Punt betrachtete seinen Bauch, Claras fing an, mit einem blitzenden kleinen Ding Fingernägel zu polieren. Schlunke rieb sich die Augen, Vliesenbrink stand unruhig auf und räkelte seine zwei Meter zwölf lichter Höhe.

»Wir wollen uns wirklich um ihn streiten?« fragte er leise.

Claras warf abschätzende Blicke auf Vliesenbrinks großen, muskelstrotzenden Körper. »Nicht daß du auf die Idee kommst, einen Ringkampf zu veranstalten.« Der Einfall, einer von ihnen würde sich körperlich mit dem Karnesen messen wollen, war allerdings grotesk. Vliesenbrinks Konstitution war auf mehr als doppelte Erdenschwere zugeschnitten, und hier trug er Stahlplatten an den Füßen, um nicht zu hüpfen, wenn er gehen wollte.

»Keine Angst«, knurrte Vliesenbrink, »du solltest dir besser überlegen, wie wir der Braut ausreden, daß Christoff nie wieder fliegt.«

»Warum sollte sie das wollen?« Claras verstand nicht.

Punt lachte leise auf. »Familie gründen, Claras, Kinder kriegen, Haus bauen, einen Garten pflanzen, ein Buch schreiben, und was es da sonst gibt. Die Frau will nicht mehr Wochen, Monate und länger auf Christoff warten müssen.«

Claras schwieg. Diese Dinge blieben seiner Natur verschlossen. Aber die anderen Kapitäne verstanden sehr wohl. Sie redeten aufgeregt durcheinander, und vergeblich versuchte Schlunke, seine Geschichte über Christoff zu erzählen, die mit Geschossen und Kampf gegen irgendein Maschinenwesen zu tun hatte. Am Tisch kehrte erst Ruhe ein, als die Kapitäne eine hübsche Frau auf dem frei gehaltenen Stuhl sitzen sahen. Sie war nicht die Jüngste, aber attraktiv. Sie trug ihr braunes Haar lang und hielt es mit einem indianisch gemusterten Stirnband zusammen.

»Die Braut ist schon da«, sagte sie, und schlagartig verstummte das Gerede der fünf. Man schaute sie verdutzt an. Tullama fing sich als erster.

»Es ist nicht so, daß wir Ihnen nicht die Ruhe gönnten«, erklärte er, »aber Sie müssen verstehen, daß Ihr Christoff Fähigkeiten hat, die zu wertvoll sind, als daß wir darauf verzichten könnten.«

»Sie werden es müssen«, entgegnete die Frau mit leisem Spott, »er hat mir fest versprochen, aufzuhören mit dem Lotsenberuf.«

»Er ist mehr als ein Lotse«, murmelte der alte Schlunke, »er ist ein Lieblingskind von Fortuna. Als ob er glückliche Zufälle ebenso anzieht wie ein einzeln stehender Baum die Blitze.«

»Und nun will der Baum seine Ruhe haben vor den Blitzen.« Sie blieb freundlich.

»Er hat Menschenleben gerettet« – Claras' Stimme zitterte –, »und er könnte das wieder tun. Sehr bald sogar ...«

»Reden Sie mir keine Schuldgefühle ein, das verfängt nicht«, sagte die Frau lässig, und Claras verstummte. Hilfesuchend sah er zu Vliesenbrink.

Der setzte sich schwer. »Der Verlust von Christoff wäre für alle am Tisch ein schwerer Schlag, ich zum Beispiel müßte meinen Auftrag zurückgeben. Ohne Christoff wage ich mich dort nicht heran. Das wäre nicht nur peinlich für mich, sondern auch verheerend für das Flottenkommando.«

Das Lächeln der Frau erlosch wie ausgeschaltet.

»Falls das ein Erpressungsversuch sein sollte, sind Sie an der falschen Adresse«, antwortete sie kalt. »Christoff hat seine Lizenz an das Flottenkommando zurückgegeben. Vor einer oder zwei Stunden erst. Mit der Rohrpost. Es gibt keinen Lotsen Christoff mehr. Er kommt gleich her, da können Sie sich davon überzeugen.«

Punt seufzte in die entstandene Stille hinein. Alle am Tisch, außer der Braut des Lotsen, ließen die Köpfe hängen. Was sollte man dazu sagen.

Stimmengewirr erhob sich in der »Laterne«,

und es gab Aufsehen am Eingang des Lokals, wo der versteinerte Flamingo stand. Dann war es soweit – Christoff, der beste Lotse, den man auf Atibon Legba je gesehen hatte, ging auf den Tisch zu.

Er war schon eine beachtliche Erscheinung. Nicht sehr groß, aber Gesicht und Figur wie eine griechische Statue. Die schwarzen Haare zeigten erste grausilberne Strähnen, und etwas unterschied Christoff von den Statuen, denen er ähnelte: Die Statue lebte, man konnte sich an sie anlehnen, wie die Frau es jetzt tat, und sie konnte lächeln, wie nie ein Bildhauer seine Figur hatte lächeln lassen können.

»Hast du ihnen Pfeffer gegeben, Sascha?« Er nahm die Frau in die Arme, und für einen Augenblick vergaßen beide die Runde der Kapitäne. Die blickten weg, von Claras abgesehen, dem in diesen Dingen Takt abging.

»Du«, sagte Sascha dann, »ich hab ihnen erklärt, daß es aus ist mit dem Lotsen Christoff.«

»Richtig.«

»Und daß wir auf Atibon bleiben und nicht mehr durchs All fliegen.«

»Richtig.«

»Und daß sie sich sparen können, dich abzuwerben …«.

»Richtig.«

»… weil ich das längst besorgt habe!«

Er lachte.

»Aber ich muß noch mal weg, Christoff, meine Schicht ist verlegt.«

»Ich weiß, man hat es mir im Kommando gesagt.«

»Morgen früh um zwei bin ich fertig und komme nach Haus. Dù wirst staunen – ich habe den Steingarten jetzt mit dem Kristallzaun umgeben. Sieht herrlich aus.«

»Das ist schön.«

»Also – ich muß jetzt. Mach's gut. Bis dann.«

»Ja. Bis dann.«

Er blickte ihr nach, bis sie verschwunden war, und setzte sich zu den Kapitänen.

Betretenes Schweigen.

»Es ist niemand gestorben, wißt ihr«, sagte Christoff. »Ihr müßt keine Beerdigungsgesichter machen.«

Vliesenbrink sah den Lotsen schief an. »Ich wollte dich haben, um die Nebula Sciuri zu erforschen, dort hat man Signale empfangen ... Ohne dich ist es Verschwendung, überhaupt loszufliegen.«

Claras lachte sein helles Lachen. »Und ich wollte mit dir den verlorenen Dunkelplaneten suchen, den drei Expeditionen nicht gefunden haben. Du weißt, wie wertvoll die Vorkommen dort sind. Nun werden wir ihn nie finden.«

Christoff reagierte nicht. Er hörte zu.

»Das ist richtig nett«, sagte Punt, »da sind wir ja alle angeschmiert. Mein Auftrag sind die vagabundierenden Ströme; es soll einen geben, der irgendwo in unserem Sektor verschwunden ist. Wahrscheinlich hat ihn zufällig ein Stern eingefangen. Das wäre interessant gewesen, einen solchen Haufen in Ruhe studieren zu können. Aber finde einer diesen gefangenen Strom, wenn kein Christoff den Lotsen macht … Nun wird man automatische Suchsonden losschicken. Wenn's gut geht, wissen wir in ein paar zwanzig Jahren vielleicht schon, wo der Strom steckt.«

Auch Schlunke hatte einen Auftrag, den er nun zurückgeben mußte – die letzte verrückte Maschinenfestung sollte er ausschalten. Dieser funktionierende Schrotthaufen verlegte den Zugang zu mehreren interessanten Planeten; um ihn zu besiegen, brauchte man verdammt viel Glück – einen Christoff eben.

»Ich bin noch schlimmer dran, ehrlich«, sagte Tullama leise, wie seine Art war. »Ich habe mein altes Schiff wieder übernommen …«

»Die *Armorica*?« fragte Claras überrascht.

»Ja. Man hat Signale aufgefangen, die von der *Oosterbrijk* stammen könnten …«

»So ein Quatsch«, stellte Vliesenbrink in gewohnter Lautstärke fest, »die ist seit sieben Jahren verschwunden oder länger. Wenn es das Schiff noch gäbe, wäre es längst gefunden worden!«

»Vielleicht Automatik«, erwiderte Tullama, »vielleicht auch ein paar Überlebende, was weiß ich. Jedenfalls hat irgend etwas die Kennung der verschollenen *Oosterbrijk* gesendet. Und ich wollte sie mit Christoff finden.«

»Ihr tut, als sei ich was Besonderes«, sagte Christoff. Die Kapitäne lachten los wie ein Mann. Als ob er das nicht wäre. Der glückliche Lotse, der er war! Bekannt im ganzen Sektor und weit darüber hinaus.

»Ich muß noch in dieser Nacht starten«, erklärte Tullama, »das werde ich wohl ohne dich tun müssen ...«

Christoff reagierte nicht auf die verborgene Frage. Man trank und schwatzte, ehe man sich trennte. Es blieb ein schaler Geschmack zurück.

Um Mitternacht stand Christoff an der Mauer des Steingartens. Sie war aus kühl glitzernden Kristallen gefügt, und ihr Licht warf kaum Schatten. Christoff sah sich das an, ehe er seine Tasche im Eingang des Hauses abstellte. Er achtete nicht darauf, daß neugierige Nachbarn ihn beobachteten. Aus der Zustellkiste der Rohrpostverbindung holte er seine Lotsenlizenz, das einzige, was er mitnahm. Er ging langsam und sah sich nicht um. Wenn Sascha von der Schicht kommen würde, wäre ihr alles klar – die Tasche, die offene Postanlage, die Hälften der Rohrposthülse.

Als in der *Armorica* die Startvorbereitung auf

vollen Touren lief, stand Tullama völlig überrascht dem Lotsen gegenüber, der sich forsch zum Dienst meldete. Dem Kapitän fiel Sascha ein, die von ihrer Schicht kommen und sich allein finden würde. Aber er schwieg. Im Grunde genommen freute er sich, daß er den berühmten Lotsen hatte. Das war der halbe Erfolg der nicht aussichtsreichen Suche nach der *Oosterbrijk*.

Erst als weit nach drei Uhr – Atibon Legba war nur noch ein Ball auf den Bildschirmen – der Weltenkreuzer langsam zu beschleunigen begann, fragte Tullama nach den Gründen des Lotsen. Er hielt es nicht mehr aus. Wie konnte Christoff so herzlos und kalt sein, Sascha einfach sitzenzulassen.

Der Lotse schwieg. Er schwieg lange. Dann versuchte er zu lächeln, aber es mißriet zu einer erschreckenden Grimasse aus Schmerz und Angst. Tullama stand erstarrt.

»Ich weiß ja«, sagte Christoff, »daß ich so etwas wie ein Glückskind bin. Man sagt, ich hätte einen heißen Draht zum lieben Gott. Das ist Blödsinn. Ich habe einfach – Glück.«

Seine Stimme klang bitter. Tullama sah den Lotsen aufmerksam an. Die Lippen des Lotsen bebten, ehe er weitersprach.

»Manche halten es für eine Kette der unwahrscheinlichsten Zufälle, die es je gegeben haben mag, andere für eine seltene Erbanlage. Ich bin bei Nervenärzten gewesen und habe mich aufs genaueste untersuchen lassen. Aber ich bin normal. Sagten die Ärzte. Dachte ich auch. Ich war ein Raumfahrer wie alle anderen gewesen – erst als ich auf dem Rückweg von den Grauen Sonnen zwei Drittel meines Treibstoffes verloren hatte und direkt durch die Nebula Sciuri fliegen mußte, hatte ich zum erstenmal außergewöhnliches Glück. Das brauchte ich auch, denn ich war gezwungen, die kürzeste Route zu nehmen. Ich konnte nicht glauben, daß mir ein guter Stern seither nichts als Glück beschert; doch so sah es aus.«

Er winkte ab, und diese Geste war so verächtlich und resigniert, daß Tullama es kalt seinen Rücken hinabrieseln spürte.

»Erzähle mir alles«, bat er, »vielleicht wird dir leichter.«

»Kaum«, erwiderte Christoff, »aber schaden kann es nicht.« Er drehte sich um und schaute in irgendeinen Bildschirm. Tullama war sicher, daß der Lotse nicht bemerkte, was angezeigt wurde.

»Ich weiß, daß du mich für ein kaltes, seelenloses Vieh hältst«, fuhr der Lotse langsam fort, »und ich weiß, was ich Sascha angetan habe, indem ich weglief. Aber anders konnte ich nicht handeln. Das war mein Ausweg.«

»Wegzulaufen?« fragte Tullama verständnislos. »Aber wovor?«

Christoff fuhr herum und sah den Kommandanten wütend an.

»Ist es euch«, sagte er leise, »schon einmal in den Sinn gekommen, daß ich irgendwann dafür bezahlen müßte?«

»Wofür?«

»Für diese unwahrscheinlichen Zufälle, die mich umgeben und die mir helfen. Für Routen an unheimlichen kosmischen Nebeln entlang, die niemand vor und nach mir jemals befliegen konnte. Für zufällig geahnte Ruhepunkte auf von Erdbeben umgerührten Planeten. Für sogar mir unverständliche Stellen im Meteoritenstrom, die sich plötzlich als ersehnte Lücke erweisen. Für das intuitive Erfassen jener Stelle im Orbit einer Maschinenfestung, in der es einen ausreichenden toten Winkel gab. Ich muß bezahlen für Zufälle und glückliche Umstände – verschollene Schiffe zu finden, verdriftete Planeten aufzuspüren, Dutzende Male dem sicheren Tod von der Schippe zu springen.«

Tullama wich zurück und sah den Lotsen an. War der wahnsinnig geworden?

»Das war alles Verschwendung«, sagte der Lotse ganz leise, und er knöpfte langsam sein weißes Hemd auf.

»Es sieht aus wie eine Absicht.« Der Lotse sprach noch leiser, als schäme er sich seiner Worte. »Vielleicht habe ich zuviel bekommen, und etwas oder jemand rächt sich, aber ich rede mir lieber ein, es ist ein weiterer Zufall ...«

Er ließ das Hemd fallen und stand mit bloßem Oberkörper da. Marmorstatue, sorgfältig modellierte Muskulatur. Doch die Rippen an der linken Seite hoben sich in bläulichem Farbton ab, und die Haut in diesem Bereich war rissig und aufgedunsen, wenig nur, aber merklich. Christoff mußte furchtbare Schmerzen haben, wahrscheinlich nahm er irgendwelche Mittel.

Diese blaue Verfärbung war jene seltene Strahlenkrankheit, die menschliche Körper in grauenvoller Umwandlung zu blaugeädertem Stein werden ließ, wie den Flamingo in der »Laterne«.

Der Lotse sah den Kapitän ruhig an.

»Mein Gott!« brachte der mühsam hervor. »Man kann das doch behandeln!«

»Nein«, sagte der Lotse, und seine Ruhe war unheimlich und beängstigend, »bei mir nicht. Ich habe es erst vorige Woche bemerkt, und die Krankheit schreitet viel rascher fort als sonst. Ich muß sie schon lange in mir tragen. Es ist nie etwas registriert worden, und nun ist es zu spät.«

Tullama schnappte nach Luft und hielt sich irgendwo fest. Christoff würde sich langsam und qualvoll zu Stein verwandeln, und in diesem Stadium konnte ihm kein Arzt der Welt mehr helfen. Es würde noch einige Wochen dauern, wenige Wochen nur, in denen der Lotse die

Überlebenden der *Oosterbrijk* finden wollte, die von irgendwo einen kaum hörbaren Ruf geschickt hatten.

»Und Sascha?« flüsterte Tullama.

»Einem Schuft wird sie nicht lange nachtrauern, hoffe ich.« Der Lotse bückte sich nach seinem Hemd. Er konnte sich nur noch seitlich herabbeugen.

»Du weißt jetzt Bescheid, Kapitän.« Christoff sah Tullama an. »Ist dir jetzt besser? Ich glaube nicht.«

Damit wandte er sich um und ging auf die Tür zu, die gehorsam aufglitt. Tullama, der Kapitän, sah ihm nach und konnte nicht verhindern, daß es ihn schüttelte vor Grauen und einer Angst vor etwas Unbestimmtem, aber sehr Mächtigem.

1984/86

Der Galdäische Krieg

I.

Die kühle große Halle der Universität lag still und leer. In den Säulengängen aus nachgeahmtem Marmor hallten zögernd eilige Schritte wider, als wäre der ruhige Ort ungehalten über jede Art von Hast.

Ein junger Mann war die Stufen heraufgestiegen, die in den schattigen Campus führten, durchquerte nun die Halle, immer wieder auf die Uhr schauend. Er achtete nicht auf die ausgewogene Atmosphäre des Ortes und die im Fußboden eingelassenen Inschriften, die dem Gebäude den Anschein hohen Alters und langer Tradition geben sollten, die es nicht besaß.

Vor einer hölzern aussehenden Tür machte der junge Mann halt und suchte seinen heftig gehenden Atem zu beruhigen. Er hatte rote Flecken auf den Wangen, die sein Gesicht ungesund aussehen ließcn. Kurzgeschnittenes rotblondes

Haar, helle graue Augen, der Versuch eines Schnurrbartes. Entgegen der augenblicklich grassierenden Mode trug er keine Brille, nicht mal eine mit Fensterglas drin.

Die Hand auf einer wirbligen Verzierung im künstlichen Marmor, ein Summen. Kurzes Warten. Stimme von irgendwo. »Bitte?«

»Ein Nachzügler zur Themenplanung«, sagte der junge Mann und hatte Mühe, seine Stimme unter Kontrolle zu bekommen, »Student Michael Sanderstorm, Gruppe siebzehn.«

Eine oder zwei Sekunden lang blieb es still. Der junge Mann hielt die Luft an und sah mißtrauisch auf die Uhr. Die Tür schwang lautlos auf.

Ein überraschend großes Zimmer empfing ihn, in dem sich auf riesigem rosa Teppich Sitzecke und Terminal-Arbeitsplatz verloren. Am riesigen Fenster in der Rückwand stand ein kleiner vertrockneter Mann und sah hinaus.

»Es ist seltsam«, sagte der vierte Stellvertreter des Prorektors, »daß in jedem Jahr zum zweiten Nachzüglertermin noch Studenten kommen. Und nicht mal da kommen alle.«

»Sie müssen entschuldigen«, sagte Michael leise, aber der andere fuhr fort, als hätte er nicht gehört.

»Dieses Jahr sind es drei«, sprach er sinnend gegen die gelbe Gardine, »und einer von den dreien hat seinen Exmatrikulationsantrag geschickt. Über die Bildschirmverbindung. Frechheit. Weiß genau, daß wir nur persönlichste Vorstelligkeit akzeptieren.«

Der kleine Mann stockte und lauschte seinem Satz hinterher, aber es fiel ihm nicht auf, was nicht stimmte.

Sprachverlust, dachte Michael, sollte sich entkalken lassen.

Immer noch hinausschauend, redete der kleine Mann vor sich hin.

»Und einer kommt zwei Minuten, genau zwei Minuten vor Ablauf der Frist. Der andere kommt gar nicht. Was stellen die sich vor. Wir sind doch kein Wurststand, verständlichkeitshalber.«

»Wenn ich Ihnen erklären darf ...«

»Erst warten wir. Zwei Minuten. Kommt noch, womöglich.«

Michael stand unbehaglich, während der vertrocknete alte Mann seine Uhr betrachtete. Daß auf diesen Posten immer jene verdienstvollen Persönlichkeiten saßen, die nicht ohne Amt auskamen. Nicht viel taten, aber sich wichtig fanden. Und den Bogen raushatten, wie sie dem, was sie tun, den Anstrich höherer Bedeutung verleihen konnten.

Vom Terminal kam leises Piepsen, als die Zeit herum war. Der Alte drehte sich um.

»Hab die Zeit einprogrammiert. Falls ich was

vergessen sollte. Kommt vor. Wie war der Name?«

»Michael Sanderstorm«; das mit überdrüssigem Unterton in der Stimme.

Tippen auf der Tastatur. Die blassen Augen des Alten huschten über Zeilen auf dem Schirm. Neues Tippen. Der Drucker brummte.

»Diesen einen letzten Zuspätkommer werden wir rauswerfen müssen«, sagte der kleine Mann und zog ein Blatt Papier aus der Maschine, »das ist die Liste übriggebliebener Themen für die Abschlußarbeit. Sind die besten Sachen noch da. Alles alte Hüte. Interessant wie Weißes Rauschen Typ eins.«

Er reichte Michael das Blatt.

»Selbst schuld. Wer zuerst kommt. Und wir hatten dieses Jahr so schöne Möglichkeiten. Wirklich schön. Und attraktiv.«

Der alte Mann seufzte theatralisch.

»Ist natürlich alles weg. Das würde ich nicht freiwillig machen. Nie.«

Er lächelte Michael überraschend an. Er sah richtig treuherzig aus.

»Ich mache Reklame, wie? Mußt dich abfinden damit. Beschau es dir mit Humor. Etwas anderes bleibt dir nicht übrig, bei diesen Vorschlägen.«

Michael zog einen Schreiber hervor und markierte die vorletzte Zeile, ehe er das Blatt zurückgab.

»Ich bin krank gewesen«, sagte er, »gestern haben mich die Ärzte entlassen – auf eigene Gefahr. Deswegen komme ich spät.«

Das vertrocknete Männlein blieb unbewegt.

»Da kann ja jeder ...«, verstand Michael, dann angelte der Vierte Stellvertreter eine mäßig gefüllte Mappe aus einem Regal und überreichte sie.

»Gratuliere, das Thema wollte seit fünf Jahren keiner. Hat sich doch noch einer gefunden ...«

Michael wandte sich um und wollte grußlos gehen – er würde mit diesem Mann nie wieder zu tun haben. Was sollte es also!

»Moment«, rief der Alte, »ich hab noch was sagen wollen.«

»Ja?« Verdammte Höflichkeit, schimpfte Michael. Sein Rücken fing an zu schmerzen.

»Ach ja«, der Alte hob einen Finger, »viel Glück und gutes Gelingen wünsch ich!«

Seine Stimme klang wie das Rascheln von Papier.

2.

»Na, was hast du Feines bekommen für deine Abschlußarbeit?« fragte Nikki spöttisch.

Michael reichte ihr wortlos die Mappe und setzte sich mit leisem Stöhnen. Er streckte den Rücken durch, legte den Unterarm in die Nierengegend. Langsam, ganz langsam ließ das Stechen nach.

Nikki blätterte in den Papieren. Ihr Gesicht wurde immer länger. Sie schüttelte den Kopf.

»Um Himmels willen, hatten die nix Besseres?«

»Hatten sie nicht – es war der zweite Nachzüglertermin. Und auch den hätte ich beinah verpaßt.«

»Wie das – du bist doch pünktlich los?«

»Mir ist was Komisches passiert. Ich sitze in der Ringbahn, die Uni-Station kommt, ich kann nicht aufstehen. Genau das, was der Arzt vorausgesagt hat. Wie ein Klappmesser mit gebrochener Feder. Es ging einfach nicht. Ich bin noch fünf oder sechs Stationen gefahren und dann zurück.«

»Du mußt wieder hingehen.«

»Wohin?«

»Tu doch nicht so! Ins Institut natürlich. Du kannst nicht als halber Mensch herumlaufen.«

»Ich hab das Verlängerungsangebot abgelehnt, das weißt du sehr gut.«

»Und es war falsch, sag ich!«

»Darum muß ich zum Termin meine Arbeit abliefern.«

»Auf Kosten der Gesundheit?«

»Arbeit dürfte besser sein als Nichtstun und Sichbehandelnlassen.«

»Michael, du machst dich kaputt.«

»Was mich kaputtmacht, ist dieses untätige

Rumsitzen. Nichts zustande zu bringen ist wie eine Lähmung. Wie eine richtige Lähmung. Nicht die Knochen – hier oben drin hakt es aus.«

»Hm – ich merk's schon ganz deutlich.«

»Nicht so spitz, ja?«

»Du meinst, dieses vollkommen reizlose Thema bringt dir eine gute Abschlußarbeit ein. Denkst du das wirklich?«

»Du hast es immer noch nicht kapiert. Ich will keine Supernote oder daß das Ding sofort gedruckt wird und ich im TV groß rauskomme: Der Chronist der bedeutendsten Titaniumaufgrabung unseres Jahrhunderts! Oder: Sagen Sie, Herr Sanderstorm, wie ist es Ihnen gelungen, solche beeindruckenden Aufnahmen ...«

»Was willst du dann? Leise treten?«

»Wenn du so willst – ja. Ein Thema ohne großes Interesse. Alle Dokumente leicht erreichbar, keine streitenden Parteien, keine Konkurrenz. Material sammeln, ordnen, in einen Überblick bringen und schließlich geruhsam Sätze umkrempeln, bis es ein hübscher, lesbarer Text ist.«

»Der dir das Testat einbringt.«

»Genau.«

»Bestenfalls mit einer Drei.«

»Auch das.«

»Du bist ja nicht zu retten! Und mit diesem Thema. Meine Güte, es ist sieben Jahre her, daß die Halbwilden gedacht haben, sie könnten gegen die Menschheit Krieg führen. Weißt du, wen das noch interessiert?«

»Niemanden, nehme ich an.«

»Wenn du das weißt, warum ...«

»Verstehst du mich nicht? Ich will unter die Lebenden zurückkehren nach anderthalb Jahren Stilliegen, Stillsitzen, Stillhalten, wieder was tun, und für den Anfang was Kleines, Harmloses, Ruhiges, etwas, das ich bewältigen kann, ohne mir die kaputten Knochen aufzureißen oder an alte Wunden zu rühren. Und jetzt laß mich in Frieden!«

»Hast du die Mappe schon durchgesehen?«

»Wann denn? Du hast sie doch die ganze Zeit.«

»Darf ich mal zitieren?«

»Hm.«

»›Vor Aufnahme der Arbeit ist der Absolvent verpflichtet, sich mit Vertretern der Galdäa über seinen Arbeitsplan zu verständigen. Vor Abschluß des Einreichungsverfahrens‹ – schönes Wort, das – ›ist der Text in beiderseitigem Einverständnis gegenzuzeichnen.‹«

»Soll das heißen, die haben Mitspracherecht?«

»Sieht mir so aus. Vielleicht sogar Vetorecht, da kommt nix klar heraus.«

»Seltsam. Steht da, ob ich hinfliegen soll oder so?«

»Nein. Eine Adresse. Konsulat Galdäa. Eine hiesige Adresse.«

Michael schüttelte verwundert den Kopf. Noch nie hatte er gehört, daß man offizielle Beziehungen zu dem einstigen Feind unterhielt.

3.

Das Konsulat bestand aus einer Etage in einem alten Büroturm in der Südvorstadt. Man hatte vor Jahren angefangen, die häßlichen Klötze nach und nach abzureißen, so war dieser Block zu einer herrlichen Aussicht über das Uni-Gelände gekommen. Man konnte die Löcher sehen, wo einmal zwei Reihen Wolkenkratzer nah beieinander gestanden hatten. Man brauchte die Büroburgen nicht mehr, seit das Verwaltungszentrum auf einen anderen Planeten verlegt und Penta V zum wissenschaftlichen Zentrum des Sektors erklärt worden war.

Michael schaute vom achtundzwanzigsten Stockwerk, in das ihn der Lift gebracht hatte, auf die Stadt herab. Ihm war inzwischen klar, wieso niemand vom Konsulat wußte. Der Lift war mit akustischer Steuerung ausgestattet, und hier hielt er nur, wenn man sein Ziel nannte. Hinweistafeln gab es nicht.

Das war ein wenig seltsam. Aber Michael weigerte sich, darüber nachzudenken.

Ein Summton lenkte seine Aufmerksamkeit auf den Bildschirm, der in die Wand eingelassen war. Er sollte sich ausweisen, tat es und gab sein Anliegen an. Eine Tür öffnete sich.

Der Raum, den er betrat, lag im Dämmer, obwohl zwei Wände aus Glas waren, dunkel getöntem Glas. Die Sonnenempfindlichkeit der Galdäer war zu groß für diesen Planeten.

Im Lexikon hatte sich Michael flüchtig orientiert, deswegen überraschte ihn das Aussehen der eintretenden Galdani nicht – blasse, wie durchsichtige Haut, große Augen, auf den Wangen schimmernde Äderchen, winzige Ohren. Insgesamt fremdartig, aber nicht häßlich. Hilflos, fand Michael. Und diese Leute sollten Krieg angefangen haben.

Die Galdani setzte sich mit grazilen Bewegungen, wies ihm einen Stuhl zu und stellte ein Schildchen mit ihrem Namen auf den Tisch. Dann sprach sie ihn aus. Michael musterte das geprägte Schildchen.

Tara S'Khanayilhkdha T'Arastoytd, las er ungläubig und wunderte sich, wie die Galdani es fertigbrachte, aus dieser Sammlung von Buchstaben einen melodisch klingenden Namen zu machen.

»Entschuldigen Sie bitte«, sagte er, »wie soll ich Sie anreden, ich meine, das da kann ich nicht aussprechen, tut mir leid ...«

»Tara«, sagte sie, und Michael lauschte dem Wort hinterher, da waren weiche Zischlaute und anderes, was bei seiner Aussprache des Wortes fehlen würde.

»Also, Tara«, es klang einfach plump, »Sie wissen, weshalb ich gekommen bin?«

»Ja, ich weiß. Sie wollen eine Geschichte des Krieges schreiben, den man bei Ihnen den Galdäischen nennt. Wir sind dazu angehalten worden, Sie dabei zu unterstützen, soweit es möglich ist.«

»Zuerst ein paar einfache Fragen. Welchen Zwecken dient dieses Konsulat?«

»In der Hauptsache Abwicklung der Reparationen. Entschädigungen. Man hat uns eine Rechnung präsentiert nach unserer, äh, nach Beendigung der Kampfhandlungen.«

»Ist Galdäa schon vereint, daß es jemanden gibt, der diese Zahlungen organisieren kann?«

»Nein. Wir sind beauftragt worden, abzuwikkeln. Sie würden sagen – einer der Staaten auf Galdäa.« Sie überlegte. »Oder Sekte. Dieses Wort trifft ungefähr genausoweit daneben wie das andere.«

»Da ist dieser Staat oder diese Sekte die gegenwärtig dominierende?«

»Hat sich so ergeben.«

»Wenn ich Wünsche nach weiteren Informationen direkt von der Galdäa habe, müßte ich mich an welches Land wenden?«

»Arastoytd. Ein Land erst seit Ende des Krieges. Ursprünglich ist Arastoytd … schwer in Ihrer

Sprache ... religiös und biologisch und gesellschaftlich eigenständige Gruppe.«

»Eine Rasse?«

Tara zuckte zusammen. »Hat Bedeutung für Ihr Thema?«

»Nein – eigentlich nicht.«

»Dann übergebe ich Ihnen Dokumentation, die für diesen Fall vorgesehen ist. Handelt sich ausschließlich um irdisches Material. Einstweilen ist es uns untersagt, Ihnen eigenes zu überlassen.«

»Wer untersagt Ihnen das?«

»Unsere Befugnisse sind in Konsulatsordnung genau festgelegt.«

Hier ist doch etwas faul, dachte Michael, aber was?

»Welche anderen Aufgaben hat Ihr Konsulat?«

»Verfasser der Geschichte des Krieges unterstützen.«

»Weiter nichts?«

»So ist es.«

»In welcher Form wird entschädigt?«

»Rohstoffe; und Unterhaltung gewisser Produktionsanlagen, über die wir nichts weiter wissen, als daß sie unterhalten werden müssen.«

»Ich hoffe, das steht auch in den Unterlagen drin.«

Sie schaute ihn verwundert an. Ihre Augen wurden dabei womöglich größer, als sie von Natur aus waren.

»Sie fragen Dinge, die mit dem Auftrag nichts zu tun haben.«

»Da mögen Sie recht haben. Entschuldigen Sie bitte. Wo sind die Materialien?«

Tara schob ihm einen kleinen Handkoffer zu. Michael wunderte sich über die Ziffernschlösser. Er sagte nichts dazu. Er stand auf, weil seine Gastgeberin sich erhoben hatte. An der Tür blieb er stehen und sah sich um. Da fiel ihm auf, was ihn gestört hatte. Als er Tara sah, die inmitten des Zimmers einsam wartete, daß er ging. Dieser Raum war leer. Völlig leer. Kein Bild an der Wand. Nichts an einheimischem Kunsthandwerk. Nicht einmal eine Vitrine. Nur die Wände, die Fenster, zwei Türen, der Tisch, Stühle. Alles irdisch. Nichts Galdäisches. Tara wirkte plötzlich verloren und durchsichtig. Er sah sie erschrocken an.

Die Äderchen auf ihren Wangen traten leicht hervor.

»Werden Sie versuchen, Wahrheit zu schreiben?« fragte sie leise und mit starkem Akzent, so daß Michael kaum verstand, was sie meinte.

»Natürlich«, sagte er und wußte nicht, was er sich auflud.

»Dann schreiben Sie, daß alles anders war. Es könnte Galdäa helfen, zu verstehen, was geschehen ist.«

Michael stand minutenlang draußen vor dem

Panorama der Uni-Stadt im hellen Sonnenlicht. Dieser Satz ging ihm nicht aus dem Kopf. Wieso sollte seine Arbeit den Galdäern helfen? Etwas zu verstehen? Was *mit* ihnen geschehen ist ...? Ebenso könnte der Satz besagen, daß kein Galdan und keine Galdani die Vorgänge vor sieben Jahren begriff. Besaßen die keine Vorstellung von Angriff und Verteidigung, hatten sie nie Krieg geführt? Natürlich hatten sie das, laut Lexikon.

Der Lift hielt und war leer. Michael spürte Schmerzen im Rücken, als die Türen sich vor dem schönen Blick über die Stadt schlossen und es mit leisem Ruck abwärts ging.

4. (Das erste Dokument)

Galdäa war seit zwölf Jahren bekannt, als die Auseinandersetzungen begannen. Es bestanden sieben große und eine Vielzahl kleinerer Staaten und staatenähnlicher Gebilde, deren Charakter nicht in jedem Fall vollständig geklärt werden konnte. Der Großteil der Staaten hatte mit irdischen Vertretern Verträge geschlossen, gegenseitige Zusammenarbeit und Hilfe betreffend. Eine Insel im Nördlichen Meer war gegen Leistung von Sachhilfen gemietet worden und diente als irdische Basis. Zu Beginn des Jahres Elf wurde diese Insel auf den Namen Konstral getauft, zum Andenken an den irdischen Entdecker des Plane-

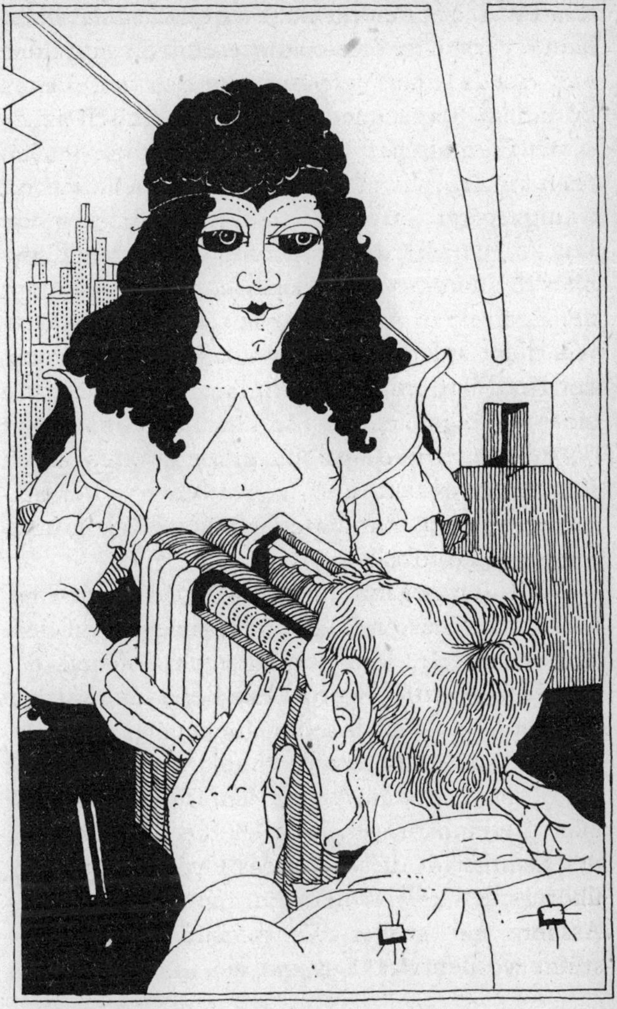

ten. Bei dieser Feierlichkeit waren die Staatsoberhäupter fast aller Staaten anwesend. Sie gestaltete sich trotz kleiner Verständigungsschwierigkeiten zu einem überzeugenden Beispiel irdisch-galdäischer Freundschaft und Zusammenarbeit. Anzeichen für irgendwelche Feindseligkeiten, wie sie wenig später ausbrechen sollten, gab es nicht. Das Augenmerk der Besatzung von Konstral, die über die automatische Relaisstation *Galdan 1* mit der Zentrale in Atibon Legba verbunden war, lag vor allem auf der Verhinderung sich anbahnender Konflikte zwischen den Staaten Galdäas, die eine ständige Gefahr für die Zusammenarbeit darstellten. Grund war eine große Diskrepanz im Entwicklungsstand und in der Struktur der einzelnen Staaten. Zur Vorgehensweise vgl. das Tefelburger Protokoll.

Am 1. 4. 11 begann ein Krieg zwischen den benachbarten Staaten Lugg und Tsanama. Auf dem Territorium des letzteren lag auch Konstral, das massiv angegriffen wurde. Die Besatzung war gezwungen, von der Insel zu fliehen, und wandte sich an ein zu diesem Zeitpunkt noch neutrales Land, die Republik Assant. Unter grobem Bruch aller Vereinbarungen wurden die Menschen in der Hauptstadt dieses Landes Opfer einer völlig überraschenden Aktion, die von der Regierung Assants mit großer Wahrscheinlichkeit unterstützt worden war. Das war um so unverständlicher, als Assant bis dahin als treuester und bester Verbündeter der Irdischen gegolten hatte. Katastrophale Auswirkungen hatte dieser Umschwung insofern, als es eine Menge assantischer Wissenschaftler und Techniker gab, die mit der irdischen Technik vertraut waren. Laut dem Tefelburger Protokoll (s. d.) war vorgesehen, den fortschrittlichsten Staat der Galdäa, eben die Republik Assant, zur dominierenden Macht zu machen und so der Entwicklung einen entscheidenden Impuls zu geben. Natürlich landeten die automatischen Hilfsschiffe der *Galdan 1* in Assant und fielen der Republik in die Hände. Die Überlebenden des Massakers flohen über das Nördliche Meer. Auf dieser Flucht wurde die kleine Gruppe getrennt, so daß bis heute nur unsichere Nachrichten über den Verbleib von etwa vierhundert Menschen zu erhalten sind. Als sicher kann gelten, daß in Lugg feierliche Hinrichtungen stattfanden. Keine sicheren Informationen, sondern nur Gerüchte liegen vor über Lynchjustiz gegen Menschen im Königreich Kondh und gewisse ungeklärte Vorgänge in den Vereinigten Ganorischen Fürstentümern. Überhaupt spielt in der Folgezeit Ganoris eine unverständlich große Rolle. Die Geschichte Galdäas in den folgenden Jahren ist größtenteils unklar. Die beiden bisher unbeteiligten Staaten, Aras-Toit und die Klöstergemeinschaft von Kanohook, wurden offensichtlich mehr oder weniger in die Auseinandersetzungen einbezogen, ohne daß diese Tatsache auf Atibon Legba bekannt wurde. Auch scheint ein rascher Konzentrationsprozeß eingesetzt zu haben, so daß im Jahre 17, als eine irdische Beobachtungssonde die Galdäa anflog, fast keiner der kleinen Staaten mehr existierte. Bekanntlich wurde diese Sonde im Anflug vernichtet – der zweite offen feindselige Akt gegen die Erde. Zu diesem Zeitpunkt bestanden die Terminalverbindungen von Aras-Toit und Kanohook weiter, da diese Staaten ja nicht in die feindseligen Handlungen eingegriffen hatten. Erst im Jahre 24, als es zur Katastrophe der *Caldera XI* kam, wurden diese Terminalverbindungen gelöscht. Die Zerstörung des Raumschiffes gab den Anstoß, die Sicherheit im Raumsektor wiederherzustellen und die offensichtlich entgleiste Entwicklung auf der Galdäa zu berichtigen. Der Weltenkreuzer *Armorica* flog den Sektor im Jahre 25 an, zerstörte die von den Galdäern in Besitz genommene *Galdan 1* sowie die kleine Raumflotte, die der Planet unverständlicherweise besaß, und löschte die Produktionsanlagen, die in historisch kurzer Zeit entstanden waren. Offenkundig waren die Terminalverbindungen zum Technologie-Transfer genutzt worden. Um die Entwicklung auf der Galdäa zu berichtigen, wurde der am wenigsten kompromittierte Staat, nämlich Aras-Toit, mit der Hegemonie beauftragt. Seitdem gilt Galdäa als mit der irdischen Koloniewelt assoziiertes Sondergebiet. Für Menschen besteht Siedlungsverbot. Überwachungszentrum ist Atibon Legba. Die Forschungen über Ursache und Verlauf der Auseinandersetzungen werden von den Universitäten auf Penta V planmäßig betrieben (vgl. Tefelburger Protokoll).

Quelle: Autorenkollektiv unter Leitung von Muhara, Tefelburg und Christiansen: Weltgeschichte sämtlicher Planeten. Bd. 7, S. 621–623. Penta V, Uni-Verlag, 1734 n. L. (unveröffentlichter Artikel)

5.

»Ich verstehe nicht, wieso du dir Gedanken machst«, sagte Nikki, »es interessiert doch niemanden, was auf einem unbedeutenden Planeten vierzehn Jahre lang geschehen ist. Du sollst die Geschichte dieses Krieges schreiben, das ist alles. Und der sogenannte Krieg besteht aus einem verlorengegangenen irdischen Schiff und dem Eingreifen der *Armorica*. Das ist alles.«

Nikki war wütend. Sie hatte nach Tagen des Schweigens einen völlig verstörten und zerfahrenen Michael vorgefunden, der mit entzündeten Augen vor dem Terminal saß und röhrchenweise Schmerztabletten aß. Auf der Suche nach weiteren Informationen hatte er alle zweiunddreißig Bände der »Weltgeschichte sämtlicher Planeten« durchgearbeitet. Aber nirgends fand sich der geringste Hinweis auf ein Tefelburger Protokoll. Die Unterlagen in der Mappe des Vierten Stellvertreters waren uninteressant – sie handelten vom Einsatz der *Armorica*. Und die Nummernschlösser des Köfferchens blieben, was sie waren: verschlossen.

»Du verstehst nicht, worum es geht«, sagte Michael, aber er kam nicht zu Wort.

»Ich verstehe, daß du dich zugrunde richtest! Ich höre dich noch, was Ruhiges, nichts Anstrengendes, eine einfache Abschlußarbeit hinlegen. In aller Geruhsamkeit ordnen und dann Sätze umkrempeln. Daß ich nicht lache!«

»Dann lach doch.«

»Was interessiert dich das plötzlich so sehr?«

»Schwer zu sagen«, Michael war froh, jemanden zu haben, dem er erzählen konnte. Wobei er sich bei Nikki allerdings keine großen Hoffnungen machte.

»Sieh mal«, er zeigte auf die Wand, an der ein großes buntes Schema angeheftet war, »dort habe ich alles, was ich weiß, in ein System gebracht. Der Zeitraum ist begrenzt vom Jahr 11, gerechnet nach der Entdeckung Galdäas, und dem Jahr 25. Ich habe wenige Informationen über die Jahre 11 und 12, eine einzige Nachricht aus dem Jahr 17 und dann eine ganze Mappe voll über das Jahr 25. Daraus kann ich nichts machen. Sämtliche Verbindungen fehlen. Das ist kein uninteressantes Thema. Es ist sogar höchst interessant.«

»Dann müßtest du es zurückgeben«, sagte Nikki barsch, »gerade so ein Thema wolltest du nicht, wenn ich mich recht erinnere.«

»Nun habe ich es. Und ich glaub nicht, daß ich tauschen kann.«

»Willst du das überhaupt, wenn du ehrlich bist?«

»Nein.«

»Warum nicht? Ich verstehe nix mehr!«

»Ich weiß es selbst nicht. So eine Ahnung, daß da eine Sache geschehen ist, die nicht hätte geschehen dürfen. Etwas ist dort schiefgegangen, furchtbar schief. Und ich möchte wissen, was.«

Nikki studierte das Schema, das zum größten Teil aus Platz für weitere Eintragungen bestand.

»Also ich kann nichts Geheimnisvolles entdekken. Unsere Leute sind diesen Galdäern zwischen die Stühle geraten, und im Krieg zwischen den Staaten haben die unsere Technik übernommen. Na gut, eine beachtliche Leistung. Aber nichts Furchtbares.«

»Ich habe eine Projektion mit offenen Fragen, die ich klären muß. Paß auf.«

Michael ließ die Scheiben des Zimmers sich verdunkeln und schaltete die Projektion ein. Das

Schema bedeckte sich mit einer wimmelnden Unzahl von Kästchen, in denen Fragen standen. Nikki ging nahe heran und las die eine oder andere laut vor. »War die Feier auf der Insel Konstral mit den Staaten Galdäas abgestimmt? Worin bestanden die ›kleinen Verständigungsschwierigkeiten‹ bei diesem Ereignis?«

»Vielleicht war die Feier auch der Auslöser des Krieges, was weiß ich«, sagte Michael halblaut vor sich hin. Nikki schüttelte nur den Kopf.

»Brachen die Kämpfe zwischen Lugg und Tsanama *trotz* Konstral aus oder *wegen* Konstral? Welche Gründe hat der plötzliche Gesinnungswandel der Republik Assant? Gab es in Lugg immer Hinrichtungen, oder wurden diese eigens für die Menschen inszeniert? Worin bestand die Rolle der Vereinigten Ganorischen Fürstentümer bei den Ereignissen des Jahres zwölf?«

Nikki wurde leiser, während sie las, und bewegte schließlich nur die Lippen. Sie ließ Fragen aus, um schneller zum Fußpunkt des Schemas zu gelangen.

Ab wann wurden die Terminals der einzelnen Staaten abgeschaltet? Wie groß waren die Zugriffsmöglichkeiten über die Terminals? Gibt es einen Nachweis für die Kommunikation zwischen den galdäischen Staaten und Atibon Legba? Welchen Auftrag hatte die *Caldera XI*? Wie konnte ein relativ rückständiger Planet in nur zehn Jahren eine eigene Raumflotte aufbauen? Wonach war bestimmt worden, welcher Staat die Hegemonie übernehmen soll? Warum wird Aras-Toit bzw. Arastoytd als Staat bezeichnet, obwohl er offenkundig kein Staat in unserem Sinne war? Was und wo ist das Tefelburger Protokoll?

»Und jede dieser Fragen«, sagte Michael und löschte die Projektion, »zieht bei Beantwortung einen Rattenschwanz von weiteren Fragen hinter sich her. Ich habe für einige so etwas wie Weiterungsverzweigungen aufgestellt. Mir überlegt, wie Beantwortungsmöglichkeiten und daraus folgende Fragen sich unterscheiden.«

»Was du davon nur hast!«

»Etwas Seltsames, Nikki, hatte ich davon.«

»Und was soll das bitte sein?«

»Mehr als die Hälfte aller dieser Fragen müssen von uns beantwortet werden. Nicht von den Galdäern. Von uns.«

»Das ist allerdings merkwürdig.«

»Dazu kommt, daß ich diesen verdammten Koffer nicht aufbekomme. Ich habe die Kombination nicht.«

»Aufbrechen?«

»Zu gefährlich. Wenn er dagegen gesichert ist und der Inhalt verbrennt?«

»Hm. Warte mal. Das müßte eine Zahlenreihe sein, oder?«

»Ja, sechs Ziffern. Ich könnte es den Automaten nach dem systematischen Prinzip machen lassen, aber da würde ich lange warten.«

Nikki wühlte in der Mappe mit den *Armorica*-Berichten. Auf der Innenseite des Deckels fand sie, was sie suchte.

»Wußte ich doch, daß ich irgendwo eine Ziffernreihe gesehen hatte!«

Und es war wirklich die Kombination des Handkoffers. Michael meinte, er müsse eine neue Frage in sein Schema projizieren. Warum war der Koffer so umständlich gesichert? Nur jemand von der Universität konnte den Koffer öffnen. Sollten die Galdäer selbst nicht wissen, was er enthielt?

»Willst du nicht nachsehen, was drin ist?« fragte Nikki.

»Nicht jetzt. Ich soll doch aufhören. Das wolltest du doch. Deswegen bist du gekommen.«

»Stimmt. Ich wollte, daß du aufhörst – mit dieser verflixten Galdäa. Aber ich glaube, du kannst es nicht.«

»Ja. Das glaube ich auch. Aber ich fühle mich nicht gut. Bissel überanstrengt wahrscheinlich.«

Nikki atmete auf. »Ich hatte die Hoffnung aufgegeben, dich zur Vernunft zu bringen.«

»Ich war immer ein sehr vernünftiger Mensch. Das weißt du. Von einer Ausnahme abgesehen.«

»Fang nicht damit an jetzt. Bitte. Du machst dich selbst fertig und kaputt.«

Michaels Augen waren groß geworden und zeigten jenen Ausdruck der Starre, den Nikki nur zu gut kannte. So, genau so hatte er sie damals angesehen, als die Vermißtenmeldung kam – das letzte, was Michael jemals von seinem Bruder Tasso gehört hatte. Dann hatte er sich in einen Schweber gesetzt und die Sicherungen gelöst.

Nikki hatte anderthalb Jahre lang verfolgt, wie die Ärzte ihn wieder zusammenflickten – nicht nur seinen Körper. Aber recht trauen konnte sie dem Frieden nicht.

»Ist schon gut«, sagte Michael und sah sie nicht an.

6. (Das zweite Dokument)

17.10.1716 n. L., Galdanjahr 10

Lieber Markus, eben bin ich eingetroffen und schreibe Dir gleich auf die schnelle und schnellstmöglich, damit Dich diese Post mit dem Rückkehrschiff erreicht. Die Reise war wie gewöhnlich, also langweilig. Mich haben sie gleich eingespannt in die Arbeit. Stell Dir vor, was für ein Aufwand – es gibt auf dieser Galdäa sieben Staaten, und die Erde (besser gesagt, die Zentrale von Atibon Legba) hat nicht etwa *einen* Vertrag mit der Galdäa gemacht, sondern sieben Verträge mit diesen Staaten. Jeder hat eine Terminalverbindung, und jeder kriegt seine eigenen Unterstützungssonden. Die kommen natürlich hier an, wie sie abgeschickt wurden, nämlich durcheinander. Diese Station hier fusselt das Gewirr auseinander und schickt die Lugg-Sendung nach Lugg und die Assant-Sendung nach Assant und so fort. Sehr spannend, muß ich sagen! Das mache ich gerade. Mein nächster Akt wird sein, daß ich mir ein Computerprogramm ausdenke, das diese idiotische Arbeit für uns erledigt. Ich will schließlich runter und beim Aufbau der Hauptstadt mitmachen. Die bauen wir auf einer Insel, die wir nach der Glasperlen-Feuerwasser-Methode einem Gebilde abgenommen haben, das sich stolz als »Republik« bezeichnen läßt.

Offiziell nennt man das Ding die irdische Basis, aber es ist allen klar, daß es das Zentrum dieser Welt werden muß, sollen wir Erfolg haben. – Entschuldige die schlechte Form dieses Schreibens, ich werde ständig unterbrochen. Zusammen mit dem Schiff sind ganze Rudel Sonden aufgetaucht, und die Adressen überstürzen sich. Ich bin ins Schwitzen gekommen dabei, mein Lieber …

Gut, ich muß schließen. Demnächst mehr, das verspreche ich Dir. Übrigens fängt schon an, was ich befürchtete – Du fehlst mir. Nach einer Woche. Ist das nicht lächerlich?

Es denkt an Dich

Dein Karolus

11. 12. 1716 n. L., Galdanjahr 10, Konstral

Lieber Markus, zuvörderst eine Erklärung dieser doppelten Jahreszahl – man rechnet hier Galdanjahre nach Konstral, also seit der Entdekkung dieses lausigen Planeten durch den großen, großen Kommandanten – als ob es mehr als Zufall gewesen wäre. Na gut, mein Computerprogramm, die Sonden betreffend, läuft inzwischen recht gut. Wenn die auf Atibon bloß die Adressen besser machen würden, wenigstens eine doppelte Sicherung, das wäre schon was. So, wie es jetzt ist, gibt es die Zwei-Promille-Möglichkeit, daß eine Sonde falsch ankommt. Ich habe per Terminal den Vorschlag abgeschickt und nichts davon gehört. Könntest Du bei den Zuständigen nachfragen? Wir sind sowieso in einer verzwickten Lage, da müssen wir es uns nicht noch schwerer machen. Ist echt nicht nötig! Das Taktieren zwischen den sieben Mächten ist eine höchst delikate Angelegenheit, und ich könnte das Tefelburger Protokoll tausendmal verfluchen und aufessen vor Wut, aber was hilft's. Wie etwa verhandelst Du mit einem Staat, der keiner ist? Du hast richtig gelesen. Wir haben diplomatische Beziehungen zu einem scheinbar nur aus Klöstern bestehenden Etwas namens Kanohook, aber wie soll sich ein solches Land ernähren, frag ich Dich? Auch wenn wir nach ihrer Staatsgrenze fragen, lächeln sie und kriegen Muster aus Adern im Gesicht. Die sind ziemlich durchscheinend hier, mußt Du wissen. Der Chef sagt immer, sie tragen ihren Kreislauf halt offen. Und gute Nerven haben sie, ich habe noch keinen gesehen, den man aus der Fassung hätte bringen können. Dafür sind sie in sexueller Hinsicht um so strebsamer (leider nicht in unserer Richtung), aber es bleibt alles im Rahmen einer Sittsamkeit, deren Gesetze uns verborgen bleiben – siehe oben. Man reiche mir dieses Protokoll – oder seinen Verfasser. Ich fresse ihn mit Senf. Was soll's.

Letzte Woche gab es Riesenaufregung, weil bei Bauarbeiten uralte Ruinen oder Reste davon gefunden wurden. Diese Insel war nicht immer unbewohnt. Wir haben den Fund vor den Galdäern geheimgehalten, das Ganze kartographiert und schnell weitergebaut. Keine Zeit, nach einer neuen Hauptstadt zu suchen. Keine Aufregung wegen ein paar alter Mauern, finde ich, trotzdem gab es heftige Auseinandersetzungen. Ich hab mich rausgehalten. Du weißt ja, Streiten mit diesen Kerlen liegt mir nicht besonders. Mit Frauen streitet es sich besser, da bin ich unbefangen. Ach, da bin ich ja wieder beim Thema, und ich wollte Dir doch nichts in Sachen Einsamkeit vorheulen, wo es Dir genauso geht. Also sei aller guten Dinge versichert.

Dein Karolus

8. 1. 1717, Galdanjahr 11, Konstral

Lieber Markus, nun heißt es offiziell Konstral, dieses Ding, und die Feierlichkeit war wirklich feierlich, das muß ich schon sagen. Einer der wichtigsten Staaten hatte zwar empörenderweise keinen Vertreter geschickt, aber das beruht sicher auf irgendeinem Mißverständnis. Trotzdem, Assant soll mal der Statthalter der Erde sein, und da kommen sie nicht zu diesem großen Tag? Dafür strömte der Botschafter dieser merkwürdigen Fürstentümer von Ganoris geradezu über vor Freundlichkeit ... in Ganoris ist damals die erste Landemannschaft umgebracht worden, mußt Du wissen, man hat sie buchstäblich in Streifen geschnitten, der übersetzte Ausdruck besagt soviel wie »die Auslösung des Fleisches gegen die Knochen«. Kannst Du Dir vorstellen, wie die Leute aussahen? In der ganorischen Mythologie kommt, soviel ich verstanden habe, das böse Prinzip vom Himmel und wird von Knochen symbolisiert.

Auf ihre Art hat man die Landemannschaft wohl retten wollen. Nun, und wegen dieser Geschichte befanden sich die Beziehungen zu Ganoris nahe am Gefrierpunkt. Aber nun das.

Als Ausgleich dafür gerieten sich der Botschafter und der Sekundärprinz von Kondh in die Haare – nein, nicht handgreiflich. Die haben hier eine gepflegte Art, sich mit spitzen Redensarten zu zerfleischen, die unsereins nicht versteht.

Man müßte ein Galdan sein, um diese Anspielungen deuten zu können. Aber wenn das ganze Gesicht des Sekundärprinzen von rotem und blauem Geflecht bedeckt war, deutet das auf heftige Erregung. Dabei ging es um Essen und Tischsitten – kaum ein Thema, um sich derart aus der Fassung zu bringen. Wahrscheinlich war etwas völlig anderes damit gemeint gewesen – was, weiß der Kuckuck, aber nicht ich. Überhaupt war diese Zeremonie der Namensgebung ein Festival des planetaren Zanks – unter anderem bekniete uns der Beherrschte Rat von Tsanama, daß Lugg mit Krieg drohe. Und er brauche Waffen. Tja, wie dem Beherrschten Rat etwas abschlagen – offiziell haben wir Konstral ja von Tsanama gemietet oder gepachtet oder so. Ach, und das Schönste war die Vertreterin von Aras-Toit. Stell Dir vor, das ist eine Art Frauensekte! Die müssen seit langer Zeit vom Rest Galdäas getrennt leben, denn sie vermehren sich durch Jungfernzeugung, also völlig ohne männliches Element – aber frag mich nicht, wie! Diese Information hat bei unseren »Wissenschaftlern«, die trotz Tefelburger Protokoll hier sind, ungläubiges Staunen ausgelöst. Ich habe die Aras-Toit-Dame natürlich nicht gefragt, wie sie das anstellen (wäre auch mindestens taktlos), sondern, ob es ein männliches Gegenstück dazu gibt. *Das* hätte mich brennend interessiert. Gibt es aber nicht.

Dazu bestehen nicht die Voraussetzungen, sagte sie. Nun grüble ich, was sie damit gemeint hat. Das war sie, die Berichterstattung von der danebengelungensten Feier dieses Planeten!

Ich liebe Dich,

Dein Karolus

23. 3. 1717, Galdanjahr 11, Konstral

Lieber Markus, ich habe nichts von Dir gehört, seit ich hier bin. Du müßtest von der Magub-Mission aber zurück sein inzwischen ...? Schreibe bitte bald! Hier wird die Lage momentan schwierig, um es vorsichtig auszudrücken. Die Beziehungen der sieben »Staaten« untereinander verändern sich rasch und tiefgreifend, und im Augenblick wissen wir nicht genau, wer nun mit wem gegen wen verbündet ist. Um das zu stabilisieren, haben wir drastische Maßnahmen getroffen, die uns zwar keine Freunde bei Atibon Legba eintragen werden, aber wirksam zu sein versprechen. Um ehrlich zu sein – das alles verblaßt für mich vor der Sorge um Dich. Leider ist unser Schiff nicht greifbar, Atibon hat es einer anderen Sektorengruppe zugeteilt, wo es Schwierigkeiten gibt. So was nennt man operative Entscheidungen. Wenn die *Caldera XI* hier wäre, flöge ich zu Dir, nachsehen. Vielleicht landen meine Briefe auch in einem Auffangbehälter – Abwesenheit des Adresseninhabers?

Übrigens hat sich der Streit des Botschafters mit dem Sekundärprinzen aufgeklärt. Er ist nicht beigelegt, aber wir wissen, was los war. Die verdammten Sondenadressen! Die Lieferung für Kondh ist in Ganoris gelandet, und es waren gewisse Nahrungs- und Genußmittel darin, unter anderem, die für ganorische Verhältnisse nicht nur anstößig, sondern in höchstem Grade abstoßend, verächtlich und lächerlich sind. Fruchtsäfte gelten in Ganoris als eine Art Urin der Natur, man trinkt dort nur Wasser oder schärfste Alkoholika, und die bunten Bilder, die den lächelnden Hofstaat von Kondh mit saftgefüllten Pokalen zeigten, dieser geniale Werbegag, wurden in Ganoris als eine Art fäkalische Pornographie betrachtet und entsprechend herumgereicht. Und so hatte der nette Botschafter den Sekundärprinzen in dem korrektesten Ton der Welt einen Scheißefresser genannt – und Schlimmeres. Für Ganoris ist Weißwein alkoholversetzter Jaucheaufguß. Man könnte in unserer Sprache die Ausdrücke nicht wiedergeben – ich beherrsche nicht viel galdäisch, aber soviel weiß ich, daß Ganoris nun einen Trumpf hat, die Bevölkerung in einen Krieg gegen Kondh zu treiben. Und Kriege enden hier für gewöhnlich nicht mit Eroberung und Unterwerfung, sondern mit der völligen Ausrottung des Gegners. Und Atibon Legba teilt mir mit, daß mein Neuerervorschlag, die Adressierung der Sonden betreffend, von der zuständigen Stelle registriert worden ist. Registriert, nicht etwa bearbeitet. Ich habe sofort per Dringlichkeit eine Eingabe losgelassen. Vorhin habe ich die Nachricht erhalten, daß meine Eingabe registriert wurde.

Ich warte auf Post, Liebster,

Dein Karolus

28.3.1717, Galdanjahr 11, Konstral

Mein lieber Markus, ich muß mir Luft machen, es ist einfach unmöglich, es für mich zu behalten – sowohl Vorschlag als auch Eingabe sind abgewiesen, weil ich die vorgeschriebene Ordnung nicht eingehalten habe. Ein Merkblatt über das richtige Abfassen solcher Dokumente hab ich bekommen. Und in Assant hat man eins unserer Flugzeuge zertrümmert, von der Besatzung fehlt jede Spur. Das wird die Republik bezahlen! Sie reden von religiösen Zwängen. Die sind alle verrückt, alle.

Ich sehne mich so nach Dir und unseren geordneten Verhältnissen!

Dein Karolus

TELEGRAMM 1. 4. 1717 N. L. KONSTRAL – GALDÄA

markus es ist aus – sie kommen – ich denke an dich solange ich es kann verzeih den schwulst –

erkundige dich wo waffenladungen für tsanama hingeliefert – spatzen sterben schnell – karolus TELEGRAMM ENDE – GEBÜHR NICHT BEZAHLT

7.

Die kühle große Halle der Universität schwirrte vom Widerhall vieler Schritte und halblauter Gespräche. Wohin man sah, standen Gruppen junger Leute, gingen Menschen hin und her, schritten Männer mit dicken Kollegmappen emsig einem Ziel zu.

Michael war vom Campus her die Stufen zur Halle emporgestiegen und mußte stehenbleiben. Auf seinem Rücken drehte jemand genüßlich mehrere spitze Gegenstände in offenen Wunden herum.

Um ihn quirlte eine Gruppe von Kindern, die die Uni besichtigten. Michael folgte ihnen, so hatte er Grund, sehr langsam zu gehen. Die stechenden Schmerzen waren wabernder Hitze gewichen, und allmählich beruhigte sich sein Herzschlag wieder.

Dann stand Michael abermals vor jener Tür mit der nachempfundenen Maserung und legte die Hand auf diesen Wirbel im Marmor. Er mußte ein wenig warten, ehe die Stimme von irgendwo ihn fragte, was er wolle. Er wollte zum Vierten

Stellvertreter oder zu jemand anderem aus dem Prorektorat, und die Tür tat sich auf in den bekannten, viel zu großen Raum mit seiner sparsamen Möblierung.

Der kleine vertrocknete Mann saß am Pult des Terminals und sah Michael aus blassen Augen an.

»Mein Name ist Michael Sanderstorm«, sagte Michael, die Rückenschmerzen verwünschend, »Gruppe siebzehn.«

Ohne hinzusehen, gab der Alte die Angaben ein und betrachtete kurz den Schirm.

»Hast dein Thema. Gefällt dir wohl nicht. Würde mir auch nicht gefallen. Ist aber bißchen spät, um ...«

»Das Thema ist gut, sehr gut sogar. Die Sache ist die: Ich komme mit den vorhandenen Materialien nicht aus. Ich brauche mehr Fakten.«

»Reicht nicht? Hab ich vergessen, diese Mappe zu ...«

»Die Mappe habe ich bekommen und den Koffer auch. Aber das ist nicht genug.«

»Koffer? Wieso denn Koffer?«

»Im Lauf der Arbeit haben sich zahlreiche neue Aspekte ergeben, die von hier aus nicht zu klären sind.«

»Aspekte, so ... Siehst übrigens schlecht aus, krank, möchte man meinen ...«

»Deswegen brauche ich eine Reise ins Untersuchungsgebiet – vorerst nach Atibon Legba.«

»Verstehe ich nicht, hier war nie ein Koffer ...«

»Atibon Legba.«

»Ja, Atibon Legba – auch schon bessere Gegenden gesehen. Wie war das mit dem Koffer?«

»Gar nicht.«

»Bitte?«

»Ob ich mich hier hersetzen kann, bitte? Mir ist nicht ganz, ich meine, es ging mir in letzter Zeit nicht besonders ...«

»Hm, natürlich, also Atibon, ja, und wohin da, genauer?«

»Wenn es eine Terminal-Buchhaltung gibt ... Abforderungsnachweise, Dokumentationen zu einzelnen Planeten, lebende Zeugen der Ereignisse von 1717 ...«

»Junger Mann, wie war der Name – Sanderstorm, ja –, Sie sind sich sicher, daß Sie richtig sind, ja? Bin kein Reisebüro, müssen Sie wissen.«

»Ich benötige das dringend für meine Abschlußarbeit!«

»Tatsächlich.«

»Jawohl. Weil auf Atibon Legba die Leitstelle für alle Angelegenheiten der Galdäa war. Und ist. Und weil ... Aber das dürfte doch schon reichen!«

»Siebzehnhundertsiebzehn nach Landau also, das ist – Moment – einundzwanzig Jahre her.«

»Ich kann auch rechnen.«

»Das heißt, die zu befragenden Personen sind

mindestens vierzig Jahre alt. Wenn in verantwortlichen Positionen damals, dementsprechend älter. Sechzig. Achtzig. Hundert.«

»Zweihundert.«

»Bitte? Ja ... Atibon Legba. Mal sehen.«

»Das wäre schön.«

»Das ist ... Ja. Da haben wir's. Hab ich mir gedacht. Na, das tut mir aber ...«

»Sagen Sie bloß, es geht nicht!«

»Wie gesagt, also, tut mir leid. Nichts möglich. In bezug auf Atibon Legba ist unser Kontingent ausgeschöpft. Fliegen Sie doch statt dessen ...«

»Ich will nach Atibon und nicht sonst irgendwohin!«

»Sehr energisch. Wirklich. Eben noch halbtot. Und nun ... Gibt eben, scheint's, doch noch Wunder. Als sich träumen läßt, Horatio. Hamlet. Oder Shakespeare. Oder so.«

»Sie sagen, es gibt keine Möglichkeit für mich, mit dem Uni-Auftrag nach A. L. zu kommen?«

»Keine.«

»Da werde ich mich mit Professor Legrand in Verbindung setzen müssen. Er hatte mir Unterstützung zugesagt, falls ich – nur im Falle daß – seine Hilfe benötigen würde.«

»Professor Legrand, hä?«

»Kann ich das Kom hier benutzen? Danke.«

»Sind Sie sicher, daß ...«

»Ich möchte bitte Professor Legrand sprechen,

sagen Sie ihm, es ist Sanderstorm, in der bewußten Angelegenheit. Ja. Ich warte. Natürlich.«

»Junger Mann, lassen Sie das mal. Mir ist da was ... eingefallen.«

»Es hat sich erledigt. Richten Sie bitte Grüße aus und sagen ihm, es geht alles, wie er gesagt hat. Ja. Vielen Dank. – Was ist Ihnen eingefallen?«

»Habe da eine andere Möglichkeit. Anderes Konto. Geht nicht weg von ...«

»Wie Sie das abbuchen, ist mir völlig schnuppe.«

»Also ... da ... da ist die Ausweisnummer ... Identität ... Befugnis ... ja. So, da haben Sie's. Gehen Sie mit diesem Papier in die Buchhaltung. Adresse steht drauf. Kriegen alles Weitere dort.«

»Danke vielmals.«

»Ich lach mich gleich tot, junger Mann!«

Draußen auf dem kühlen Wandelgang der großen Halle, als die Anspannung weg war, lehnte sich Michael an den falschen Marmor und lachte. Dann wurde ihm schwarz vor Augen.

8.

Liebe Nikki!

Bin gestern kurz zusammengeklappt, aber wieder in Ordnung. Wir können uns nicht sehen, mußte dringend nach Atibon Legba, der bewußten Angelegenheit wegen. Der Koffer hat es zur Gewißheit werden lassen. Wahrscheinlich wird mir das kein Mensch glauben. Mach Dir keine Sorgen.

Michael

9.

»Wenn Sie im Jahr 1731 aktiver Pilot waren, müssen Sie ja die Aktion der *Armorica* gegen die Galdäa noch mitgemacht haben.«

»Stimmt. Aber woher wissen Sie davon? Entschuldigen Sie schon, aber vor sieben Jahren dürften Sie sich kaum für solche Dinge interessiert haben. Außerdem wurde diese Geschichte nicht sehr bekannt gemacht. So ruhmreich war sie ja nun auch wieder nicht.«

»Ich fliege nach A. L., um dort Informationen über die Galdäa zu sammeln, ich schreibe nämlich eine Abschlußarbeit darüber.«

»Ach so. Daß Sie sich nicht auf die interessanten Dinge geworfen haben ... Planetenerschließung, Kontaktanbahnung oder Forschungen ...«

»Das war alles weg, als ich kam.«

»So daß Sie einen alten Hut nehmen mußten?«

»So ungefähr.«

»Sie Ärmster. Was sollen Sie bloß schreiben?«

»Ebendeshalb fliege ich nach A. L., um die Leute zu befragen, die sich erinnern. Vielleicht alte Unterlagen finden. Was ich habe, reicht nicht aus.«

»Dann fangen Sie mit Ihren Interviews bei mir an. Ich war zwar ein kleines Licht, aber ich bin dabeigewesen.«

»Kleines Licht? Ich denke, Sie waren Pilot der *Armorica*?«

»Junger Mann, Sie machen mir Spaß! Ich war Pilot *auf* der *Armorica* – das ist immerhin ein Weltenkreuzer der A-Klasse, und den steuert kein Pilot, den steuern ein Dutzend Leute, alles Zentralier, und einer der besten Computer, die es gibt. Sie scheinen keine Vorstellung zu haben, was das für ein Riesenkasten ist.«

»Doch, doch ... mein Bruder Tasso ist – war Pilot eines Raumbootes der *Ajax*, das müßte die gleiche Baureihe sein.«

»Ja, stimmt. – Wieso ›war‹?«

»Er ist von einem Erkunderflug nicht zurückgekehrt. Vermißt.«

»Tut mir leid ... So was kommt immer noch vor, selten, aber es passiert. Entschuldigen Sie, ich wollte nicht ...«

»Ist schon gut. Das ist anderthalb Jahre her. So langsam müßte ich darüber wegkommen, finde ich.«

»Ich bekam nur einen Schreck, weil Sie plötzlich so ... blaß wurden und so seltsam guckten. Hätte ich das gewußt, wär ich nicht ...«

»Machen Sie sich darum keine Gedanken, bitte. Besser ... besser erzählen Sie mir von der Galdäischen Mission.«

»Gut – wir hatten den Auftrag bekommen, einen Planeten zu beruhigen, der zu irdischer Technik gekommen war und ein Schiff von uns zerstört hatte – wie hieß es denn gleich ...«

»Caldera XI.«

»Stimmt. So hatte es geheißen. War das Verbindungsschiff gewesen. Wir kamen Mitte des Jahres 1731 dort an und wurden von den Planetenbewohnern angegriffen. Sie hatten die kleine Flotte einer automatischen Station bemannt und beschossen die *Armorica*, so daß wir uns in einen Kraftfeldpanzer hüllen mußten. Auf die Art verhinderten sie, daß wir Raumboote starteten.«

»Sie meinen, die haben gewußt, was sie damit verhindern konnten?«

»Das haben die verdammt genau gewußt. Auch, wo die *Armorica* aufspringen würde beim Anflug, also müssen sie über Raumtaster verfügt haben.«

»Aufspringen?«

»Das ist Raumfahrerjargon. Bei den Raumsprüngen benutzt kein Mensch die exakten Bezeichnungen für die verschiedenen Phasen der Eintauchvorgänge in den Überraum, man nennt das Ganze einen Sprung. Und also heißt es ab- und aufspringen. In Wirklichkeit ist es natürlich eine höchst verwickelte Angelegenheit, mit mehreren tausend Variablen ...«

»Ja, gut, und wie habt ihr eure Boote herausgebracht?«

»Wir kannten natürlich die Konstruktion dieser Schiffe von der Station, und wir legten mit gezielten Störsignalen ihre Energieversorgung lahm. Das klappt für einige Minuten, aber es reichte völlig aus, unsere eigenen Boote zu starten. Die A-Kreuzer haben Katapultschächte ...«

»Kenne ich, damit bin ich mal selbst gestartet, durch so einen Schacht hindurch.«

»Verstehe. Nun, das Kräfteverhältnis betrug drei zu eins zu unseren Gunsten, und wir boten ihnen an, sie könnten aufgeben. Sie schossen einen von uns ab, und es gab einen kurzen Kampf. Zwei ihrer Schiffe entkamen auf den Planeten, den Rest mußten wir zerstören. Bei dieser Aktion war ich nicht eingesetzt, aber ich hatte Bereitschaft und habe es verfolgt. Kein schöner Anblick ... Danach konnten wir die Landungsschiffe ausschleusen, und die gesamte fliegende Brigade schwärmte aus. Fliegende Brigade nennen wir alle Boote, Landungsschiffe, Gleiter und so weiter, eben diese kleinen Raumfahrzeuge, die ein Weltenkreuzer mitführt.«

»Und die wurden in Ruhe gelassen?«

»Das hätte so sein sollen, aber unsere Planer wußten nicht, daß die Planetenbewohner inzwischen selbst angefangen hatten, Raumfahrzeuge zu bauen. Kleine, wendige Dinger, die wie Teufel auf unsere Einheiten losgingen. Sie hätten uns ernsthaft in Bedrängnis gebracht, wenn es mehr gewesen wären. Aber es waren nur zwei Dutzend. Und sie waren schlecht verteilt – zehn davon griffen die *Armorica* an, die ohne Schutzfeld flog, und man setzte die schiffseigene Abwehr ein.«

»Und? Wurde die *Armorica* beschädigt?«

»Wo denken Sie hin – bestenfalls wurde die Panzerung ein bißchen angekratzt. Wo die schiffseigene Abwehr eines Weltenkreuzers hinlangt, gibt es nichts mehr zu beweinen … Die kleinen Dinger der Fremden waren wahre Energiepakete, den Explosionen nach zu urteilen, und entsprechend schwer hatten wir es, mit ihnen fertig zu werden. Das dauerte einen halben Tag, immerhin.«

»Hätte es nicht eine Möglichkeit gegeben, sie am Leben zu lassen?«

»Wenn du beschossen wirst, feuerst du zurück. Außerdem bin ich mir bis heute nicht sicher, ob da überhaupt eine Besatzung drin war. Sie beschleunigten einfach ungeheuer. Aber für automatische Steuerung flogen sie zu gut. Auch die Station wurde bei den Kämpfen zerstört, sie hatten sie zur Bastion ausgebaut und teilten einige schlimme Schläge von dort aus.«

»Einen halben Tag lang, sagten Sie, dauerte das?«

»Ja. Auch wir hatten Verluste, die Zahlen weiß ich nicht. So zehn Gleiter und drei oder vier Boote. Aber das können Sie sicher beim Flottenkommando erfahren.«

»Was geschah dann?«

»Um eine Wiederholung auszuschließen, sollten Produktionsanlagen ausgeschaltet werden, die offenkundig dem ursprünglichen Niveau widersprachen.«

»Das Niveau des Jahres eins sollte wiederhergestellt werden? Der Zeit, als Konstral den Planeten entdeckte?«

»Genau. Die Boote und vor allem die Gleiter wurden mit entsprechenden Spürgeräten ausgerüstet, und wochenlang kreuzten wir über dem Planeten, schossen die Werke zusammen, die gebaut worden waren. Seltsame Dinger darunter ...«

»Ist das protokolliert worden?«

»Gewiß. Irgendwo bestimmt. Warum macht Sie das unruhig? Stimmt da was nicht?«

»Ich weiß nicht ... Wahrscheinlich war unter den zerstörten Werken und Anlagen das meiste aus der Zeit der Konstralbesiedlung. Im Klartext: Das waren von uns gebaute Betriebe, was Sie da vernichtet haben.«

»Das wußten wir nicht, hatte uns niemand gesagt. Man kriegt seine Befehle als Pilot, und man führt sie aus. Soll man sich etwa hinstellen und erst alles erklären? Da wären wir heute noch dort.«

»Das meinte ich nicht. Wie müssen sich die Galdäer gefühlt haben ... Zwölf Jahre lang bauen die Menschen hektisch auf und pumpen Wissen in die Köpfe hinein, vor allem in Assant und Tsanama, und dann kommen sie mit einem Riesenraumschiff und schlagen alles kurz und klein.«

»Assant? Tsanama? Was ist das?«

»Die Namen der Staaten, die die besten Verbündeten der Erde waren, früher einmal.«

»Ich habe gar nicht gewußt, daß die Staaten hatten. Für uns war das ein Einsatz von vielen. Aber wir haben uns bemüht, die Bevölkerung zu schonen, das müssen Sie mir glauben.«

»Das glaube ich Ihnen. Von wem ist denn dieser Befehl damals gekommen?«

»Von Seeburg, dem Kapitän der *Armorica*; aber den können Sie nicht mehr fragen. Er ist tot. Ist vor zwei Jahren im Dienst gestorben, stilvoll: in der Zentrale.«

»Hm ... Vielleicht können Sie mir helfen und mir ein paar Namen von damals Verantwortlichen nennen? Da muß ich nicht in den Archiven wühlen.«

»Warten Sie mal ... Der zuständige Terminator hieß Tyrrell, das weiß ich noch, ein famoser alter

Knochen. Aber der Chef der Galdäa-Verwaltung ..., ich glaube, der hieß Lucas.«

»Lucas? Henning Lucas?«

»Ja, genau. Was ist? Kennen Sie den?«

»Ihn selber nicht, aber seine Tochter ziemlich gut. Ich habe nicht gewußt, daß er mit der Galdäa-Affäre zu tun hatte.«

»Wieso Affäre?«

»Können Sie mir andere Namen sagen?«

»Einen Instrukteur von der Sondenabteilung kenne ich noch, ein netter Kerl namens Dan Brögger. Der lebt auf Atibon, und er hat sich lange mit der Galdäa beschäftigt, zu dem sollten Sie gehen. Kann Ihnen bestimmt viel erzählen. Mehr als ich. Und besser geordnet.«

»Das werde ich machen.«

»Sagen Sie ... Ist da was faul an dieser Geschichte?«

»Wie kommen Sie darauf?«

»Na, die Art, in der Sie fragen ..., wie Sie überrascht sind, und überhaupt – als ob etwas falsch wäre.«

»Vielleicht ist es das, ich weiß nicht. Es gibt dunkle Punkte. Die muß ich klären, wenn ich meine Arbeit schreiben will.«

»Was sind das für dunkle Punkte?«

»Ich glaube, es ist besser, ich rede nicht davon. Verstehen Sie mich, ich möchte kein Gerücht in die Welt setzen oder jemanden beschuldigen.

Erst recht nicht, da Nikkis Vater darin verwickelt ist ...«

»Verwickelt?! Das klingt ja wie Mithilfe bei irgendwelchen verbotenen Dingen.«

»Na gut: Daran beteiligt. Obwohl ›Mithilfe‹ eine gute Möglichkeit wäre, das zu bezeichnen.«

»Junger Mann, wissen Sie, was ich denke? Sie brüten da etwas aus, das mir nichts Gutes zu sein scheint. Ich glaube, ich habe einen Fehler gemacht, mich mit Ihnen in ein Gespräch einzulassen.«

»Ja?« meinte Michael müde.

»Allerdings.«

»Ach, vergessen Sie's.«

Michael lehnte sich zurück und achtete nicht darauf, daß der andere grußlos und scheinbar wütend ging. Er versuchte sich vorzustellen, wie das war, wenn die Götter, die man für weise gehalten hatte, in gigantischen Maschinen aus dem Kosmos herabkamen, um das kleinere Weltall, das zu erschaffen sie selbst geholfen hatten, kurz und klein zu schlagen. Wenn das große Weltall seine Mächte gegen das kleinere ausspielte und den Gedanken nahelegte, Niedertracht sei seine Bewegungsform ...

10.

Dan Brögger mochte ein netter Kerl sein, aber wenn er es war, verbarg er es geschickt. Michael hatte sich auf dem Flughafen bei den Ärzten gemeldet und von ihnen allerlei Verhaltensmaßregeln erhalten, die zu befolgen er nicht beabsichtigte. Es war ihm auf das Medikament angekommen, das ihm mindestens zwei schmerzfreie Tage verschaffen würde. Glücklicherweise wußten die nicht, daß er dieses Präparat schon zu oft genommen hatte. Angeblich schädlich im Dauergebrauch. Michael fand es nützlich. So ein Mittelchen, das den Körper zur Ausschüttung körpereigener Endorphine veranlaßte, so daß die Schmerzen wirkungsvoller als durch stärkste Schmerzmittel betäubt wurden. Michael war dieses Mittel vor Monaten von Professor Legrand verboten worden. Professor Legrand hatte ihm viel beigebracht über seinen vielfach geflickten Körper. Und der Name des Professors hatte sich als nützlich erwiesen.

Aber nicht bei Dan Brögger. Der war entweder fürchterlich gehemmt oder, was Michael wahrscheinlicher schien, von dem Piloten, mit dem Michael an Bord der Fähre geplaudert hatte, gewarnt worden vor diesem Verrückten mit dem Galdäa-Tick.

Mach dir nichts vor, dachte Michael, du hast ihn, diesen Tick, es hat dich erwischt. Als ob du

Tasso lebendig machen könntest, wenn du die Geschichte aufklärst.

Sein anderes Ich mischte sich ein und behauptete, es sei nicht sicher, ob Tasso vielleicht nicht doch noch am Leben sei. Das stimmte auch wieder.

Als Ablenkung, Ersatzhandlung dann, dachte Michael, löste sich aus seiner Grübelei und sagte dem Herrn Brögger ins Gesicht, wie er sich das dachte mit der Warnung – ein Telegramm vielleicht oder ein Anruf?

Dan Brögger stutzte und lächelte breit. »Telegramm.«

Er zeigte es Michael. Es gelang ihm damit, seinen Gast sichtlich zu verblüffen.

SALUTE DANNY – EIN WAHNSINNIGER AUF DEM WEG ZU DIR – ES GEHT UM GALDÄASACHE – SCHMEISS IHN RAUS – GRUSS ALEX GINSBURG

»Gut«, sagte Michael, »dann muß ich Sie wohl fragen, warum Sie mich nicht rausgeworfen haben?«

»Genau diese Frage war vorgesehen.« Brögger nahm das Telegramm an sich.

»Warum also? Warum haben Sie mich reingelassen – nach dem Telegramm?«

»Weil ich Alex kenne. Ganz einfach, nicht? Er ist ein bissel überspannt, müssen Sie wissen. Sieht immer Teufelchen mit haarigen Geheimnissen. Er hat einiges hinter sich, was seine Schwäche erklärt.«

Michael sah seinen Gastgeber fragend an.

»Nein, mit der Galdäa-Sache hat das nichts zu tun. Die Geschichte mit Galdäa hat niemandem gefallen. Mir auch nicht. Sie wissen, daß ich die Pannen mit den Sonden verantworten mußte?«

»Ja ... Hat es denn Pannen gegeben?«

Brögger lachte. »Wir hatten ungefähr zweihundertfünfzig Planeten zu beschicken. Mit den verschiedensten Sachen. Teilweise völlig verrücktes Zeug. Für irdische Kolonien. Für karnesische Kolonien, auch für einige Planetenforts. Und für Low-Level-Zivilisationen, wie wir sie nannten. Es war ein Wunder, daß die Sonden stets beim richtigen Planeten aufsprangen. Nun zu erwarten, sie sollten immer in dem zuständigen Zwergstaat landen, ist ein bißchen viel verlangt. So kommt es zu kleinen Betriebsunfällen. Und wer kriegt Schelte auf sein gramgebeugtes Haupt? – Der Instrukteur!«

»Es hat Vorschläge gegeben, das Adressensystem zu verbessern.«

»Sicher. Hat es immer gegeben. Und die wurden alle geprüft, das kann ich Ihnen versichern. Aber nichts dabei, was wir hätten gebrauchen können. Das Problem war der Zeitfaktor. Unmöglich, die Sondenverschickung ein halbes Jahr zu unterbrechen, um das Adressensystem zu verbessern. Ein paar Dutzend Planeten wären ausgestorben.«

»Und wie war es mit dem Vorschlag eines gewissen Karolus, von Konstral auf Galdäa?«

»Moment.«

Brögger arbeitete an seinem Terminal, über das er direkten Zugriff zu Archiven seines Arbeitsbereiches hatte.

»Tut mir leid«, erklärte er, »in puncto Adressierung ist nie ein Vorschlag von Galdäa gekommen. Würde hier stehen.«

»Was passiert mit Vorschlägen, die formlos eingereicht werden?«

»Alle Vorschläge gehen erst durch die Buchung. Wegen der Vergütung. Aus dem gleichen Grund gehen alle Ideen, die nicht in vorgeschriebener Art und Weise verfaßt sind, an den Absender zurück, zusammen mit dem Formblatt und einer Anleitung. Und einem Brief, den der Computer schreibt.«

»Ordnung muß sein«, sagte Michael finster. Sollte er diesem netten Menschen erklären, daß die Buchung wahrscheinlich dafür gesorgt hatte, daß fast tausend Menschen und eine unbekannte Zahl Galdäer umkamen und ein sinnloser Krieg vom Zaun gebrochen wurde?

»Wird der Landeort der Sonden registriert?« fragte er.

»Natürlich! Bei uns geht nichts verloren, alle

Informationen werden treu aufbewahrt.« Brögger wies aus dem großen Fenster. Am Horizont hinter dem See erhoben sich graue flache Gebäude, die Dächer der Archive von Atibon Legba. Diese Archive erstreckten sich einige tausend Meter in die Tiefe, und tief unten arbeiteten ununterbrochen Roboter und trieben die Gebäude weiter hinab, um Platz zu schaffen für Speicherblöcke, Speicherblöcke, Speicherblöcke.

»Kann ich nach einigen Sonden fragen?«

»Bitte.«

Michael setzte sich vor das Terminal und ließ Brögger staunen über die Sicherheit, mit der er aus Tausenden und aber Tausenden von Angaben nach einigen speziellen Sonden fragte. Und immer ließ Michael durch Tastendruck einen bedruckten Bogen Papier aus dem Drucker kriechen. Was er fand, was der Schirm ihm sagte, was auf den Papieren stand?

Einmal war jene Sonde mit dem scheinbar unverfänglichen Inhalt nicht in Kondh, sondern in Ganoris gelandet. Fruchtsäfte, Obstkonserven, Wein, Schößlinge, junge Bäume, Samen, Rebstöcke, Anleitungen für den Obstbau, Werkzeugmuster. Ganz Ganoris hielt seitdem ganz Kondh für übergeschnappt und pervers. Wegen eines Rechenfehlers im Sondenlenkmodul.

Eine Sonde mit medizinischer Ausrüstung und detaillierten Unterlagen zu Anatomie, Histologie,

Pathologie war in Kanohook angekommen statt in Assant. Wer weiß, was die Mönche von diesen Dingen hielten.

Und da – ein Programmierfehler, der vom Suchnetz der Fehlerfangprogramme nicht erwischt worden war – waren die Waffenlieferungen nicht in Tsanama angekommen, wo sie den Staat, der die Menschen beherbergte, stärken sollten, sondern in Lugg. Lugg, der traditionelle Erzfeind Tsanamas, der auf Gelegenheiten wartete, seinen Nachbarn zu überfallen. Und die bekamen die Waffen und die Unterlagen, das ganze Knowhow.

Kann man einen Computer standrechtlich erschießen? Dem Instrukteur hier war kaum ein Vorwurf zu machen. Solch eine Panne mochte vorkommen, das war eine gewisse technisch bedingte Wahrscheinlichkeit.

Und welche Folgen hat das Ausbleiben der Obstrakete für den Hof in Kondh gehabt? fragte sich Michael. Ist da vielleicht ein wichtiges diplomatisches Fest ausgefallen, hat es aus Wut eine Palastrevolte gegeben oder was auch immer – es hat sicher nicht zur Beliebtheit der Menschen beigetragen.

»Was ist?« fragte Brögger, er wunderte sich über Michaels plötzliche Erstarrung.

»Ich hab gefunden, was ich suchte«, sagte Michael mühsam, »aber ich kann mich nicht freuen darüber. Aber langsam kommt Licht in die Sache. Ein Licht, das mir nicht gefällt.«

Es geht nicht nach mir, dachte Michael auf dem Weg zur Metrostation, es geht weiß Gott nicht nach mir, aber es geht irgendwie steil bergab.

II.

Bevor Michael zu seinem Termin bei Tyrrell ging – dem famosen alten Knochen –, verfaßte er ein Telegramm an Nikki. Sie sollte wissen, daß er lebte. Und er mußte schließlich mit ihrem Vater reden. Lange überlegte er hin und her.

LIEBE NIKKI, hatte er geschrieben und starrte darauf, ohne zu sehen. Was sollte er schreiben? Daß es ihm gut ging? Das wäre gelogen. Aber kam es darauf an? In dieser Welt, in der festgefügte Dinge zu wanken anfingen und alles sich grauenvoll veränderte?

ES GEHT MIR GUT, notierte er. Sie würde wissen wollen, wie sein Galdäa-Tick sich entwickelt hatte. Sollte er ihr schreiben, daß Galdäa zu einem Trauma geworden war, zu einem Alp? Daß er sich fühlte wie ein Trapper, der ein sterbendes Indianerlager in seine Karte einträgt und weiterreitet?

FORSCHUNGEN SCHREITEN VORAN, und dann setzte er dazu: MUSS MIT DEINEM

VATER REDEN – MACHE BITTE TERMIN AUS. Schnell unterschrieb er und gab das Formular ab. Man wunderte sich über die altmodische Art, ein Telegramm aufzugeben. Egal.

Später, als er vor Tyrrells Haus wartete, daß die vereinbarte Zeit heranrückte, überlegte er vergeblich, wieso Nikki nichts davon gesagt hatte, daß ihr Vater in die Sache verwickelt war; so was weiß man doch.

Ja, Michael, weiß man das? Was weißt du davon, wie es in einer richtigen Familie zugeht? Du hast doch nie eine gehabt. Du hattest nur Tasso, der wußte alles von dir, und du wußtest alles von ihm, und die Welt war übersichtlich und einfach in La Felicita. Vielleicht bist du immer noch nicht richtig rausgekommen dort. Vielleicht bist du immer noch Tassos kleiner Bruder und weinst, weil du allein im Dunkeln stehst ... Oder wenn sich die Welt als für dich zu kompliziert erweist.

»Sind Sie der junge Mann, mit dem ich verabredet bin?«

Michael schrak zusammen. Vor ihm stand ein sehniger Mann in jenem Alter, das sich der Schätzung entzieht, im weißen Joggeranzug und mit schweißdunklem Stirnband.

»Ja«, sagte er, »wenn Sie Tyrrell sind.«

»Der bin ich, und ich habe nicht viel Zeit. Es ist wieder einmal Not am Mann, und ich soll hinkommen.«

Michael verstand nicht.

»Hin und wieder gehe ich zur Arbeit, sie sind knapp an Leuten, und da vergnüge ich mich mit der Einbildung, gebraucht zu werden.«

Dann wurde Michael in einen Sessel komplimentiert und mußte laut mit dem Alten reden, der sich unter die Dusche gestellt hatte. Tyrrell war jenseits aller Scham, und sein Körper wies kein Gramm Fett auf. Wie eine anatomische Studie: männliches Skelett, mit Haut und Augen. Prustend, sich abseifend, abtrocknend, ununterbrochen mit Michael redend und gut informiert. Recht schnell wußte Tyrrell, was Michael wollte. Mit den Worten, als alter Mann mit guten Beziehungen ins Jenseits habe er einen sechsten Sinn, stiefelte er – immer noch nackt – zum Terminal und ließ irgendwas bereitstellen. Dann erklärte er, in einen albernen seidenen Kimono steigend, wie Michael an die Informationen kommen könne und daß die alte Leiche Tyrrell mal kurz weg müsse, dringend, und gleich zurück sein werde.

Dieser Mann ist ja ein aufdringliches Wesen mit seiner Energie und seinen Urnen-Redensarten, dachte Michael und machte sich an die Arbeit.

Paragraphen, Paragraphen. Hunderte von Vorschriften, abhängig vom Adressaten. Dutzende von Einschränkungen, Sondergenehmigungen,

ANON APOSITI ORLA VO
INSULA VONTO
KURI KULTURA IN POSI
1542442
3442442
417
SIRUN
IBORMA VON

versteckten Verborgenheiten. Der Benutzer eines Terminals auf einem der angeschlossenen Planeten wußte nie, ob es für ihn eine Beschränkung gab oder nicht – ob man ihm alle Informationen gab oder welche verweigerte. Das wurde nicht im Terminal entschieden, sondern in Tyrrells Behörde auf Atibon Legba. Die berühmten Planetenterminals waren einfach eine Art Funkgeräte. Mit dem entscheidenden Unterschied, daß sie nicht auf Radiobasis arbeiteten, sondern einen Landau-Modulator besaßen – auf diese Art vergehen nur Sekunden, bis Antwort da ist, und wäre der Befragte auch tausend Lichtjahre weit weg.

Michael wollte wissen, welche Beschränkungen die Terminals auf Galdäa hatten. Vor allem die in Kanohook und Aras-Toit, die jahrelang nach den Ereignissen des Jahres elf in Betrieb gewesen waren. Er fand allerlei Angaben, aber nichts über eine Einschränkung. Aber das konnte nicht sein. Man konnte eine humanoide Rasse im klassengesellschaftlichen Zustand nicht mit dem Wissen um sämtliche Fehltritte des Homo sapiens ausstatten und mit dem Know-how der Atombombe belasten. Man konnte Kindern nicht Laser und Atom geben und erwarten, daß die Gardinen vielleicht zufällig doch nicht Feuer fangen. Das konnte nicht sein.

Aber man hatte es offensichtlich getan. Falls

das stimmte, falls …, dann war einiges klar. Bedrückend klar.

Und Michael fand seinen Verdacht bestätigt. Die Informationsmengen, die allein durch das Terminal von Kanohook gegangen waren, hatten schier unermeßliche Ausmaße. Dasselbe war es bei Aras-Toit, und die anderen Staaten hatten in den wenigen Jahren, in denen sie ein funktionierendes Terminal besaßen, ebenfalls nicht schlecht mit dem Pfund gewuchert.

Galdäa hatte das technologische Wissen der Erde übernommen. Und falls das nicht alles Dopplungen waren, schien das Wissen dieser Könige, Sekundärprinzen, Priester, Mönche, Fürsten fast lückenlos. Hoffentlich waren sie nicht imstande, das alles zu verarbeiten.

Sie hatten es in zwölf Jahren zu eigenen Raumschiffen gebracht. Nicht viele und nicht sehr groß, aber immerhin. Dabei haben sie Erfahrungen gesammelt mit irdischer Technik. Und wer weiß, vielleicht ist irgendwo im All ein dubioser Prinz mit einem Häuflein Leibeigener auf der Suche nach Land unterwegs …

Michael schüttelte sich. Warum? Wie war das passiert?

Er forschte weiter. Folgte unscheinbaren Hinweisen. Stieß in Sackgassen vor und kehrte um. Ein Stapel zerknüllten Papiers begann sich aufzuhäufen, unscheinbar neben der schmalen Mappe, in der verwertbare Neuigkeiten verwahrt waren. Nach einigen Momenten, da Michael nahe daran war, die Sache aufzugeben, stieß er – wieder einmal – auf das rätselhafte Tefelburger Protokoll. Als wäre dieser Hinweis eine Art Schlüssel gewesen, fing das Protokoll an, durch alle möglichen Unterlagen zu geistern. Dem Tefelburger Protokoll entsprechend ..., wie im Tefelburger Protokoll festgelegt ..., vgl. hierzu das Tefelburger Protokoll ... Aber nirgendwo war dieses Dokument einmal zitiert, war auch nur der kleinste Satz daraus entnommen worden.

Michael wehrte sich gegen den Gedanken, aber er war zu wahrscheinlich, um sich ersticken zu lassen: Keiner der Verfasser dieser Unterlagen kannte das Protokoll. Es war eine stets benutzbare Entschuldigung für Dinge, die man nicht verstand oder nicht übersah. Niemand hatte Entscheidungen getroffen, die ihm nicht zustanden – oder für die er nicht genügend informiert war. Also schrieb man einen Hinweis auf das Protokoll.

Auch die uneingeschränkte Informationsabgabe über die Terminals erklärte sich so. Man besaß keine Einschätzungen, keine Vorgaben in bezug auf Galdäa. Man verwies auf das Tefelburger Protokoll – was das auch immer sein mochte – und verfuhr, wie in der Vorschrift gesagt war. Keine Vorgaben für eine Einschränkung bedeutet: keine Einschränkung. Eine Maßnahme, die verhindern sollte, daß irdische Kolonien durch Übermittlungsfehler vom Informationsstrom ausgeschlossen wurden. Gute Absicht, ja.

Michael bekam allmählich einen Abscheu vor guten Absichten. Der Aufbau der Werke, sehr löblich. Beeinflussung der Kräfteverhältnisse, sehr friedliebend. Lieferungen zum Abbau von Konfliktstoff, wie positiv. Korrektur von Fehlentwicklung, in bester Absicht. Bedauern über kleine Fehler, menschlich. Und so fort.

Ob das Medikament nachließ oder ob ihm das ständige Bildschirmgeflimmer auf den Magen geschlagen war – Michael wußte es nicht. Es trieb ihn hoch und ins Bad, dort übergab er sich und spürte gleichzeitig mit der Erleichterung das wohlbekannte stechende Ziehen zurückkehren. Viel zu früh. Die Wirkung hätte noch einen Tag anhalten müssen.

Sanderstorm, Student, blaß, fertiggemacht von der simplen Aufgabe, eine Abschlußarbeit zusammenzuschreiben, lehnt sich an die Wand und starrt blicklos in die Sonne.

»Ist Ihnen nicht gut, junger Mann? Sie schauen mir so bläßlich aus. Wenn hier einer abkratzt, bin ich es, merken Sie sich das!«

Tyrrell tat sein Bestes, um Michael aufzumuntern, auf seine Art. Er versorgte ihn, so gut er vermochte. Michael konnte gerade noch verhindern, daß der Alte einen Arzt rief. Als Gegenleistung mußte er mit Tyrrells Auffassung von Medizin zurechtkommen, die der sich in grauer Vorzeit in einem Hau-ruck-Schnellkursus für Raumfahrer angeeignet hatte.

»Wenn einem schlecht wird, ist grundsätzlich der Kreislauf schuld – dafür habe ich dieses Präparat hier. Nein, schlucken Sie's schon, das verwende ich seit über sechzig Jahren, und es hat noch niemandem geschadet!«

Genützt aber auch nicht, dachte Michael und schluckte.

»Man kann's auch übertreiben«, sagte Tyrrell, »ich kenne auch welche, denen hat es ... hm ... geschadet – aber die sind tot.«

Michael sah den Alten entgeistert an.

»Nicht, was Sie denken – die haben sich wochenlang bloß von dem Zeug ernährt, besser gesagt, auf den Beinen gehalten. Sie hatten nämlich nichts anderes. Und das stellte sich als ungesund heraus, sehr ungesund. Man sollte eben bißchen weiter denken!«

Ja, dachte Michael, ja.

12. (Das dritte Dokument)
PROTOKOLL IN SACHEN GALDÄAFORSCHUNG VOM 03. 06. 1713 N. L. PROTOKOLLANT: TEFELBURG

Zwischen der Forschungskoordinatoren der Universität von Penta V, dem Flottenkommando, der Terminalobservationsbehörde und der Zentralen Ökonomie Atibon Legba sind die mit der Entdekkung der humanoiden Zivilisation (subatomare Phase) auf dem Planeten Galdäa im Zusammenhang stehenden Probleme besprochen worden, wobei es zu folgenden übereinstimmenden Ansichten kam, die mit der Festlegung in diesem Protokoll zu für die weitere Arbeit verbindlichen Grundlagenpositionen erklärt werden.

Die Forschungskoordination von Penta V (Universität, Historisch-soziologische Sektion) untersucht die gesellschaftlichen Strukturen auf Galdäa mit der Zielsetzung, dem Flottenkommando und der Terminalobservationsbehörde Richtlinien zur schnellstmöglichen Optimaleinwirkung zu geben. Die Forschungsmittel regeln sich in Vereinbarung mit der Zentralen Ökonomie A. L. nach den Maßgaben der operativen Dringlichkeit.

Die Terminalobservationsbehörde stationiert in Zusammenarbeit mit dem Flottenkommando eine ausreichende Zahl Terminals mit allen Zusatzleistungen, um die gesellschaftlichen Strukturen Galdäas möglichst rasch unter irdische Kontrolle bekommen zu können.

Das Flottenkommando beginnt schnellstens mit dem Ausbau einer Basis der Klasse IV auf Galdäa, da die letzten Ereignisse den Planeten zu einem strategisch wichtigen Punkt machen.

(Zusatz vom 01. 08. 1714: Da der Ausbau der Südlichen Trasse seit 01. 07. d. J. absoluten Vorrang hat – lt. Anordnung Erde Zentralregierung –, ist die Basis auf Galdäa auf Klasse II aufzustocken und ihr Bau mit höchster Priorität zu behandeln, weil Galdäa eine Relaisstation erster Ordnung auf der Südlichen Trasse werden wird.)

Die Zentrale Ökonomie A. L. stellt den beteiligten Institutionen zusätzliche Mittel, die nach dieser Vereinbarung notwendig werden, entsprechend den festgelegten Prioritäten zur Verfügung.

Die Oberhoheit des Projektes liegt bis zur Fertigstellung der Station beim Flottenkommando, das von der Forschungskoordination beraten wird und sich innerhalb des von der Zentralen Ökonomie gegebenen Rahmens bewegt.

Unterschriften: (unleserlich)

13.

»Ich hatte dir einen Termin besorgt, du hättest mit meinem Vater reden können. Warum bist du nicht gekommen?«

»Ich war krank, Nikki. Außerdem hat sich das erledigt mit dem Gespräch. Was ich wissen wollte, habe ich erfahren.«

»War's wieder dein Rücken, der Scherereien gemacht hat?«

»Nicht direkt. Ich hatte mich zu sehr auf Medikamente verlassen, weißt du. Und die haben sich als heimtückisch erwiesen. Sehr heimtückisch.«

»Wie lange liegst du schon so?«

»Oh ..., soviel ich weiß, drei Wochen. Aber es war eine gute Zeit. Ich habe viel gelernt. Und herausgefunden.«

»Willst du noch diese Abschlußarbeit schreiben?«

»Nein, Nikki.«

»Gott sei Dank ... Was siehst du mich so seltsam an?«

»Ich frage mich, wieviel du weißt von der ganzen Geschichte, das ist alles.«

»Das ist unwichtig, aber wenn du es wissen willst: Ich habe nix davon gewußt, daß mein Vater damals auf Atibon mit dieser verdammten Galdäa zu tun hatte.«

»Jetzt ist es unwichtig, da hast du recht. Ich muß dir übrigens ein Mißverständnis ausreden.

Ich brauche keine Arbeit mehr zu schreiben, weil sie fertig ist. Man hat mir einen kleinen Bürocomputer ins Zimmer gestellt, und ich habe die schlaflosen Nächte gut genutzt. Jetzt ist der Text beim Binden.«

»Das …«

»Du sagst gar nichts, Nikki?«

»Du willst das abgeben?«

»Natürlich.«

»Ich habe mit meinem Vater gesprochen, ihm von deinen Fragen erzählt. Er meint, er hat sich an seine Vorschriften gehalten. Er hat das Beste gewollt für diese Galdäer … warum grinst du mich so an?«

»Ach, nichts … Du hast mich an etwas erinnert …«

»Er mußte seine Auflagen erfüllen, den Bau der Station, und das alles – und das Geld für die Forschungen ist gestrichen worden, du weißt doch selber –, die Sparmaßnahmen, die Kostenexplosion beim Trassenbau …«

»Ich weiß. Man hat schließlich seine Quellen. Ich kenne auch das Dokument, in dem vereinbart ist, daß zuerst bei den Forschungsmitteln gestrichen wird. Prioritäten nennen sie das.«

»Siehst du. Was hast du davon, alle in den Schmutz zu ziehen und nach all diesen Jahren verantwortlich zu machen für die … Zwischenfälle?«

»›Zwischenfälle‹ ist wirklich hübsch formuliert. Aber du hast mich nicht verstanden. Ich mache niemanden verantwortlich.«

»Das glaube ich dir nicht.«

»Steht dir frei. Dein Vater, Tyrrells Leute, Dan Brögger, Karolus, alle, überhaupt alle haben ihr Bestes getan, wirklich wahr. Ihr Bestes.«

»Du sagst das so … bitter?«

»Ist es das nicht? Die Forscher, die nach ein paar Wochen abfliegen mußten, hatten die ungewöhnliche Konstitution der Galdäer beschrieben. Sie haben keine Trennung von willkürlichem und unwillkürlichem Nervensystem – weißt du, was das heißt?«

»Sie haben ihre Körperfunktionen unter bewußter Kontrolle, oder? Was ist daran Besonderes?«

»Mein Gott, versteht ihr denn nicht? Ich habe mit Tara gesprochen, über Kom, nachts, sehr lange …«

»Wer ist Tara?«

»Eine Galdani. Sie gehört einer Gemeinschaft an, die durch Kontrolle der Körpervorgänge unnatürliche Vermehrung betreibt – Jungfernzeugung, weil Willenskraft die Zellteilung beeinflußt! Sie können ihre Aufnahmebereitschaft willkürlich erhöhen und so hundertmal schneller lernen als wir! Sie können ihren Körper bis an die absolute Leistungsgrenze führen, den

Schmerz abschalten, den Kreislauf nach Belieben regeln.«

»Das meinst du nicht im Ernst!«

»Man hat es mir bewiesen. Ich habe Bilder gesehen. In ihren Raumschiffen steuerten sie gleichzeitig den Flug und ihren Organismus, auf diese Art vermochten sie hohe Beschleunigungen zu überstehen ... und diesen Leuten hat man das gesamte Wissen der Menschheit hingeworfen. Nach ein paar Wochen gab es Hunderte von galdanischen Wissenschaftlern, die ihrer Umwelt um Jahrhunderte voraus waren. Und sie gaben ihr Wissen weiter. In rasendem Tempo.«

»Ich verstehe nicht, was das alles, so überraschend es ist, mit dem Krieg zu tun haben soll.«

»Meine Güte – es hat ihn verursacht!«

»Nicht diese fehlgeleiteten Sonden?«

»Hat man dir nicht beigebracht, daß die Ursache und der Auslöser eines Krieges zwei verschiedene Dinge sind? Der Auslöser war übrigens die Tatsache, daß die Insel Konstral ein Universalheiligtum war – für alle Staatsreligionen außer der von Tsanama, denn die herrschende Schicht von Tsanama war zu einer Art Freimaurertum gekommen.«

»So daß der Bau der Station ein Sakrileg war.«

»Für alle außer für die Gastgeber.«

»Und was war denn nur die Ursache der ganzen Katastrophe?«

»Mitten in dieser rückständigen Welt breitete sich Wissen aus, das alle Religionen und Weltanschauungen umwarf, zu keiner der gesellschaftlichen Strukturen paßte ... Auf der Erde hätte man die Leute auf den Scheiterhaufen gebracht, wie man es früher ja auch reichlich getan hat. Aber auf Galdäa? Sieben Infektionsherde, von denen sich eine geheimnisvolle Seuche des Geistes ausbreitete, in irrsinnigem Tempo ...«

»War das tatsächlich so bedeutend?«

»Ich habe es ausgerechnet. Mit Taras Hilfe – wie lange kann ein Galdan unterrichten, wieviel aufnehmen, wie schnell das Wissen weitergeben ... Nach einem Jahr gab es anderthalb Millionen, die die bestehenden Verhältnisse grausam klar durchschauten – jeder zwanzigste also. Das wirkte wie eine Bombe an den Grundfesten der Gesellschaft, und sie ging hoch, direkt unter den Menschen. Und sie flohen nach Assant, dessen Regierung sich durch Konstral beleidigt und durch die neuen Wissenschaftler bedroht fühlte.«

»Und das ... das steht in deiner Arbeit drin? Das hast du geschrieben?«

»Ich hab es ›Versuch einer Geschichtsschreibung‹ genannt, und es steht nichts weiter drin als eine Art Liste – wodurch ist was möglich geworden, welche Folgen ... Wie es im Augenblick auf der Galdäa aussieht, weiß nicht einmal Tara.«

»Sie kommt doch daher?«

»Sie ist jetzt drei Jahre hier – und im Moment verändert sich dort alles verflixt rasch. Ich glaube, es gibt inzwischen schon einen Weltstaat dort, mit dieser Frauensekte als einer Art Kadervorrat. Was weiß ich.«

»Dir ist klar, daß du mit deiner Arbeit auch meinen Vater beschuldigst, ihn verantwortlich machst?«

»Ich mache höchstens uns verantwortlich, uns alle. Denn es ist so, wie du gesagt hast. Jeder hat sein Bestes getan. Den Gesetzen Genüge getan. Vorbildlich.«

»Wenn du so denkst, warum sagst du das so, so gallig?«

»Es kotzt mich an, verstehst du das nicht?«

»Nein. Sei froh, daß du deine Arbeit geschafft hast, daß du etwas herausgefunden hast, daß du Staub aufwirbelst. Sei doch froh, daß du mit Dreck werfen kannst!«

»Nikki?«

»Ja?«

»Komm mir bitte nicht mehr unter die Augen.«

14.

Im sonnendurchfluteten Saal der Universität sitzen festlich gekleidete Menschen und sehen einem rotblonden jungen Mann nach, der langsam nach vorn geht. Er hat einen lächerlichen

Schnurrbart im Gesicht, seine grauen Augen sind ein wenig zusammengekniffen, und er geht, als habe er Angst vor einem Schlag, der ihn jeden Augenblick in den Rücken treffen könnte.

Vorn wartet ein Mann neben dem Rektor der Uni, der eine goldene Kette trägt. In der ersten Reihe des Publikums sitzt eine fremdartig aussehende Dame mit durch die Haut schimmerndem Adergeflecht auf den Wangen.

Der junge Mann hört sich gesenkten Hauptes eine Laudatio an, nur einmal wirft er einen raschen Blick auf den Mann, der die Urkunde in Händen hat – Nikkis Vater. Er blickt zu Boden und kaut auf der Unterlippe herum.

Die Laudatio ist zu Ende, der Rektor schüttelt dem jungen Mann die Hand und spricht herzliche Worte. Dann tritt Nikkis Vater zu dem jungen Mann und findet nicht die Worte, die passen könnten. Er überreicht die Urkunde, mit der der junge Mann ausgezeichnet und prämiert wird, und streckt ihm zögernd die Hand hin. Der junge Mann sieht dem Älteren ins Gesicht, als suche er in diesem Gesicht etwas, was er nicht finden kann oder von dem er nicht weiß, was er eigentlich sucht.

Die beiden geben sich die Hand. Beiden ist es sichtlich unwohl, und mancher unter den Leuten im Saal wundert sich darüber. Aber das Unbehagen vorn am Rednerpult wird sich ausbreiten wie

Tinte, die unaufhörlich auf ein Löschblatt tropft, das weiß der junge Mann, und das weiß auch der Gratulant, der sich mit der Hand in den Kragen fährt und den obersten Knopf dabei abreißt. Er achtet nicht darauf. Es ist einer der schlimmsten Tage in seinem Leben.

Es ist der schlimmste Tag in meinem Leben, denkt er, während er vorn an dem mit rotem Tuch beschlagenen Tisch sitzt und den jungen Mann schräg von hinten beobachtet, der seine vorbereiteten Sätze spricht. Es wird immer stiller in dem Festsaal, und die Stimme des jungen Mannes wird immer lauter. Dem Mann am Tisch dröhnt sie in den Ohren, und er hat rasende Kopfschmerzen. Ihn plagt die Vermutung, daß er mit dieser Art von Beschwerden wird leben müssen.

Der junge Mann hatte eine Reaktion erwartet, aber daß sich die Versammlung, als er geendet hat, so still und bedrückt auflöst, überrascht ihn, und mit zusammengekniffenen Augen bemerkt er, wie anders die Dame aus der ersten Reihe behandelt wird. Ein freier Raum bildet sich um sie, und sie geht, ohne jemanden anzuschauen, hinaus.

Als der Saal leer ist, stehen sich der junge Mann und der andere, dessen Gesicht wächsern ist, einen Augenblick lang gegenüber, und der Jüngere wird gefragt, was er nun tun wolle, und er sagt, daß er natürlich dorthin fliegen werde und sein Bestes tun wolle, und er lächelt dabei auf eine erschreckende Art und Weise.

Die beiden gehen auseinander, ohne sich die Hand noch einmal zu reichen und ohne sich zu verabschieden.

1980/1986

Die Garnison

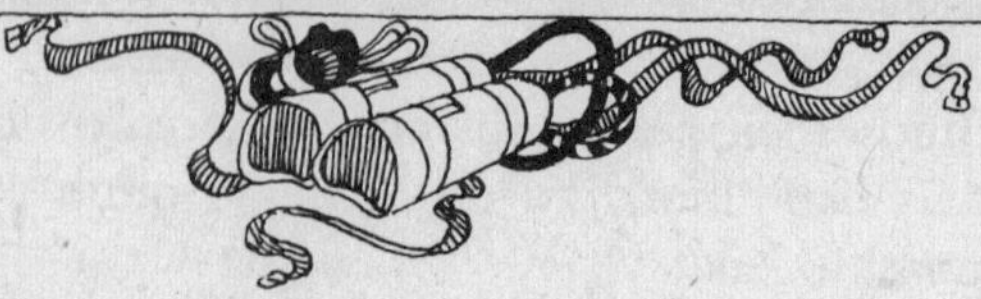

Es gibt nur eine Wahrheit,
unendlich aber ist der Steilpfad, der zu ihr führt.
Jeder klettert den Berg so weit hinauf, wie er es vermag,
und bleibt dann auf seiner Stufe sitzen.

Jean-Richard Bloch

1.

»Du bist der Neue?«

Fred sah unsicher auf und nickte. Er wußte nicht, wie er sich benehmen sollte. Er hatte sich das anders vorgestellt. Statt der waffenstarrenden Festung, die er erwartete, diese Ansammlung von kleinen und größeren Behelfsbauten. Na gut, Baracken. Zusammengedrängt, eine Hühnerschar unterm Habicht.

Der Chef war kein großer Mann in blütenweißer Flottenuniform, sondern ein knuddlig wirkender älterer Herr, der eine zerknautschte Kombination trug. Er kratzte sich hingebungsvoll im Nacken. Der Kragen der Kombi war dunkel von Schweiß.

»Setz dich hin und guck nicht so bedeppert.«

Fred wurde rot, obwohl in der Stimme kein Tadel gelegen hatte, höchstens Belustigung.

Eine von den Planen, die sich unordentlich auf den Tischen beulten, wurde heruntergezerrt. Ein Terminal kam zum Vorschein, nicht das neueste Modell, aber immerhin. Der Mann zögerte und sah Fred fragend an.

»Kennst du dich mit dem Personalprogramm aus?«

»Natürlich.«

»Na, dann mach mal selbst.«

So kam Fred dazu, seine Daten in den Stationscomputer einzugeben, der in der nächsten Zeit auf ihn aufpassen würde. Der ältere Mann stand hinter Fred und las mit, was auf dem Bildschirm erschien.

»Frederik, wie? Na, das wird hier keiner zu dir sagen. Zu lang. Aber wenn man dich ›Tyrrell‹ ruft, dann ist irgendwas los, das bedeutet soviel wie Alarm. Klar?«

»Klar. Und wie soll ich Sie anreden?«

Der andere starrte Fred einen Moment lang verblüfft an. Dann grinste er.

»Ich bin kein hohes Tier. Ich bin Patrick, der Funker. Kommunikationstechniker, um genau zu sein.«

»Ach so … ich dachte …«

»Weil ich das hier mache?« Seine Handbewegung umfaßte nicht nur den vollgestellten Raum; die Gebäude und vielleicht die ganze Gegend waren darin enthalten. Er grinste. »Wenn keiner weiter da ist ...«

»Wo sind die anderen? Ich dachte, hier ist eine Garnison?«

»Ist sie ja auch, ist sie. Aber sie ist auf Streife. Sechsunddreißig Mann. Außer mir sind noch zwei da, und du machst uns wieder komplett.«

Fred war schockiert. So klein? Was sollte das ausrichten? Man hatte ihm gesagt, daß er zu einer der Hilfsgarnisonen auf Orsini kommen werde. Ein Planet, der die Erde um Hilfe gebeten hatte. Besser, dessen Bevölkerung einen Ruf um Beistand ausgesandt hatte, vor einigen zehn Jahren zwar, aber immerhin. Wenn er ehrlich sein sollte, hatte er sich mächtig geehrt gefühlt, bei einem von vornherein positiven Unternehmen dabeizusein. Er war neugierig auf die Orsinier. Hießen die so? Er fragte Patrick danach. Der hatte wieder die Hand am Hals und kratzte sich mit Wohlbehagen.

»Ja, es gibt Leute, die sie Orsinier nennen. Die meisten sagen einfach Schwachköpfe.«

Ehe Fred reagieren konnte, wurden alle Geräusche von einem Dröhnen übertönt, das wie blecherner Donner schwer und aus weiter Entfernung heranrollte. Die beiden traten wortlos zur Tür und sahen hinaus. Hinter den flachen Dünen im Norden stieg *Peregrinus 12* empor, eine der Fähren, die den Verkehr zwischen den Garnisonen auf Orsini und der Basis auf dem Nachbarplaneten Bomarzo besorgten. Vor ein paar Stunden war Frederick Tyrrell, der keine Ahnung hatte von den Verhältnissen auf Orsini, mit dieser Fähre heruntergebracht worden. Man nannte es Praktikum. Eine Art Test, ob die jungen Leute ihr Wissen aus drei Jahren Trockentraining anwenden konnten. Hinterher konnten sie sich für eine Spezialistenlaufbahn entscheiden. Wenn man sie nicht höflich verabschiedete, will sagen, aus der Flotte hinauswarf.

Fred wollte, als die *Peregrinus 12* verschwunden und der Lärm ihrer Motoren verhallt war, Patrick weiter ausfragen, aber der Mann hatte sich verdrückt. Wahrscheinlich hatte er mehr zu tun, als Neue zu belehren. Also beschloß der Neue, sich die Garnison auf eigene Faust anzusehen.

Er umrundete die Gebäude. Man hatte sie in einer Senke errichtet und die Ränder der Senke mit automatischen Wachtürmen bestückt. Aber die Dinger waren ausgeschaltet. Er wollte es nicht glauben, ging nahe heran. Der Mechanismus war tot, die Taster standen still, die Rundum-Optik war geschlossen. Bei den anderen Türmen dasselbe. Was sollte denn das?

Der Fahnenmast, der normalerweise die Flaggen der Flotte und der Erde tragen sollte, sah seltsam aus. Er war sehr kurz, und Flaggen waren auch keine dran. Fred sah hoch. Jemand hatte den Mast in vier oder fünf Meter Höhe gekappt. Durchgesägt, wie es aussah.

Er malte sich aus, wie das zugegangen sein mochte – ein Mann, der sich irgendwie da oben festgezurrt hatte und emsig mit einer Säge hantierte –, als Patrick aus einer der Baracken gestürzt kam und krächzend Flüche ausstieß.

Was hab ich denn gemacht, dachte Fred und schaute sich erschrocken um. Dann merkte er, daß der Mann nicht ihn ansah. Er blickte in Richtung Süden und fluchte steinerweichend. Sein Gesicht war wütend. Im Süden waren die Hänge des Gebirges, weiter nichts. Was hatte Patrick gegen das Gebirge?

Da war es Fred, als höre er schrilles Summen, wie von irrsinnig schnellen Kreissägen. Es schwoll an und ab, in unregelmäßigen Abständen. Und flog da nicht etwas über dem Gebirge? Er kniff die Augen zusammen, um besser zu sehen. Aber das winzige fliegende Etwas war verschwunden, und das Schwirren war verstummt. Er schaute zu Patrick.

Der Funker sah plötzlich alt aus, ließ die Arme hängen und trottete in das Gebäude zurück. Er schüttelte den Kopf und murmelte vor sich hin. Fred ging ihm nach. Die Funkzentrale: ein einziges Durcheinander von auseinandergebauten Geräten, kaum zu glauben, daß hier etwas funktionierte. Und doch setzte Patrick einen Spruch ab, den Fred allerdings nicht verstand.

»Kann ich helfen?« fragte der Neuling, der sich überflüssig vorkam.

Patrick sah ihn prüfend an. »Hast du schon mal Irre betreut?« fragte er.

2.

Liebe Miriam!

Ich weiß nicht, wie schnell Dich meine Briefe von hier aus erreichen, aber ich will Dir trotzdem so oft schreiben, wie es geht. Sehr oft ist das wohl nicht. Fast eine Woche ist seit meiner Ankunft vergangen, und ich begreife noch nicht recht, was hier los ist. Aber der Reihe nach. Es hat mich nach Orsini verschlagen, einem Planeten in der Nähe der Karna-Welten, die genaue Position kenne ich nicht (interessiert Dich sicher auch nicht). Die Orsinier, die uns vor Jahren um Hilfe gebeten haben, sind bis jetzt nicht zu sehen gewesen. Ich bin kaum aus der Unterkunft herausgekommen. Die Streife ist mit einigen Kranken zurückgekommen, und die pflege ich seitdem. Die Leute sind in einem furchtbaren Zustand: Sie erkennen niemanden, lallen wie Neugeborene, manche schlagen um sich, und man muß sie anbinden. Ich habe also Krankenpfleger gespielt, und dabei habe ich die Medizinausbildung gut brauchen können. Obwohl ein Med.-Labor vorhanden ist. Aber das hat die Männer als gesund klassifiziert. Ja, es kennt offensichtlich die Krankheit nicht. Und sie befällt nur Männer – es gibt auch Frauen hier, die hat es noch nie getroffen. Das merkwürdigste ist, daß die Leute plötzlich vernünftig werden; sie sehen dich verwundert an und fragen, weshalb man sie festgebunden hat. Dann fällt es ihnen ein, und sie lächeln. Mir ist es kalt den Rücken hinuntergelaufen, als ich dieses Lächeln zum ersten Mal gesehen habe. Nun, und vorhin bin ich meinen letzten Pflegefall losgeworden und hab Zeit zum Schreiben. Ich weiß nicht, ob die Orsinier schuld an dieser Krankheit sind. Und ebensowenig, weswegen sie uns um Hilfe gebeten haben. Ich weiß, wie man Kranke pflegt, ja. Aber was nützt mir das? Heute abend soll ich zum Garnisonskommandanten kommen. Endlich! Er wird mir erklären, was ich von diesem Planeten zu halten habe. Bis jetzt ist er mir unheimlich, muß ich sagen, aber das ist normal, wenn man so wenig weiß. Ich hatte mir das Praktikum ein bißchen anders vorgestellt. Wie läßt es sich bei Dir an? Wie ich eben erfahre, kommt das Schiff dienstags herunter. Also ein Brief pro Woche. Wir bleiben dabei, daß wir uns nicht per Funk belästigen? Ich finde das immer noch nicht gut. Da kann doch jeder lauschen. Die Funkstation hier ist eher eine Bastelstube, in der jedes Wort von einem ganzen Rudel wildfremder Leute mitgehört wird. Und womöglich kommentiert danach. Nichts für uns. Ich halt die Löffel hoch, mach's auch so.

Ich denk an Dich,

Dein Freddy

3.

Voll Enttäuschung erinnerte sich Fred am nächsten Tag an seinen Termin beim Garnisonskommandanten. Der war ein unscheinbarer Mann, unauffällig bis auf seine Magerkeit und die Rangabzeichen. Erfahren hatte der Neue nichts, als daß er am nächsten Tag Streife gehen sollte.

Das tat er, und wie alle steckte er in einer der unverwüstlichen Kombinationen, am Gürtel den Überlebenssatz und auf dem Rücken einen Tornister. Das Ding war nicht schwer, es enthielt Meßgeräte. Aber es wurde mit der Zeit schwerer. Sie hatten den Weg ins Gebirge genommen, einen langen sandigen Hang hinauf, als Fred sich an seinen Nachbarn wandte.

»Warum schleppen wir das Zeug eigentlich selbst und laden es nicht auf Fahrzeuge, Schweber oder so?«

Der Angesprochene lachte. »Warte ein paar Minuten, dann zeig ich's dir ...«

Als die Kolonne einschwenkte und einen ausgetretenen Weg ging, der in ein Seitental führte, wies ihm Peter – sie hatten sich inzwischen verständigt – das Wrack eines Schwebers. Es war halb in den Untergrund gewühlt, verrostet und ausgeschlachtet.

»Was ist damit passiert?«

»Das geschieht allen Fahrzeugen in dieser Gegend. Fehlsteuerungen, Störimpulse, und wenn du handgelenkt weiterfährst, macht sich der Bock selbständig.«

»Warum?«

Peter blieb stehen und lachte lauthals.

»Das ist wirklich eine gute Frage«, sagte er, als er sich beruhigt hatte. »Wenn wir das wüßten ... Was meinst du, weshalb du diese Meßgeräte mitschleppst?«

Schweigend stapften sie die Flanke des kleinen Tals hinauf und gerieten ins Schwitzen. Die Sonne war nicht heiß auf Orsini, aber der Hang war steil und schien mehr Wärme auszustrahlen, als er empfing.

Oben, auf einem mit etwas Moosähnlichem bewachsenen Grat, der schnurgerade von Ost nach West verlief, sah man auf eine Niederung hinab, in deren Mitte, an einem schmalen Wasserlauf, eine Ortschaft lag.

»Ist das ein Dorf der Orsinier?« fragte Fred, und er spürte heftig sein Herz schlagen.

»Ja«, antwortete irgend jemand, »da wohnen sie, die Schwachköpfe.«

»Laß es ihn selbst herausfinden«, sagte jemand anders, es klang tadelnd, als müsse man denjenigen an eine Gewohnheit erinnern.

Der Abstieg war mühseliger. Der Tornister drohte Fred umzureißen, wenn ein Stein unter seinen Füßen ins Rollen kam oder er bis zu den Knöcheln in lockerem Sand versackte. Er war überrascht, als die Ortschaft vor ihnen lag. Die Bezeichnung »Ortschaft« war allerdings hochtrabend. Ein paar verstreute Hütten, mehr nicht; windschiefe Dinger aus Lehm. Keine geraden Wände; nichts, was an Technik erinnerte. Keine Fenster; schmale Wege, die aussahen, als wären sie von nackten Füßen getreten.

Als Fred die Orsinier sah, verstummten seine Fragen für einige Zeit. Das sollten die Wesen sein, denen zu helfen sie hier waren? Auf den ersten Blick glichen sie Menschen, aber dann ... Die Haut erdig und schmutzig; die Körper unheimlich dürr; die Gestalten gebeugt wie unter der Last von hundert Jahren; die Bewegungen schleppend und langsam; und diese Gesichter ... Mumien mußten so aussehen, ausgetrocknet und ledern, dunkel gebeizt und zerknittert.

Das einzig Lebendige in den Gesichtern waren die Augen; große ovale Pupillen, in deren Tiefe etwas zu schillern schien. Als bewegte sich unablässig ein winziger Funke hin und her, ganz schnell.

Die Jammergestalten waren in weite schwärzlich-schmutzige Umhänge gehüllt. Fred betrachtete die Orsinier voll Entsetzen. Diese Wesen sollten einen Funkspruch aufgegeben haben? Wie und womit? Oder war hier eine rückständige Gegend? Fassungslos sah der Neue zu, wie der Garnisonskommandant sich im Schneidersitz niederließ, um mit den Wesen zu sprechen. Eine Weile saß er allein da, und niemand kümmerte sich darum. Kein Orsinier. Die Leute von der Garnison beobachteten gespannt, was geschehen würde. Es schien ein Ritual zu sein.

Ein Orsinier, der sich in nichts von den andern unterschied, kam herausgewankt und ließ sich nieder. Seine Gelenke arbeiteten offenbar nach anderen Prinzipien als die der Menschen. Er setzte sich nicht, er sank langsam hinunter. Der Mensch sprach auf ihn ein, gestikulierte, fragte. Keine Antwort. Die Frage wurde wiederholt. Wieder und wieder.

Was für eine Geduld, dachte Fred.

Schließlich ließ sich der Fremde zu einer Antwort herbei; seine Finger – Fred sah einen gespaltenen Daumen – zeichneten mit schnellen und unerwarteten Bewegungen etwas in den Sand, und eine überraschend klangvolle Stimme sagte: »Ja. Sonne.«

Das war alles. Der Orsinier wuchs wieder zu voller Größe und schleppte sich in eine der Hütten. Fred trat näher und betrachtete das in den Sand Gezeichnete. Man ließ ihn durch. Die Zeichnung war erstaunlich: In der Mitte prangte ein sechsstrahliger Schneekristall. Darunter war eine Darstellung, die Fred verblüffte: Das Doppelsystem Orsini-Bomarzo! Eine Kette sechsstrahliger Schneekristalle spannte sich von einem der Planeten in weitem Bogen, ging in eine Folge wirrer Zeichen über und endete als kräftige Linie im Ausgangspunkt.

Peter hatte nur einen Blick auf das Bild geworfen. »Sie sind in der Nähe«, flüsterte er.

Fred hielt es nicht länger aus. »Was soll das alles heißen? Und wer sind ›sie‹? Die Orsinier etwa?«

»Du wirst es selbst sehen.« Die anderen, die Fred genau beobachteten, gaben Peter recht. Seltsam, dachte Fred, als ob sie nicht offen mit mir reden wollten, solange ich nicht selbst irgend etwas herausgefunden habe. Aber was?

Eins steht fest, die Orsinier sind keinesfalls so blöd, wie sie aussehen. Wer solche Zeichnungen anfertigt, weiß mehr, als er mit armseligen Hütten zugeben will ...

Er ging auf eine der Hütten zu, um sie näher in Augenschein zu nehmen. Der Innenraum war nicht leer, enthielt aber keine Möbel. Da war eine primitive Treppe, die sich unten im Dunkel verlor. Jemand faßte ihn an die Schulter.

»Wir gehen nicht hinunter«, sagte Peter, »das mögen sie nicht. Und es gibt auch nichts da – nichts außer verschlungenen Gängen, völlig leer.«

»Wozu denn?« fragte Fred, aber er bekam nur ein Achselzucken zur Antwort.

Gelangweilt griffen sich zwei der Frauen einen Orsinier, der sich nicht wehrte, wanden ein Seil um seinen schmalen Körper und zogen ihn ohne viel Federlesens mit sich. Kaum hatte der Trupp das Dorf verlassen, sank die Gestalt zusammen. Fred versuchte die Augen zu erkennen, aber in dem Bündel fand er nicht einmal mehr ein Gesicht.

»Das fängt heute früh an«, sagte jemand. Man rollte den Strick ein und wartete. Das Bündel rührte sich nicht. Nach Minuten hob man das schmutzstarrende Gewand auf. Wo der Außerirdische gelegen hatte, war ein stachliges Gewächs, das einem heruntergeschnittenen Stachelbeerstrauch glich.

»Wo ..., wo ist der Orsinier?« fragte Fred fassungslos.

Peter wies auf den kümmerlichen Busch und ging ohne Kommentar weiter; Fred stolperte betäubt hinterdrein. Hatte er einen Mord beobachtet? Waren die Orsinier Pflanzen? Aber diese Augen ...

»Wir werden dir noch alles sagen, was wir wissen«, versprach Peter. Er hatte sich zurückfallen lassen und ging neben Fred, dem man das Grübeln ansah. »Aber erst mußt du sehen, was wir gesehen haben. Es ist sinnlos, dir den Wirbler erklären zu wollen. Und erwarte von unseren Erklärungen nicht allzuviel. Wir wissen nichts ...«

Fred verzichtete auf Antwort. Was sollte er fragen, er würde keine Aufschlüsse bekommen, würde nur Schweigen ernten. Also ließ er es. Auch wurde er müde. Sie marschierten seit dem frühen Morgen, und eine Rast schien überfällig. Er erkundigte sich nach Mittagessen, aber man zeigte ihm einen Erker, der aus niedriger Felswand ragte, matt schimmernd, fugenlos und ohne irgendwelche Öffnungen. Man halte nicht, solange so etwas zu sehen sei, und es klang, als würden die kleinen Türmchen auftauchen und verschwinden, wie ihnen beliebte.

An diesem Punkt war es, da die Leute ihre Waffen zogen und schußbereit trugen. Ging von den Erkern Gefahr aus? Warum zielten sie nicht darauf?

Dann geschah alles plötzlich und wie auf einmal. Der Trupp erstarrte. Zwischen den mageren Gebüschen war die kräftige Gestalt eines Mannes aufgetaucht. Er mußte zweieinhalb Meter oder mehr groß sein, schwarz schimmerte seine Gestalt, und sein Kopf war unverhältnismäßig klein. Die meisten warfen sich zu Boden, robbten in Deckung. Einige blieben stehen. Peter flüsterte Fred zu, es sei völlig gleichgültig, ob man stehen bleibe oder sich im Boden vergrabe.

Einer zielte sorgfältig und drückte ab. Das Mündungsfeuer seiner Waffe erhellte die Landschaft, als wäre ein übermächtiger Blitz in den Sand gefahren. Die Ladung traf die unheimliche Gestalt und zerstob. Der Mann – oder was es war – stand unverändert. Fred sackte der Unterkiefer herab. Nichts konnte solcher Ladung widerstehen. Aber war die Gestalt nicht im Augenblick des Schusses verschwunden gewesen, wie hinter einem rasch aufgeklappten Schirm verborgen, gleichsam beiseite getreten? Er beobachtete denselben Vorgang mehrmals, als andere auf die schwarze Gestalt feuerten. Ergebnislos.

Was soll das, dachte er, die ballern auf eine menschenähnliche Gestalt, als wären sie beim Scheibenschießen … Da schwenkte die Gestalt ihren mächtigen Arm nach oben, aus der Handfläche schwirrte ein irisierendes Etwas empor, und das bekannte giftige Schwirren lag Fred übermächtig in den Ohren. Die Gestalt dirigierte das wirbelnde Ding mit Bewegungen der flachen Hand, als sei es durch unsichtbare Bande damit verknüpft. Es jagte über den Köpfen der Menschen durch die Luft, wie eine dünne Scheibe er-

hitzten Gases oder ein runder Gegenstand, der zu schnell rotierte, so daß Einzelheiten zu halb durchsichtigem Geflimmer verschmolzen. Es gab sattes Krachen, als die Waffe durch die Krone eines der kleinen Bäume fuhr. Bruchstücke von dürren Ästen spritzten empor. Das grell schreiende Ding war mal hoch im Himmel, fast verschwunden, mal zeichnete es eine Spur aufsprühenden Sandes in die Landschaft. Es schlug geschickte Bögen um die Menschen, zerschnitt aber, ohne anzuhalten, einen liegengelassenen Tornister. Es gab nur ein winziges zorniges Aufbrummen im betäubenden Klang, und schon flogen Trümmer der Apparatur herum, als sei eine Sprengladung im Tornister gewesen.

Fred stand still und verfolgte die Bahn der Scheibe. Die anderen schienen eine Versuchsreihe durchzuführen – man richtete Meßgeräte auf das Objekt, man schoß mit verschiedenen Waffen darauf. Die schwarze Gestalt blieb unbeeindruckt. Sie steuerte mit weit ausholenden Bewegungen ihre Waffe, und Fred fragte sich, ob es angebracht wäre, sich dem Riesen zu nähern.

Er kam nicht dazu, einen Entschluß zu fassen. Das schrille Singen des Wirbels kam plötzlich auf ihn zu. Er hatte das Gefühl, im Zentrum des höllischen Kreischens zu stehen. Er blickte auf. Da stand es, in Griffweite schräg über ihm. Das Geräusch steigerte sich, war schmerzhaft und vervielfachte sich, dumpfes Dröhnen kam dazu und ein Brausen wie von einer Orgel. Fred spürte seine Haut sich zusammenziehen, er konnte sich nicht mehr bewegen. Sein Körper steckte in starrer Schale, Borke hielt ihn fest, und harte Kruste tastete in sein Inneres vor. Die Scheibe rotierte um so langsamer, je leiser das Schwirren wurde. Sie stand still, als Fred sein Innerstes versteinern fühlte. Es war jener sechsstrahlige Kristall, den er schon irgendwo gesehen hatte. Die Strahlen falteten sich auf; und ehe nach dem Hören auch das Sehen versagte, war es, als öffnete sich dabei ein Fenster oder eine Luke. Eiseskälte strömte daraus hervor, und weit entfernt waren Sterne zu sehen. Sie kamen in gemessenem Schritt näher, als tanzten sie Menuett.

Dann erstarrte auch das Denken, und Fred hörte auf zu sein.

4.

Liebe Miriam!

Vielen Dank für Deinen Brief, den ich heute gelesen habe. Ich habe ein Postschiff ausgelassen, aber das lag wirklich nicht an mir. Dazu später. Erst einmal freue ich mich, daß Du Dich so gut eingelebt hast. Natürlich ist es langweilig, bloß Vermessungsarbeiten auszuführen. Aber immerhin muß auch das gemacht werden. Nun, ich hab eine weniger langweilige Gegend abbekommen. Vielleicht sehne ich mich noch mal nach ein bißchen Langeweile. Ich hatte Dir doch von den Kranken geschrieben, die ich zu pflegen hatte. Hm – nun war ich selbst dabei. Das ist eine der negativen Seiten von Orsini. Man muß gegen jenen Gegner kämpfen, dessentwegen die Orsinier um Hilfe gerufen haben. Ich weiß nicht, wie die das gemacht haben. Den Hilferuf meine ich, denn was ich von den Orsiniern gesehen habe, sieht nicht aus, als hätten sie irgendwo eine große Funkanlage aufgebaut und die Industrie, die dazu nötig ist. Sie wirken rückständig, um es kurz zu sagen. Und mit dem richtigen Wort: stumpfsinnig. Die Leute nennen sie die Schwachköpfe. Na ja. Die Gegner der Orsinier – und damit unsere – sind von anderem Format. Es sind Riesen. Schwarze Riesen. Niemand hat sie von nahem gesehen, soviel man weiß. Sie haben eine gefährliche, ferngelenkte Waffe, deren Funktion reichlich dunkel ist. Jedenfalls weiß keiner, wie das gehen soll. Es kann eigentlich gar nicht gehen. Man hat es durchgerechnet und ausgemessen, aber es funktioniert. Ach so, ich wollte von meiner Krankheit erzählen. Wenn man dieser Waffe, einer Art Wurfscheibe, zu nahe kommt, erliegt man Halluzinationen. Wahrscheinlich betäubt einen einfach das Geräusch. Beschreiben kann ich es nicht. Ein infernalisches Gebrüll. Du errätst sicher, was meine Krankheit war – genau. Eine gute Woche hab ich ohne Besinnung gelegen. Das Seltsamste sind die Halluzinationen. Als ob man Dir etwas ungeheuer Wichtiges mitteilen will, Du aber nicht in der Lage bist, es zu verstehen. Es soll allen so gehen, die vom Wirbler »weggeschickt« werden. So nennen sie es. Soviel ich mitgekriegt habe, erwischt es jeden früher oder später. Es ist die Feuertaufe für die Männer auf Orsini. Nun schimpfe mich nicht wieder einen Macho – es trifft wirklich nur die Männer. Die Frauen bekommen vom Wirbler nur Kopfschmerzen. Oje – das ist wieder Wasser auf Deine Mühle, ich weiß. Die Frau ist nun mal widerstandsfähiger als der Mann. Ich höre Dich richtig! Meinetwegen. Sicherheitshalber gehen immer Frauen mit auf Streife, damit die Kranken, besser gesagt, die »Weggeschickten« nicht abhanden kommen können. Deswegen sind die Frauen auch in der Garnison. Normalerweise schickt man sie nicht mal im Flottendienst in gefährliche Gegenden … Was heißt gefährliche Gegend! Außer diesen vorübergehenden Geistesverwirrungen ist nie was passiert. Jedenfalls ist es recht interessant hier, und ich bin froh, daß ich die Beziehungen meines Vaters nicht genutzt habe. Du weißt ja, daß er mir einen der begehrten Posten hätte verschaffen können, bei seinen Verbindungen … Wer weiß, ob es dort nicht genauso langweilig wäre wie bei Dir und Deiner Planeten-Strichliste! So, das war's für diesen Brief. Meine Löffel sind leicht angeknickt, werden aber sicher wieder – wie immer! Ich denke an Dich,

Dein Freddy

5.

Patrick war verschwitzt und schmutzig. Er roch nach ungewaschenem Körper und etwas Künstlichem, feinem Öl vielleicht. Jetzt zog er Fred hinter sich her und redete auf ihn ein.

»Du bist doch gesund, na also, und wir können jemanden brauchen, der frisch von der Schule kommt. Kommst du doch. Und deine Feuertaufe hast du gekriegt. Also. Ich erklär dir's unterwegs, mach schon ...«

Fred hatte kaum Zeit, Miriams Brief wegzulegen und den Reißverschluß der Kombi zuzuziehen, da zerrte ihn Patrick schon hinaus. Es hatte heftige Gewitter gegeben. Die Sonne ließ die Landschaft wie frisch geduscht aussehen und ein bißchen dampfen.

»Und wir verstehen uns, daß du deiner Freundin nur schreibst, was wir vorher abgesprochen haben. Es gibt bestimmte Dinge, die nicht für die Allgemeinheit geeignet sind, man muß nicht grad lügen, aber die kitzligen Stellen eben weglassen, da hat man nicht gelogen und doch nichts verraten. Wie dieser Schweber, der im Hang halb eingebuddelt ist, den hat kein Steuerungsfehler dahin gebracht, dem ist die Wirbelscheibe durchs Gekröse geflogen, und das hat er nicht gemocht ...«

Fred blieb stehen und sah Patrick erstaunt an, wollte fragen, Näheres wissen, und eine düstere Ahnung überkam ihn, die von Patricks Gerede bestätigt wurde.

»Na, nun guck nicht, es ist nicht so harmlos auf Orsini, wie es aussieht. Nicht nur dieser Schweber ist von Wirblern zu Schrott gemacht worden, es hat Verluste an Menschen gegeben, sehr selten, aber immerhin. Es gibt hin und wieder ein paar Neunmalkluge, die sich nackt ins tiefe Wasser wagen. Wo die Haifische sind. Merk dir, daß man sich den Wirblern im Rudel nähert, nie allein, sie dürfen sich nicht auf einen konzentrieren, da wird's kriminell ...«

Überraschend gewandt zog Patrick die Schiebetür zur Funkzentrale auf, stieß Fred hinein und zerrte die Tür wieder zurück, als gebe es draußen jemanden, der nicht erfahren dürfe, was hier vorging. Fred war verdutzt. Die Planen und Hüllen waren verschwunden, Unmengen von Kabeln und Leitungen lagen herum, aber es schien ein verborgenes System im Durcheinander zu sein. Ein Dutzend Leute waren in den kleinen Raum gepfercht, man saß auf dem Fußboden oder wo gerade Platz war. Männer und Frauen, die an flimmernden Bildschirmen arbeiteten oder mit mikroelektronischem Handwerkszeug hantierten. Das Piepsen der Tastaturen verstummte, als Patrick und Fred eintraten, verschwitzte Gesichter wandten sich den beiden zu. Die Luft war zum Schneiden.

Patrick stellte Fred vor, als hätten ihn die andern nie gesehen. Einer mehr, der mitmachen könne, und er komme geradewegs von der Schule, sagte er. Dann nannte er die Namen der Anwesenden, zu schnell, als daß Fred sich einen merken konnte. Er werde schnell mitbekommen, was gespielt würde, meinte man. Dann ging man wieder an die Arbeit. Fred wurde von zwei jungen Männern, kaum älter als er, ins Gebet genommen. Man testete seine Fähigkeiten, merkte er, und er kam gut weg. Nicht umsonst war er mit guten Noten aus den Computerkabinetten entlassen worden.

Gegen Mittag hatte Fred das System durchschaut, das aufgebaut worden war. Er würde es Miriam nicht schreiben können, das war klar. Man hatte ein Verbundnetz geschaffen, dessen Struktur ihm vorerst unklar blieb. Aber man war kaum zimperlich gewesen, was die Beschaffung der Geräte betraf. Alles halbwegs Geeignete war irgendwie ins Netz einbezogen – einschließlich der Steuerzentren der automatischen Wachtürme, denen man einfach die Hirne ausgebaut hatte. Entstanden war ein komplizierter Computer von erheblicher Kapazität. Ungenehmigt, unregistriert, von niemandem abgenommen und versiegelt. Wer wollte, konnte damit die unmöglichsten Dinge anstellen. Es gab nicht einmal jene Rückkopplungseinheit, die jede Rechneranlage normalerweise mit dem übergeordneten Behördennetz verband. Ein »wildes« System. Es gehörte gewiß nicht zu den Aufgaben der Garnison, elektronische Spiele solchen Umfangs zu organisieren und dabei alle möglichen Apparate auszuschlachten.

Am Abend erklärte man Fred den Zweck des Ganzen. Da war an der Wand des Raumes ein überaus kompliziertes Schema angebracht, eine Art Diagramm – der Anfang dessen, was sie untersuchten. Der Anfang des Hilferufs. Jener Funkspruch, den man vor Jahren aufgefangen hatte und der die Menschen nach Orsini gerufen hatte.

»Aber wo ist das gesendet worden?« fragte Fred. Sie lächelten nur. Die offizielle Erklärung lautete, die Feinde der Orsinier hätten in der Zeit zwischen dem Hilferuf und dem Erscheinen der irdischen Raumschiffe die orsinische Gesellschaft so weit heruntergebracht, daß die Technik mitsamt der sie hervorbringenden Zivilisation untergegangen war.

Tatsächlich waren die Wirbler augenscheinlich in der Lage, beliebige Zerstörungen anzurichten. Fred dachte an den Schweber, den sie zerschnitten hatten. Und doch – keiner glaubte die offizielle Erklärung.

»Glaubst du sie?«

»Wenn ich an dieses Dorf denke – nein. Ich habe nicht einmal den Eindruck, daß es intelligente Wesen sind. Wenn nicht diese Zeichnung gewesen wäre. Die beweist doch ...«

»Die beweist gar nichts.«

»Und was ist nun mit dem Funkspruch?«

»Die Übersetzung wurde auf Atibon Legba gemacht, von einem für solche Fälle konstruierten Computer. Man nennt ihn den Enigmator. Das Problem ist folgendes: Er hatte eine verstümmelte und undeutliche Fassung. Ganze Frequenzbänder der ursprünglichen Sendung haben gefehlt. Jahre später tauchte eine Aufzeichnung des vollständigen Signals auf. Die ist unübersetzbar.«

»Das gibt's doch nicht! Und wieso tauchte diese angeblich vollständige Fassung so spät auf?«

»Man hatte sie auf Karna aufgezeichnet. Du weißt, daß es zwischen der Erde und den Karna-Welten einige Meinungsverschiedenheiten gab – vorsichtig gesagt. Deswegen hat man dort die Information zurückgehalten. Oder vergessen. Das ist gut möglich.«

»Hat man dem Enigmator den Funkspruch vorgelegt?«

»Freilich. Er hat tagelang gerechnet und ihn ausgespuckt.«

Fred mußte grinsen. »Was diese Maschine nicht geschafft hat, wollt ihr mit einem wilden System herausfinden ... Kommt ihr euch nicht lächerlich vor dabei?«

Ohne daß er es bemerkt hatte, war die allgemeine Aufmerksamkeit auf ihr Gespräch gerichtet gewesen. Ein lastendes Schweigen entstand. Als hätte man die Garnison beleidigt.

Die junge Frau, die hinten an einem Prüfgerät saß, stand auf und warf eine Mappe auf Freds Tisch. Quer durch den Raum. Fred fuhr zusammen.

»Verdammt noch mal«, sagte die Frau leise, »wir müssen endlich einmal herausfinden, weswegen wir gekommen und weswegen wir hier sind.«

Die Stimme klang scharf. Die Stille im Raum wurde durch das Summen der Apparate vertieft. Fred sah verlegen auf die Mappe hinunter.

»Nun«, sagte Patrick mit gespielter Munterkeit, »wir hatten gedacht, daß uns ein As auf dem Computer helfen könnte. Vielleicht sind wir betriebsblind ...«

»Und du mußt wissen«, setzte ein anderer hinzu, »daß wir nicht die einzigen sind. Die meisten Garnisonen arbeiten mit uns zusammen, und regelmäßig schalten wir ein Netz aus diesen handgebastelten Systemen. Das übertrifft den Enigmator um einiges. Für blöd mußt du uns nicht halten.«

Das genügte, um die Atmosphäre zu entspannen. Man lachte und schwatzte durcheinander und achtete nicht darauf, daß Fred die Mappe an sich nahm, nachdem er sich mit der jungen Frau verständigt hatte. Es war nur ein Blick gewesen. Er reichte aus, um die beiden in den nächsten Tagen zum Team zu machen. Josepha erwies sich als ausgefuchste Kennerin des wilden Computersystems, die einzige, die Fred gewachsen war. Sie kannte sehr genau die bisherigen Entschlüsselungsversuche, die nicht viel erbracht hatten. Doch, natürlich gab es Erfolge – durch Beschneiden der Frequenz war man zur selben Deutung gelangt, wie sie damals der Enigmator geliefert hatte. Glaubhaft wurde die Botschaft dadurch nicht, schließlich hatte man nicht einmal ein Hundertstel der möglicherweise enthaltenen Information verstanden. Es hatte auch nichts gebracht, die Frequenzbänder einzeln zu untersuchen. Auf einem hatte man Zahlen entziffern können, die niemandem etwas sagten. Im Moment war man dabei, die Botschaft sozusagen in Zehntelsekundenportionen zu zerschneiden und einzeln zu durchleuchten. Ohne Ergebnis bisher.

Josepha und Fred verbissen sich in ihre Arbeit und waren fast böse, wenn man sie auf Streife schickte. Auf einer dieser Streifen – die ohne Kontakte mit Wirblern verliefen – kam Fred jene Idee, die sie weiterbrachte. Vorausgesetzt, die gesuchte Information war zerhackt und per Zufall oder System auf die Frequenzbänder verteilt worden, müßte man nur die Schnittstellen finden und könnte das eigentliche Band zusammensetzen. Das bedeutete natürlich, daß die Übersetzung als Hilferuf nur ein Mißverständnis wäre. Das »wilde« Orsini-Netz rechnete ergebnislos an der Aufgabe herum. Die Idee stimmte nicht. Doch kam Fred mit Josephas Hilfe auf andere Deutungen. Die Zahl Sechs hatte angefangen, in Freds Gedanken herumzuspuken, und seine neue Idee war verrückt genug, um zu stimmen. Sie probierten sie aus. Sie bildeten einen Teil der Sendung auf einen andern ab, als wäre das Signal die verschlüsselte Darstellung eines sechsstrahligen Kristalls. Es war viel komplizierte Rechnerei, aber sie schien sich zu lohnen, als sie Kennmarken fanden, die ins Bild hineinpaßten, sozusagen die Endpunkte der sechs Strahlen bezeichneten.

An diesem Punkt verloren Fred und Josepha den Kontakt zu den anderen. Natürlich lebten sie weiter in der Garnison, stapften mit, wenn es auf Streife ging, oder sie pflegten einige Tage die Weggeschickten. Ihre Gedankenwelt aber war den anderen unverständlich geworden. Ihre Gespräche drehten sich um das Signal und das Schneekristallsystem, und Peter, der hin und wieder zuhörte, schüttelte verständnislos den Kopf. Patrick zeigte unmißverständlich, wie ein Zeigefinger heftig gegen die Stirn stößt.

Dann gingen sie zum Garnisonskommandanten, der sich wortlos und lange anhörte, was Fred zu sagen hatte.

»Wenn das wahr ist«, sagte er schließlich trokken, »daß es nach Ihrer Methode sechsunddreißig verschiedene Texte gibt, die im Signal versteckt sind, dann können wir hier einpacken.«

Fred und Josepha sahen ihren Chef erstaunt an.

»Wieso das?« fragte Josepha.

»Der Hilferuf ist, glaubt man Ihnen, nur eine von sechsunddreißig Aussagen desselben Signals. Woher sollen wir wissen, daß er die richtige ist? Die für uns zutreffende? Daß wir nicht infolge eines Mißverständnisses hier sind?«

Der Garnisonskommandant sprang hoch und ging auf und ab, die mageren Arme verschränkt, besser gesagt, verknotet. Seine Stimme blieb ruhig, doch an seinem Hals traten Adern hervor.

»Diese Information sollte nur eine Spielart eines Bündels von Informationen sein?! Das hieße ... Wir wären einem Phantom aufgesessen. Es hat niemand um Hilfe gerufen. Wenn doch, hat er seinen Ruf so vertrackt gesendet, daß es Zufall war, daß der Enigmator …«

Fred wollte etwas einwenden, aber er wurde mit herrischer Armbewegung zum Schweigen gebracht.

»Ich muß jetzt laut nachdenken, lassen Sie mich … Das kommt mir vor wie Spielerei, diese unsägliche Art der Kodierung. Es entwertet alles, was wir auf Orsini getan haben. Die Verluste, die Kämpfe mit den Wirblern, alles Irrtümer, so lange Jahre hindurch?«

Der Garnisonskommandant blieb stehen und starrte Fred und Josepha an, als stünden zwei Monster vor ihm.

»Ich ordne an«, sagte er scharf, »daß Sie zu niemandem über diese angebliche Erkenntnis sprechen. Die Unterlagen händigen Sie mir aus. Die Sache geht vor das Flottenkommando.«

»Und wir sollen tun, als wüßten wir nichts?« fragte Josepha erbost. Fred legte ihr die Hand auf den Arm, sie sollte sich nicht aufregen. Josepha schrak zusammen und sah Fred groß an.

»Ja.« Die Stimme des Garnisonskommandanten war matt geworden. Er malte sich wohl allerlei Folgen dieser Meldung aus, und sein ohnehin hageres Gesicht schien auszutrocknen.

»Ich bitte darum«, setzte er hinzu, »ich kann keine Unruhe in der Garnison gebrauchen, es wird in der nächsten Zeit ohnehin Unruhe geben.

Fruchtlose Diskussionen sind wirklich das letzte, was ich wünsche. Einstweilen ... Gut, Sie dürfen an der Entschlüsselung der anderen fünfunddreißig Signalstrukturen arbeiten. Aber Sie berichten nur mir darüber und niemandem sonst.«

Es war dem Garnisonskommandanten ernst. Er ließ die beiden ein Verschlußsachen-Protokoll in den versiegelten Leitcomputer sprechen. Das war sicherlich der einzige Computer der Garnison, der nicht ins »wilde« Orsininetz einbezogen war.

Dann standen Fred und Josepha draußen, im Sonnenuntergang, der die Wolken blutig färbte.

»Na, ihr beiden, hat er euch den Kopf gewaschen?« erkundigte sich Peter grinsend. Die anderen brachen in leises Gelächter aus. Fred verstand nicht. Josepha schon, sie rückte von Fred ab und ging betont gleichgültig auf ihre Unterkunft zu.

Es gab einige Kommentare über Pärchen, die sich vom Chef Wahrheiten sagen lassen müßten, und dergleichen, ehe Fred begriff, welches Gerücht sie mit ihrer Zwei-Personen-Forschungsgruppe in die Welt gesetzt hatte.

6.

Liebe Miriam!

Ich warte sehr auf Post von Dir, und es ist frech von mir, Dir so was zu schreiben, wenn ich seit zwei Wochen selbst nicht mehr geschrieben habe. Das lag – keine Sorge – nicht daran, daß mich die Wirbler wieder erwischt hätten. Nein, ich war mit einem Kameraden, der genau so ein Computersüchtiger ist wie ich, mit einer interessanten Arbeit befaßt. Es ging um die Entschlüsselung dieses vertrackten Signals, aber ich darf Dir keine Einzelheiten schreiben. Der Garnisonskommandant hat uns ins Gebet genommen. Aber er hat mir nicht verbieten können, Fragen zu stellen. Das wäre ja noch besser, wenn jemand das könnte. Was würdest Du zu einem Funkspruch sagen, der Dir aufs Genaueste die Oberfläche eines unbelebten und vollkommen bedeutungslosen Planeten beschreibt? Wie kommen die Orsinier dazu, eine Beschreibung von Bomarzo ins All zu funken? Und was hältst Du von einer Art langem und verwickeltem Kochrezept, in dem bestimmte Sorten Sand, Pflanzensäfte und kosmische Einflüsse eine Rolle spielen? Was würdest Du von einer Anleitung zum Foltern von Moos denken? Und was, wenn dies mit einem Traktat über physikalische Theorie verknüpft ist, von dem ich etwa soviel verstanden habe, wie Thomas Morus von einem Vortrag Einsteins oder, noch besser, Landaus verstehen würde? Was tust Du mit einer Mitteilung, die sich bis zum Überdruß mit einem einzigen Wort und seinen Abwandlungen und Klangmöglichkeiten befaßt? Und was tust Du, wenn dies alles und noch mehr ähnlicher

Unsinn Dir als Paket auf die Schwelle gelegt wird wie ein schreiender Wechselbalg? Das sind die Fragen, die ich stellen könnte. Ich schreibe sie auf und schicke sie an Dich. Tut mir leid, daß Du damit auch nichts anfangen kannst. Ich muß sie loswerden, verstehst Du? Der Garnisonskommandant leitet unsere verwirrenden Ergebnisse angeblich ans Flottenkommando weiter. Wahrscheinlich weiß er nicht, daß mein Vater dort mehr als genug Beziehungen hat. Ich könnte herausbekommen, ob unser Chef die Wahrheit sagt. Aber will ich das? Immerhin, es juckt mich, meinem Vater die Geschichte zu erzählen, in der mir einiges spanisch vorkommt. Vielleicht gibt es auch bald eine generelle Informationssperre. Es ist viel geschehen in den letzten Tagen. Man hat gemeldet, daß sich die Wirbler zusammenrotten. Das ist unerhört – nie hat man gesehen, daß mehrere von ihnen auf einem Fleck zusammenkamen. Natürlich sind die wildesten Mutmaßungen im Gange. Der eine rechnet mit einem massierten Angriff, der andere mit der Beobachtung von Balztänzen. Es hat übrigens nie einen Angriff der Wirbler auf die Garnison gegeben. Von jenem Tag abgesehen, an dem ohne Vorankündigung ein Wirbler auftauchte und den Fahnenmast in einer Höhe von vier Meter zweiundfünfzig absägte. Frag mich nicht, was er davon hatte. Vielleicht betrachtete er das Hissen unserer Flaggen auf Orsini als Akt der Okkupation. Ach je, so ein Quatsch, woher sollte er von unseren Sitten und unserer Geschichte wissen. Daran kannst Du sehen, daß wir mittlerweile den schwachsinnigsten Theorien zuhören. So weit sind wir schon. Der Streß kommt dazu. Wegen der Zusammenrottungen im Gebirge müssen ständig Streifen unterwegs sein. Also stapft man alle zwei Tage mit dem Tornister auf dem Rücken durch den Sand, kraxelt Hänge hinauf und klettert wieder hinunter, ärgert sich über die unzugänglichen Orsinier. Manchmal wirken sie, als habe jemand ihnen die Hirne amputiert. Auch das ist eine unserer idiotischen Vermutungen. Sei froh, daß Deine Planeten, Monde und Planetoiden sich den eisernen Gesetzen der Himmelsmechanik beugen müssen. Ich wünschte, diese Welt wäre auch an etwas gebunden, was wir kennen. Hoffentlich klingt aus diesem Brief nicht allzu deutlich heraus, daß ich, ehrlich gesagt, von Orsini die Schnauze voll habe. Es wäre nicht sehr gut, wenn Dich in Deinem eintönig vor sich hin schaukelnden Raumschiff so ein jammernder Schrieb aus der Ruhe oder gar der Fassung brächte. Das will ich nicht. Wahrscheinlich hab ich Dich durcheinandergebracht. Na fein, da weißt Du, wie es mir geht. Und mach Dir bitte keine Gedanken, weil ich meinen Herrn Vater vielleicht befragen will. Das ist – im Moment – bloß eine Idee. Einstweilen bin ich der alte, wenn meine ollen Löffel auch ein bißchen abgewetzt sind und nicht ganz frisch. Die werden wieder.

Ich denke an Dich,

Dein Freddy

7.

»Warum gehst du nicht vorn, bei deiner Josepha?« fragte Peter scheinheilig, als sie die Bannmeile der Garnison verlassen hatten. Fred schnaufte unwillig. Dago mischte sich ein.

»Die beiden sind halt von der stillen Sorte«, erklärte er, »die posaunen zarte Bande nicht in die Welt hinaus. Recht so.«

Alles lächelte, nur Fred nicht. Das ständige Gestichel hing ihm zum Hals heraus. Unglücklicherweise war er an Dago geraten, den Physiker mit der spitzen Zunge, der für sein Leben gern lästerte. Aber an die Spitze der Kolonne konnte er nicht gehen. Dort war Josepha. Es reichte, was über sie geklatscht wurde.

»Ich lade euch beim nächstenmal Doppeltornister auf«, sagte Fred, »damit ihr nach dem dritten Hang keine Luft mehr habt, Unsinn zu verzapfen.«

»Oho, hört euch den an!« protestierte Dago. »Wie sollen wir uns da gegen die Angriffe der Wirbler wehren? Oder will sich unser Fred heldenmütig vor die feindlichen Maschinengewehre werfen?«

»Und du kümmerst dich um die trauernde Witwe, wie?« erkundigte sich Peter.

Ehe das Gelächter verklungen war, blieb Fred stehen und rang in komischer Verzweiflung die Hände.

»O Herr über Orsini und umliegende Kiesel, ich bitte dich, gewähre mir Gnade und schicke diese beiden Wahnsinnigen weg! Für mindestens zwei Wochen gönne mir die Ruhe, die dem Geplagten gebührt!«

Jetzt hatte er die Lacher auf seiner Seite. Sie gingen weiter. Wie üblich hatte sich die Marschordnung am ersten Hang aufgelöst, und man trottete als Rudel dahin. Urlauber auf dem Weg zum Picknick, dachte Fred.

»Weggeschickt zu werden wäre nicht schlimm«, sagte Peter, um Ernst bemüht, »wenn einem die andern hinterher nicht Schauermärchen erzählen würden, was man angestellt habe in seinem Zustand.«

Dago warf ihm einen schrägen Blick zu. »Ich weiß ja nicht«, entgegnete er mißmutig, »mir gefällt es nicht besonders, für Tage oder eine Woche einfach ausgeschaltet zu werden.«

»So schlimm ist es nicht. Du spürst nichts. Und der Augenblick, bevor es dich wegdreht, der ist was Besonderes, das mußt du zugeben.«

»Die ›Das-große-Geheimnis-Illusion‹?«

Fred horchte auf.

»Als es mich erwischt hat«, sagte er, »hatte ich das Gefühl, ein Tor oder eine Pforte habe sich geöffnet und ich könnte weit ins All sehen. Und eine ungeheure Offenbarung käme auf mich zu.«

»So ähnlich ist das bei allen. Man bildet sich ein, vor einem großen Geheimnis zu stehen, irgendeiner weltbewegenden Neuigkeit. Dann ist es ganz nah, und man taucht weg.«

»Vielleicht wollen sie etwas mitteilen«, meinte Peter.

Dago lachte. »Was denn?«

»Was weiß ich. Jedenfalls packen wir die Sache falsch an, vom falschen Ende her.«

»Oho! Du hast also die Lösung aller Rätsel entdeckt? Laß uns teilhaben an deiner Weisheit, großer Alchimist!«

»Sag mal, Dago«, erkundigte sich Fred in dem sachlichsten Tonfall, den er zustande bringen konnte, »kannst du nicht die Klappe halten, wenn du merkst, daß Mist rauskommen will?«

Dago schwieg beleidigt.

»Habt ihr euch mal mit dem Gedanken angefreundet, daß zwischen den Orsiniern und den Wirblern anderes sein könnte als Feindschaft?« fuhr Peter fort.

»Was sonst?« Fred brachte es nicht übers Herz, den Hilferuf als Argument ins Feld zu führen, dazu zweifelte er zu sehr daran, ob es einen Hilferuf in diesem Sinne überhaupt gegeben hatte.

»Denk an den eigenartigen Schneestern, den die Orsinier immer wieder in den Sand zeichnen, wenn du mit ihnen reden willst. Denselben Stern siehst du, wenn der Wirbler dich wegschickt. Vielleicht ist die Wirbelscheibe selbst so ein Stern. Woher sollten die Orsinier ihn kennen? Sie werden nicht weggeschickt.«

»Also gut«, sagte Fred, »wenn sie keine Feinde sind, was sind sie dann?«

Peter breitete die Arme aus, als wolle er sich entschuldigen für das, was er sagen wollte. »Verwandte.«

Fred starrte ihn verblüfft an und geriet prompt ins Stolpern. Dago packte ihn rasch am Arm.

»Danke«, sagte Fred, und zu Peter: »Was, zum Teufel, meinst du damit?«

»Hast du die Orsinier oft beobachtet?«

Fred schüttelte den Kopf.

»Wenn man einen von ihnen mitnimmt und es ist ein Wirbler in der Nähe, dann weigert er sich weiterzugehen – und ehe du dich versiehst, sieht dein Orsinier aus wie ein oller Busch und ist halb im Boden verschwunden. So eine Art schneller Metamorphose.«

»Eine Schutzreaktion«, vermutete Fred.

»Vielleicht. Sie wandeln sich vollständig um. Erst nach Tagen kriecht der Orsinier wieder aus der Erde. Wenn das eine Schutzreaktion ist, dann sind die Wirbler vielleicht so was wie ein Imago? Und der Orsinier, den wir kennen, ist eine Larvenform, ein Jugendstadium?«

Fred war sprachlos. Das war die mit Abstand hirnrissigste Theorie, die er bisher gehört hatte.

»Dann würde der Funkspruch von den Wirblern stammen. Die können, das wissen wir, einiges, was wir nicht zu erklären vermögen. Sie greifen uns an und schicken uns weg, weil wir an ihren ›Kindern‹ herumfummeln.«

»Aber die Orsinier sind keine Insekten! Ganz abgesehen davon, wie soll aus einem Orsinier, der kaum sechzig Kilo wiegt, ein Wirbler von über zwei Meter Größe werden? Durch Aufblasen?«

Peter lächelte überlegen. »Ich nehme an, daß dazwischen ein weiteres Larvenstadium liegt, vielleicht mehrere. Warum sollen auf fremden Welten Primatenähnliche nicht eine Imago-Vorstufe sein? Die Erde ist nicht das vom Herrgott empfohlene Muster fürs Universum, soviel ich weiß.«

Fred schmeckte das nicht, es löste weniger Fragen, als es neue aufwarf. »Warum haben die Wirbler nie versucht, mit uns Kontakt aufzunehmen? Schließlich haben sie uns – nach deiner Theorie – doch herbeigerufen.«

Peter blinzelte und blieb stehen.

1
6
7
2
4
3
7

»Aber das tun sie!« rief er theatralisch aus. »Immer, wenn sie einen von uns wegschicken, versuchen sie es! Wir halten es nur nicht aus, verstehst du?«

»Mach's halblang«, knurrte Dago, der die ganze Zeit geschwiegen hatte und dem es zuviel geworden war. »Du erzählst haarsträubende Storys, und den Lichtzaunversuch läßt du unter den Tisch fallen, wie?«

Peter antwortete nicht, sondern stapfte weiter. Die andern folgten ihm.

»Was ist der Lichtzaunversuch?« fragte Fred.

»Ein Experiment. Man hat ein großes Gelände in Nähe eines Dorfes der Schwachköpfe mit Lichtzäunen durchzogen. Ganz einfache Technik, Lichtschranken. Alle Bewegungen wurden registriert und per Computer ausgewertet. Jeder Schwachkopf, der sich auf seinen Acker schleppte, wurde aufgezeichnet. Ergebnis: Keinerlei Kontakte zu Wirblern. Fast drei Jahre lang verließ kein einziger Schwachkopf den unmittelbaren Umkreis des Dorfes. Ende der Larven-Imago-Theorie.«

»Unterirdisch«, muffelte Peter, verschnupft über die rigorose Art, in der seine Argumente weggefegt wurden.

»Da hätten sie aber zu tun gehabt, über zwanzig Kilometer Tunnel zu buddeln. Ohne Werkzeug und ohne unseren Geräten aufzufallen, die sogar einen schnarchenden Engerling aufstöbern.«

Fred sah von einem zum andern.

»Ich glaube«, sagte er dann, »an dieser Geschichte mit den Imago-Wirblern ist nicht allzuviel dran. Aber daß sie nicht stimmt, bringt uns auch nicht weiter. Nichts bringt uns weiter. Das macht mich fusselig.«

»Dieses Stadium haben wir hinter uns«, antwortete Peter, und Dago nickte. Es kam nicht oft vor, daß die beiden einer Meinung waren.

»Was ist eigentlich in diesen Höhlengängen unter den Hütten der Orsinier?« fragte Fred; wenn er dabei war, Dago und Peter auszuquetschen, wollte er es gründlich tun.

»Weitere bedeutende Geheimnisse«, sagte Dago, »da ist nichts zu sehen. Die Wände bestehen meist aus biologisch aktiven Dingen, ob Tier, ob Pflanze, das weiß niemand. Wir konnten keine Proben nehmen und es nicht näher untersuchen.«

»Das liegt an den Schwachköpfen«, ergänzte Peter, »die sehen uns nur höchst ungern da unten. Sie spielen verrückt, wenn wir hinabgehen. Und sie mögen stumpf und dumm sein, wie sie nur wollen – ich gebe mich nicht dazu her, einen von ihnen abzuknallen. Und wenn alle Geheimnisse Orsinis daran hängen.«

Dago nickte. »Das Elend ist eben, daß wir nicht

wissen, ob wir es mit einer Intelligenz zu tun haben. Wir können schlecht einen fangen und auseinanderschnippeln, um nach eventuell vorhandenem Hirn zu forschen.«

»Ganz abgesehen davon, ob wir es als solches erkennen würden«, setzte Peter hinzu. »Bei so manchem Mitmenschen ist nichts von Hirn zu spüren, obwohl die Wahrscheinlichkeitsrechnung behauptet, daß alles ein Kopf ist, was wie Kopf aussieht ...«

»Solltest du unsern Freund Dago meinen?« fragte Fred mit gespielter Empörung.

»Wie kommst du darauf, ich habe von Köpfen geredet. Was hat Dago damit zu tun?«

»Jetzt reicht's aber!« rief der Verspottete und versetzte Peter einen Tritt vors Schienbein. Die Frotzelei ging nicht weiter, weil man einen dieser kleinen metallischen Erker entdeckte. Als wären das mißgünstige Beobachter, pflegte man in ihrer Nähe zu schweigen und machte, daß man vorbeikam.

»So einen könntet ihr mal zerschnippeln«, sagte Fred.

»Haben wir gemacht, keine Sorge.«

»Und was ist drin?«

»Nichts.«

»Diese Dinger sind hohl?!«

»Nein, das nicht, sie sind auf andere Art leer«, erklärte Dago. »Sie bestehen aus einer Legierung von Eisen, Titan, Chrom und ein paar anderen Elementen; Blöcke homogenen Materials. Keine Kristalle, nicht gegossen, was weiß ich, wie die hergestellt wurden. Alle Atome schön gleichmäßig verteilt. An der Uni von Penta V werden sie seit Jahren untersucht, als exotische Proben.«

»Und warum behandeln wir sie ... so abergläubisch und schlagen Bögen um sie?«

Dago schwieg, und Peter sprang für ihn ein. »Sie markieren den Lebensbereich der Wirbler. Nur wo Erker stehen, tauchen Wirbler auf. Wenn man einen entfernt, ist alsbald ein neuer da. Das ist unheimlich.«

»Wachsen sie aus der Erde, oder wie geht das vor sich?«

Dago lachte, und Peter schüttelte den Kopf.

»Wie immer, will sagen: Wir wissen es nicht. Sie sind wieder da. Irgendwie.«

Fred wollte zu einer Antwort ansetzen, als Geschrei ertönte und alles durcheinanderlief, als wäre eine Granate geplatzt. Da stand, ganz in der Nähe, die schwarze Gestalt eines Wirblers und rührte sich nicht. Das unheimliche Wesen war nicht zweihundert oder mehr Meter entfernt wie sonst, es stand zwischen Büschen, die man mit einem Steinwurf hätte erreichen können. Und kein Sirren und Singen ertönte, es war still. Wie tot. Irgendeiner brüllte geistesgegenwärtig, man solle nicht schießen. Die Gewohnheit hatte den

Leuten Waffen in die Hände gedrückt. Unschlüssig stand man herum, keiner wagte näher an den Wirbler heranzugehen. Die riesige Gestalt neigte sich langsam. Sie fiel steif und mit knirschendem Geräusch vornüber in den Sand.

8.

Liebe Miriam!

Dein Brief hat mich erstaunt und erfreut. Schön, daß es ganz so langweilig und eintönig nicht ist für Dich, wie ich zuerst vermutete. Obwohl – ich kann es mir nur schwer vorstellen, daß das Vermessen unbewohnter Planeten und das Abzählen von Monden tatsächlich spannend sein sollte. Na ja, vielleicht kommt es darauf an, was man daraus macht. Sicherlich. Übrigens klang Dein Brief beinahe, als überlegtest Du, Dich jetzt zu spezialisieren. Hm, wie wenig ich Dich kenne. Ich hätte nie gedacht, daß man Dich für Kosmodäsie begeistern kann. Was die Fragen betrifft, die Du in Deinem Brief an mich stellst, so muß ich, ehrlich gesagt, einen Eiertanz aufführen. Einerseits stehe ich unter einer gewissen Geheimhaltungspflicht, andererseits will ich natürlich, daß Du weißt, worum sich meine Probleme hier drehen. Und ich habe angefangen, mich selbst zu fragen, ob Geheimhaltung noch gilt, wenn man das Gefühl hat, sie dient unlauteren Zwecken. Im

Klartext: Ich bin mir nicht sicher, ob auf Orsini nicht Dinge verschwiegen werden, damit in der Flotte ruhige Posten ruhig bleiben. Sei mir nicht böse, daß ich es getan habe, ich weiß ja, daß Du das nicht willst, und ich war von dem Gedanken auch nicht gerade hingerissen, aber ich habe keinen Ausweg mehr gesehen. Du errätst sicher, was ich mit diesen Verlegenheitswendungen sagen will. Ich habe meinem Vater geschrieben, gestern erst. Die Antwort wird also eine Weile auf sich warten lassen. Aber ich bin vom Thema abgekommen; ich wollte Deine Fragen beantworten. Alles kann ich Dir, wie gesagt, nicht schreiben, ich will mich nicht offen eines Verstoßes gegen die Flottenbestimmungen schuldig machen. Gut. Ich hatte Dir einiges von dem angedeutet, was auf Orsini seltsam und unwahrscheinlich ist. Die Frage nach dem Wirbler kann ich Dir beantworten. Wir konnten einen von ihnen untersuchen. Er stand in der Nähe einer unserer Streifen. Ich war dabei, als er umfiel. Wie ein gefällter Baum übrigens. Ein mächtiger Kerl, zweidreißig hoch, mit unmenschlich breiten Schultern und überlangen Armen. Muskeln waren keine zu erkennen, auch keine Kleidung. Ein Kopf war auch nicht da, mehr ein Buckel ohne Sinnesorgane. Ein Monstrum also. Zwei Dinge waren interessant (und das so sehr, daß sie mich gezwungen haben, diesen Brief an Vater zu schreiben). Zum einen die Hände, vierfingrige große Schaufeln, in deren Handfläche das Symbol der Wirbler war: der sechsstrahlige Schneestern. In der einen Hand war er wie eingelegt, während die andere aussah, als fehle er dort und habe einen negativen Abdruck hinterlassen. Natürlich gingen gleich die Vermutungen los, das sei die Wirbelscheibe und der Wirbler sei an deren Verlust gestorben ... Wir haben versucht, den Fremden zu analysieren, aber er ist »leer«. Ein Block homogener Masse, ohne irgendwelche Strukturen. Eisen, Molybdän, Chrom, Vanadium ... ein Metallklotz. So was kann sich nicht bewegen. Und doch habe ich selbst gesehen, daß sie sich bewegen, und wie! Das hat mich veranlaßt, an Vater zu schreiben. Bevor du Dich aufregst, laß mich den Grund er klären. Der Wirbler hat sich innerhalb von Stunden aufgelöst. Risse entstanden, rasche Oxydationen zerstörten die Oberfläche und griffen auf das Innere über. Ich habe beobachtet, wie sich das Wesen in einen unscheinbaren und konturlosen Haufen Rost verwandelte. Aber es hatte gelebt, verstehst Du? Das heißt, daß die Prinzipien seiner Art Leben von allen, die wir kennen, völlig verschieden sein mußten. Das war kein Eiweißleben und kein silikatisches Leben und nicht die noch hypothetische Plasma-Lebensform. Es war etwas völlig Andersartiges. Und gleich, ob es einen Hilferuf gegeben hat oder nicht, welchen

Sinn soll es haben, auf idiotische Art mit einer Intelligenz Scheibenschießen zu veranstalten, von der wir nicht einmal mit Sicherheit wissen, daß es sie gibt? Deswegen hab ich diesen Brief abgeschickt, den ich nicht abschicken wollte, eigentlich. Einen anderen Grund hatte ich noch. Ich bin durch mein Verhalten in eine, nun ja, dämliche Situation geraten. Du mußt wissen, daß es uns untersagt ist, die Hütten der Orsinier zu betreten. Das hängt damit zusammen, daß die Schwachköpfe das nicht wollen. Oje, jetzt habe ich selbst diesen Begriff verwendet. Ansteckung. Genauer gesagt, er paßt besser auf diese Wesen, die wirken wie Vogelscheuchen, mit der Intelligenz von Tomatenpflanzen. Also, ich bin in eine solche Hütte eingedrungen. Die Innenräume bestehen im Grunde nur aus einer Treppe. Unten ist ein Gangsystem, das sich unter dem Dorf hinzieht. Völlig finster da, und die Wände sind wie aus lebendem Material. Meine Geräte allerdings streikten. Und eine der Wände wurde als nicht vorhanden angezeigt. Dabei war sie da, ich habe sie angefaßt! Nichts da, signalisierte der Apparat. Ich konnte die Sache nicht in Ruhe untersuchen. Die Orsinier kamen mir nach einigem Zögern hinterhergeschwankt und zeterten herum. Da hab ich es vorgezogen, wieder nach oben zu gehen. Ich hätte schwören mögen, denselben Weg zurückgegangen zu sein, trotzdem kam ich aus einer anderen Hütte heraus. Aber die sehen alle gleich aus. Also ist das vielleicht nicht so wichtig. Aber was danach passierte ... Der Garnisonskommandant war dabei, mich wegen des Disziplinverstoßes zusammenzustauchen, als Wirbler auftauchten. Sie kümmerten sich nicht um uns – wir standen wie erstarrt. Vor Entsetzen. Die Orsinier quiekten wie Schweine beim Abstechen. Eine ganze Reihe Wirbler war es, und sie ließen ihre unheimlichen Scheiben durch die Hütten fliegen, als wären sie aus Papier. Einige von den Dingern verschwanden in den Gängen und pflügten dort alles um, bis die Gänge einstürzten und grauer, schwerer Qualm aus Erdspalten drang. Das Dorf wurde eingeebnet, bis nur Morast aus Dämpfen und zerwühlter Erde übrig war. Wir haben zugeschaut. Und ich habe zum Garnisonskommandanten gesagt, ob er denn nicht endlich einsieht, daß wir nichts zu suchen hätten auf Orsini. Das fand er gar nicht gut. Er hat mich allen Ernstes beschuldigt, an der Zerstörung des Dorfes schuld zu sein. Tja – Du kennst mich. Ich bin nicht der Typ, der sich beherrscht und kühl zurückschießen kann. Natürlich hätte ich ihm sagen können, ob er genau weiß, ob nicht die Garnison schuld ist an dem Tod des Wirblers, ob wir nicht Dinge durcheinandergebracht haben, die wir nicht überblicken. Natürlich hab ihm genau *das* nicht gesagt. Ich bin ausgerastet. Ich hab ihn angebrüllt.

Ich habe ihn mit ich weiß nicht was für Ausdrükken belegt ... Ergebnis der Geschichte ist, daß ich nachher irgendeine Strafe aufgebrummt bekomme. Vorher schaffe ich es noch, diesen Brief aufzugeben. Mach Dir keine Gedanken, ich halt die Löffel hoch. So gut es eben geht.

Dein Freddy

9.

Das Doppelsystem Orsini-Bomarzo besteht aus zwei fast gleich großen Planeten, von denen Orsini Leben trägt und normale Rotation aufweist, während Bomarzo dem Erdmond ähnelt und Orsini stets dieselbe Seite zuwendet, dachte Fred stumpf, als er aus dem Fenster schaute und wie immer die mattblaue Kugel Orsinis erblickte. Von der Erde unterschied sich diese Welt durch blasse Farbe und die Abwesenheit großer Ozeane. Wenn man flüchtig hinsah, während recht viele Wolken die Atmosphäre verschleierten, konnte man fast denken, da wäre die Erde. Fred hatte ausgiebig Zeit gehabt, genau hinzusehen. Mittlerweile kannte er den Anblick bis zum Überdruß. Was Wunder – es war der einzige Ausblick für ihn.

Das Zimmer maß vier Schritte in der Breite und sechseinhalb Schritte in der Länge. Es enthielt Bett, kleinen Tisch und Stuhl. In die Wand war ein Kommunikationspult eingelassen, das zahlreiche gesperrte Funktionen auswies. Daneben hing in einem schmucklosen Rahmen ein Auszug aus der Disziplinarordnung der Flotte. Hinten das große Fenster mit dem ewigen Ausblick auf Orsini. Vorn eine völlig kahle Wand mit einer Tür darin, die sich von innen nicht öffnen ließ. Das war alles.

Zwar konnte Fred ein paar TV-Programme wählen, aber die gingen ihm auf die Nerven. Und die Zuschaltung zu den Bibliotheken war gesperrt. Dabei hätte er gern einiges nachgeprüft, hätte gern nachgelesen über Orsini. Statt dessen durfte er Spielfilme sehen oder den Nachrichtenkanal. Also schaute er hin, wenn er nicht hinfliegen konnte. Alle paar Tage schwebte die *Peregrinus 12* vorbei. Immer wenn sie zu ihrem Versorgungsflug startete, zu einer der Garnisonen auf Orsini. Die *Peregrinus 7* hatte ihren Anlegeplatz an der anderen Seite der Basis. Das dritte Versorgungsschiff hatte man offensichtlich abgezogen.

Frederik Tyrrell wartete auf ein hohes Tier vom regionalen Flottenkommando, das sich mit seinem Fall beschäftigen sollte. Man warf ihm diverse Disziplinverstöße, Vorgesetztenbeleidigung und gröbliche Mißachtung von Befehlen vor. Fred mußte zugeben, daß die Vorwürfe nicht grundlos erhoben wurden. Er war nur gespannt, ob die hohen Tiere sich mit Gründen für die Vorfälle beschäftigen würden. Er für sein Teil war fest entschlossen, diesen Punkt ins Spiel zu bringen. Darum ging es schließlich. Ganz abgesehen davon, daß in solcher Taktik seine einzige Chance bestand.

Immer wenn die *Peregrinus 12* ihren gedrungenen Rumpf an seinem Fenster vorbeischob, dachte Fred, wie schade es wäre, wenn man ihn nach drei Jahren Ausbildung aus der Flotte hinauswerfen würde. Er hatte – versuchsweise – nach einem anderen Beruf für sich gesucht und nichts gefunden. Es gab Augenblicke, in denen Fred zu jeder denkbaren Schandtat bereit gewesen wäre, wenn man eine von ihm verlangt hätte – nur um in der Flotte zu bleiben. Natürlich war das Unsinn.

Hoffentlich.

Seltsamerweise bekam er Post von seiner Garnison. Dago und Peter hatten einen krampfhaft lustigen Brief voller locker gemeinter Witze verfaßt, und Josepha hatte ihm sachlich und kommentarlos geschrieben. Wie sie von allen rücksichtsvoll und vorsichtig behandelt wurde! Als sei sie die einstweilen zur Strohwitwe gewordene Gattin eines Rebellen oder so. Die Leute ließen sich nicht überzeugen, daß da nichts gewesen war und nie die Spur einer Liebschaft sein konnte. Eine Freundschaft vielleicht, im Höchstfalle, aber nur, wenn es um Computerprogramme und mathematische Spitzfindigkeiten ging. Post von außerhalb bekam er nicht und durfte keine absenden. Der Brief an Miriam war der letzte gewesen. Falls sie schrieb, wurden ihre Briefe ungeöffnet beim Basiszentrum eingelagert.

Fred war es äußerst unwohl, wenn er an das Treffen mit dem angekündigten Vertreter des Flottenkommandos dachte. Es war unausweichlich, daß es ein Bekannter seines Vater sein würde. Im Moment war eine Kommission des Flottenkommandos auf den Karna-Welten zu Gast, und wenn die dort fertig waren, würden sie einen zur Basis auf Bomarzo schicken. Vielleicht würden sie alle kommen. Ein unangenehmer Gedanke.

Wenigstens hatte man ihm Schreibzeug gegeben, und lange Stunden hatte Fred damit verbracht, Listen anzufertigen. Alle Phänomene Orsinis hatte er aufgeschrieben, soweit er sie kannte, und die verschiedenen Theorien daraufhin geprüft, wie viele unerklärliche Dinge damit jeweils erfaßt wurden. Stets blieben zuviel Punkte auf den Listen übrig ...

Ein ständig wachsender Stapel bekritzelten Papiers, mit Zeichnungen, Berechnungen, Ausrufezeichen übersät – das war Freds hauptsächlicher Zeitvertreib, über dem er saß, als sich unangekündigt die Tür öffnete und sich rasch wieder schloß. Ein Mann in der schneeweißen Uniform des Flottenkommandos, mit den schmalen goldenen Streifen auf den Ärmeln; er war ein Stück kleiner als Fred, hatte die wenigen Haare, die er noch besaß, extrem kurz geschnitten und fühlte sich offenbar äußerst unwohl.

Fred sprang auf, ein Schwall beschriebener Blätter ergoß sich auf den Boden.

»Vater!«

Dann hockten sie nebeneinander und sammelten die Papiere ein. Fred entging nicht, daß sein Vater mit raschen Blicken überflog, was dort geschrieben stand. Er konnte ihm nicht ansehen, was er davon dachte.

Schließlich saßen sie einander gegenüber und sahen sich betreten an.

Fred erwartete eine Gardinenpredigt. Er kannte diese Reden seines Vaters: sie waren lang, wiesen ein wohlüberlegtes Auf und Ab der Stimme auf, und man tat am besten, wenn man keine Sekunde hinhörte. Was kam, war anders. Es erschreckte Fred.

»Als erstes«, sagte sein Vater leise, »mußt du dir merken, daß ich nicht hiergewesen bin. Falls dich einer fragen sollte. Ich war nicht da. Du hast mich zuletzt gesehen, als die Rede für die Praktikanten gehalten wurde.«

Fred war unfähig, ein Wort herauszubringen. Sein Vater war gezwungen, das Flottenkommando zu hintergehen, um seinen Sohn zu sprechen? Was war geschehen? Hatte man den Fall hochgespielt? Aber wer sollte das tun? Und wozu?

Plötzlich war Orsini bedeutungslos geworden, und was Freds Vater sagte, bestätigte diese Annahme.

»Vor allem kommt es darauf an, daß in der Verhandlung, die es geben wird, nur der Fall besprochen wird.« Er fing den Blick Freds auf und verbesserte sich hastig: »Aussprache, natürlich kann man das nicht Verhandlung nennen. Also, es darf nur um dich und diesen … diesen Garnisonskommandanten gehen. Als persönliche Auseinandersetzung. Die nichts mit eurem Auftrag oder mit den … übergeordneten Interessen zu tun hat. Dann hast du – vielleicht – eine Chance, in der Flotte zu bleiben.«

»So schlimm steht es also.«

»Ja. Man ist dabei, dich aus der Flotte zu werfen, und es wird mich einige Mühe kosten, das zu verhindern.«

Er sah nicht den wütenden Blick, den Fred ihm zuwarf. Verdammt, dachte Fred, das klingt, als wäre es eine unliebsame Störung, die man einem bockigen Kind verdankt.

»Du hast mit deinem unmöglichen Benehmen einigen Wirbel verursacht. Schließlich bist du nicht irgendwer, und es macht einen sehr seltsamen Eindruck, wenn der Sohn eines Mitglieds des Flottenkommandos die Vorschriften gleich im Dutzend mißachtet. Du wirst es vielleicht nicht glauben, aber es ist schlimm, daß du diesen lächerlichen kleinen Garnisonskommandanten beleidigt hast. Sehr schlimm. Darauf reagieren wir im Flottenkommando besonders scharf. Damit beginnt die Zerstörung der letzten Reste von Befehlsgewalt. Hättest du, sagen wir, ein Raumboot geklaut und wärst damit spazierengeflogen, es wäre nicht so wild. Dies aber ...«

Der alte Tyrrell stand auf und ging zum Fenster. Er sah jetzt alt aus. Alt und verbraucht. Im Nacken sah man erste scharfe Falten, die später zahlreich sein würden, so daß der typische Greisenhals entstünde. Fred betrachtete seinen Vater ungerührt, als wäre er ein Fremder. Die vierzig Jahre Altersunterschied waren nie so deutlich gewesen.

»Zu deiner Information«, der alte Tyrrell sah zum Fenster hinaus, »der Inhalt deiner Briefe an Miriam ist dem Flottenkommando bekannt. Der Brief an mich ist der einzige, den sie nicht kennen. Miriam hat es für besser gehalten, die Briefe herauszugeben, nachdem man ..., hm, nachdem es ihr nahegelegt wurde. Einige Passagen darin kann man, mit ein wenig Geschick, zu entlastenden Beispielen machen. Über den Rest sollten wir schweigen. Es wird auch niemand über deine wilden Theorien und Phantastereien verhandeln wollen.«

Fred wollte etwas sagen, aber sein Vater wehrte ihn mit einer Handbewegung ab, ohne hinzusehen; er mußte gewußt oder gar geplant haben, daß sein Sohn an dieser Stelle Widerspruch einlegen würde.

»Du kannst später reden, wir haben Zeit. Erst laß mich zu Ende sprechen. Es ist wichtig, was ich dir sage, ich hoffe, du weißt das zu würdigen. Und ... Nein, das gehört nicht hierher. Oder doch. Es hat mich einiges an Lug und Betrug gekostet, um dich allein sprechen zu können. Das ist mir durchaus nicht leichtgefallen.«

Fred schüttelte den Kopf.

»Wenn das rauskommt, haben wir einen Skandal, gegen den dein Fall verblaßt. Aber ich habe dann keine Möglichkeit mehr, dich herauszuholen, und die Flotte ist für dich passé. Verstehst du das?«

Der alte Tyrrell sah zu seinem Sohn, der keine Reaktion zeigte. Für Fred war das ein bißchen viel auf einmal: Sein Vater schlich sich heimlich zu ihm und gab ihm merkwürdige Ratschläge. Miriam ließ das Flottenkommando seine Briefe lesen. Orsini sollte bei der »Aussprache« keine Rolle spielen. Man wollte ihn aus der Flotte schmeißen. Und so weiter. Fred fühlte eine eigenartige heiße Leere in seinem Schädel.

»Und das alles«, sein Vater wies auf die wirr durcheinanderliegenden bekritzelten Blätter, »das vergißt du am besten. Ganz abgesehen davon, daß Orsini inzwischen zum Sperrgebiet erklärt worden ist und du alle Informationen darüber geheimhalten mußt – es würde deine Position vollends unhaltbar machen, wenn du dich mit dem Verweis auf die Orsinier oder die Wirbler oder beide aus der Verantwortung stehlen wolltest.«

Wie zur Bekräftigung seiner Worte nahm der alte Tyrrell eins der Blätter und riß es langsam durch. Er setzte sich und sah seinen Sohn an, was der zu sagen hätte. Man erteilt mir das Wort, dachte Fred, wie gnädig! Wozu eigentlich? Es ist alles entschieden. Die Weichen sind gestellt, die Statisten wissen, wo sie hingehören. Ich verschweige dies, und sie verschweigen jenes. Man einigt sich auf das, was man hinter den Kulissen ausgehandelt hat. Es widert mich an.

»Es widert mich an«, sagte Fred und erschrak. Ein wirklich gelungener Anfang, um mit dem alten Herrn ins reine zu kommen ... Egal, jetzt mußte er durch.

»Sieh mal, Vater, ich kann mich schlecht selbst als Trottel hinstellen. Dort auf Orsini geschieht etwas, das unheimlich ist und gespenstisch. Die Leute kämpfen gegen diese Wirbler und wissen nicht, daß sie möglicherweise gegen jene kämpfen, die die Menschen um Hilfe gerufen haben. Und es ist sehr zweifelhaft, daß dieser Funkspruch überhaupt ein Hilferuf war. Weder die Natur der Orsinier noch die der Wirbler ist uns bekannt; ja, wir sind unfähig, sie zweifelsfrei einzuordnen. Wahrscheinlich sind es Lebensformen einer vollkommen neuen Qualität. Hier gehört ein Forschungsinstitut her und keine Truppen der Flotte! Aber das ist nicht alles.«

Der alte Tyrrell hörte zu, ohne sich zu rühren. Seine wasserhellen Augen blickten kühl den Sohn an, der sich, etwas lustlos allerdings, erregte. Ahnte er, daß sein Gerede nutzlos war, Rückzugsgefechte, sinnlose Bewegung der Luft?

»Bei weitem nicht alles. Ich kann unmöglich der erste oder der einzige sein, dem der Unsinn dieser Garnisonen auf Orsini aufgefallen ist. Vielleicht war ich der erste, der die Sechsmal-sechs-Struktur des Funksignals erkannt hat« – sein Vater nickte –, »aber die anderen Dinge sind offensichtlich. Die Flotte treibt auf Orsini ein Spiel, das ich nicht verstehe. Und es weiterzuspielen, halte ich für ein Verbrechen. Es sind schon Menschen umgekommen dort. Wirbler kommen um. Vielleicht auch Orsinier. Und womöglich sind die Orsinier nur eine andere Form der Wirbler. Den Funkspruch abgeschickt haben sie nicht. Aber es ist sinnlos, noch einmal aufzuzählen, was wir nicht wissen.«

Fred wies auf die Papiere. Obenauf lag das zerrissene Blatt. Eine Sekunde lang starrte er verbittert darauf, ehe er fortfuhr.

»Und wenn du dich auf den Kopf stellst, Papa, ich werde nicht nicken und sagen, was ihr hören wollt, und nicht still sein; ich würde mir vorkommen wie ..., wie ..., ach, ich weiß nicht.«

Der alte Tyrrell war bei der Anrede »Papa« leicht zusammengezuckt. Es war lange her, seit er sie zum letzten Mal gehört hatte. Es machte ihn nicht froh, daß er es unter diesen Bedingungen wieder zu hören bekam.

Er konstatierte traurig, daß Fred mehr erfahren hatte, als gut für ihn war. Die Situation wurde immer komplizierter.

»Ehe du weiterredest«, unterbrach er seinen Sohn, »und Dinge versprichst, die du nicht halten kannst, muß ich dir einiges erklären, wie ich sehe.«

Er stand auf und ging hin und her, lauschte kurz auf irgendein Geräusch aus den Tiefen der Basis, wo eine Maschine angelaufen war oder verstummt.

»Auf Orsini sind Praktikanten und Leute, die sich bewähren. Sie alle haben Grund, nicht zu sehen, was sie nicht sehen wollen. Man mag reden dort, aber man weiß, daß es nicht für die Allgemeinheit bestimmt ist. Und die Praktikanten erfahren für gewöhnlich nicht genug.«

»Orsini ist eine Stafkolonie?!« Fred blieb der Mund offen stehen.

»Nein. Nein, das nicht. Bewährung, wie gesagt. Dein Freund, der sich da unten Dago nennen läßt, zum Beispiel – er hat durch ein nicht genehmigtes Experiment einen außerirdischen Artefakt vernichtet. Und diese Josepha, mit der du dich von Miriam erholt hast, hat Verstöße gegen Datenschutzbestimmungen in der Akte. Und so weiter. Dort«, der Alte wies auf die stumm schillernde Kugel vorm Fenster, »bewähren sie sich. Weiter. Du hast nicht die Bahndaten von Orsini und Bomarzo nachgerechnet.«

Fred wies auf den Bildschirm in der Wand. »Ich wollte, aber man hat mir die Zuschaltung zur Bibliothek gesperrt.«

»Mit gutem Grund. Du brauchst nicht nachzurechnen. Es stimmt nicht. Mit ihren Massen und ihrer Geschwindigkeit können sich die beiden Planeten nicht so bewegen, wie sie es tun. Sie beschreiben widernatürliche Bahnen. Das Apogäum von Bomarzo zum Beispiel oszilliert. Das Perigäum ist konstant. Die Differenz beträgt immerhin zweieinhalbtausend Kilometer. Was meinst du, wieso wir auf Bomarzo eine derart riesige Basis gebaut haben?«

»Aber was hat das mit der Garnison auf Orsini zu tun? Na gut, ein Rätsel mehr, aber ...«

»Laß mich ausreden!«

Das tust du doch die ganze Zeit, dachte Fred.

»Das Wichtigste weißt du noch nicht. Ich würde es dir nicht sagen, wenn du nicht mein Sohn wärst ... Du kennst die Raumtaster, mit denen wir die Raumsprünge der Schiffe steuern. Du weißt, daß sie die Kontinuität des Alls messen, die kaum meßbaren Unterschiede aufspüren, die die Sonnen und Planeten verursachen. In der Umgebung von Orsini-Bomarzo sind sie nutzlos. Sie zeigen diesen Doppelplaneten nicht an. Eine Masse von mehr als doppelter Größe der Erde – keine Spur. Statt dessen werden Planeten registriert, die nicht da sind. Eins bis zu sechs Phantome, je nachdem, in welcher Oszillationsphase Bomarzo steht. Außerdem gibt es Überlagerungen, die es laut Landau-Theorie nicht geben kann. Sie stehen zweifelsfrei in Zusammenhang mit den Aktivitäten der Lebewesen auf Orsini. Verstehst du?«

Fred stand auf und wich zur Wand zurück, als habe er einen Wahnsinnigen vor sich. Wenn das wahr war, konnte er sein frisch erworbenes Wissen von der Navigation vergessen. Dann stimmte nicht einmal die Theorie des überlichtschnellen Fluges mehr. Und die Menschen auf Orsini ...

»Wir sind Versuchskaninchen«, brachte er mühsam hervor. »Wir testen diese verrückte Welt für euch ... Das ist barbarisch. Du erwartest doch nicht, daß ich da mittue?«

Der alte Tyrrell schüttelte den Kopf.

»Du hast immer noch nicht verstanden. Unsere These, nach der wir vorgehen, ist die, daß wir es mit einem Übergriff aus einer anders gearteten Welt zu tun haben. Ein anderes Universum. Ein Stück aus unserem Universum ist mit einem Stück dieses anderen Universums vertauscht worden. Von *jemandem*. Dieser *Jemand* ist es, dessenthalben wir eine riesige Basis gebaut haben und unsere Truppen auf über hundert Garnisonen verteilt haben. Um da zu sein, wenn dieser *Jemand* kommt. Und sicherzugehen. Hast du es jetzt kapiert?«

Fred war nicht in der Lage, seinem Vater eine Antwort zu geben. Sein mühsam zusammengebasteltes Gedankengebäude, mit dem er sich hatte verteidigen wollen, brach zusammen.

»Die Garnisonen sind ein Vorposten. Wahrscheinlich der wichtigste Vorposten, den die Flotte unterhält. Und du willst die Funktion des wichtigsten Vorpostens der Flotte mit deinen ›Wahrheiten‹ gefährden ...« Tyrrell, Mitglied des Flottenkommandos, sah seinen Sohn mitleidig an. »Sie werden dich kaltstellen, daß dir die Ohren klingeln. Was weißt denn du von den Möglichkeiten der Flotte.«

Fred lehnte an der Wand und bewegte unsicher den Kopf. Das ist ein bißchen viel auf einmal, dachte er. Und trotzdem, trotz dieser ungeheuerlichen Dinge ist es nicht richtig, was sie machen, da ist irgendein Haken, etwas Falsches. Ich weiß nur nicht, was.

»Warum nehmt ihr an, daß da Feindliches auf uns zukommt, das ist doch nicht bewiesen, es könnte auch ...«

»Schluß jetzt! Du gerätst in Teufels Küche, wenn du Dinge in Zweifel ziehst, deren Beurteilung dir nicht zusteht. Soll ich dir erklären, was passiert, wenn du nicht nachgibst und das Spiel mitspielst? Das Spiel, das ich für dich arrangiert habe?«

Fred nickte. Dann hörte er zu und konnte seinen Ohren nicht glauben. Je länger er zuhörte, desto mehr hatte er das Gefühl, ein Teil von ihm, tief drinnen, sterbe langsam ab, vertrockne und werde bedeutungslos.

10.

Liebe Miriam!

Ich weiß nicht, was man Dir erzählt hat, und nachdem ich Dir längere Zeit nicht schreiben konnte, will ich versuchen, ein paar Mißverständnisse und Unklarheiten auszuräumen, die entstanden sein mögen, wenn sie es überhaupt sind. Oje, war das ein geschraubter Satz. Du merkst, wie unwohl mir ist, auf diese Art einen Brief anzufangen. Schon der Gedanke, daß gewisse Leute alle unsere früheren Briefe gelesen haben, macht mich ganz kribbelig. Daß Du ihnen meine Briefe gegeben hast, dürfte sich inzwischen als richtig erwiesen haben. Obwohl ich es immer noch nicht gut finden kann ... Über die Geheimhaltung der Orsini-Informationen wird man Dich aufgeklärt haben. Nun zu unserem persönlichen Problem. Ich habe Dir verschwiegen, daß der Kamerad, mit dem zusammen ich die Struktur des Signals entziffert habe, eine junge Frau war. Sie hieß Josepha, eine äußerst begabte Operatorin. Auf einigen Gebieten des Fachs ist sie phänomenal. Ich habe die ganze Zeit eng mit ihr zusammengearbeitet, und es entstand ein dummes Gerücht. Den Inhalt kannst Du Dir denken. Man erzählt herum, wir beide wären, was man »zusammen« nennt, und wahrscheinlich haben die Klatschmäuler die Nächte gezählt, die wir ihrer Meinung nach im Bett verbracht hätten. Dabei haben wir in diesen Nächten am Terminal gesessen, bis über beide Ohren in irgendwelche Spitzfindigkeiten der Programmicrung versunken. Da war nichts mit Liebe oder Liebelei und mit Bett schon gar nicht. Der Gedanke ist uns nicht gekommen. Wir haben uns behandelt wie Kollegen, möchte ich mal sagen. Leider hat uns das keiner abgenommen. Es ist auch ein bißchen widernatürlich, ein Kerl von zweiundzwanzig und eine Frau von fünfundzwanzig hocken beisammen und haben nix miteinander. Aber so war's. Dies nur zur Erklärung, falls das Gerücht auch zu Dir gedrungen sein sollte. Falls nicht, habe ich gleich gebeichtet, wo es nichts zu beichten gibt. Anderes ist aber noch zu berichten. Wegen meiner Ausfälle und Disziplinverstöße hat es eine lange und langweilige Aussprache gegeben. Das Peinlichste war, daß nicht *ein* hohes Tier dagewesen ist, sondern gleich eine komplette Delegation. Rein zufällig übrigens, sie waren wegen einer diplomatischen Mission auf Karna in der Gegend und wollten sich den Anblick eines zerknirschten Praktikanten wohl nicht entgehen lassen. Und als wäre das nicht Peinlichkeit genug, war mein Vater Mitglied dieser Delegation. Ich hab kein Wort mit ihm gesprochen, sie mußten schnell wieder fort. Ich war, ehrlich gesagt, auch nicht besonders scharf auf ein familiäres Geplauder in diesem Rahmen. Tja, das Wichtigste habe ich mir natürlich geschickt aufgespart – meine Bestrafung. Na ja, das ist vielleicht zu hart ausgedrückt. Man hat mich für ein halbes Jahr in einen Posten gesteckt, der zwar todsterbenslangweilig, aber dafür streng geheim ist. Wahrscheinlich hatte mein Herr Vater dabei seine Hand im Spiele, obwohl er weiß, daß ich seine Protektion nie gewollt habe. Also darf ich Dir über meine jetzige Tätigkeit nichts schreiben. Allzuoft werde ich nicht Briefe verfassen können, das erlaubt die Zeit nicht. Immerhin wäre es möglich, daß ich meine Berufung für diese besondere Richtung entdecke und mich spezialisiere. Dir ist es mit der Kosmodäsie ja so gegangen, warum sollte mir das nicht passieren. Da fällt mir ein, daß es dafür hier durchaus ein lohnendes Betätigungsfeld gibt. (Schöne Wörter, was? die habe ich von meinem neuen Chef gelernt.) Ach, ich hatte vergessen zu erwähnen, daß ich zu Josepha keinen Kontakt mehr habe. Ich war nicht auf Orsini, seit ich so aus der Rolle gefallen bin. Und versuch bitte nicht, mich per Funk zu erreichen oder per Video, das geht hier nicht. Bei dem Thema fällt mir ein, daß wir – das darf ich wohl schreiben – kürzlich eine Metallkonzentration entdeckt haben, die vielleicht jenes geheimnisvolle Zentrum ist, das damals den ominösen Funkhilferuf abgegeben hat. Vielleicht. Ein häufiges Wort in dieser Gegend. Weil ich gerade von Gegend spreche – alle unheimlichen Zusammenrottungen der Wirbler haben aufgehört, nachdem die Regenzeit begonnen hat. Eine normale Sache also. Ich habe mich oft ins Bockshorn jagen lassen. Im Grunde ist es alles ganz einfach; die Rätsel sind gar keine. Diese Wirbelscheiben zum Beispiel haben sich als zwar interessante, aber nicht weiter weltbewegende Dinge erwiesen. Ihre Bewegung beruht auf der geschickten Ausnutzung elektrostatischer Gesetzmäßigkeiten. Nichts Neues also. Tja, so entblättern sich die Geheimnisse eines nach dem andern, und die Sensation war gar keine. Ich bin sicher, daß sich auch die anderen Seltsamkeiten rasch als simpel erklärbare Selbstverständlichkeiten entpuppen. Wie zum Beispiel die unheimlichen Meßergebnisse, die mir mein Gerät geliefert hatte, als ich in den Gängen unter dem orsinischen Dorf war. Erinnerst Du Dich, ich hatte mir tatsächlich eingebildet, da würde etwas als nicht vorhanden angezeigt, was da war, oder umgekehrt. Natürlich hat sich das Meßgerät als defekt erwiesen. Seitdem wird alles, was nach Apparatur aussieht, gründlichst untersucht und außerdem gedoppelt. Wir wollen nicht auf Zufälle eingehen müssen und uns von der Unzulänglichkeit der Technik hereinlegen lassen. Gut, das dazu. Bei dem Garnisonskommandanten habe ich mich noch nicht entschuldigen können für mein Benehmen, ich habe ihn nicht wiedergesehen. Das wird auch nicht so bald werden. Wie gesagt, ich bin stark eingespannt. Wo ich jetzt bin, sieht manches anders aus. Das liegt nicht nur daran, daß ich mehr erfahre und anderes als vorher, es liegt auch an diesem Gespräch mit den Leuten vom Flottenkommando. Na ja, was heißt Gespräch. Man hat mir eine Rede geredet. Das trifft es besser. Man hat mir klargemacht, daß wir mitunter in Zusammenhänge hineingeraten, deren Format für uns ein bißchen zu groß ist. Und es ist nicht immer gut, überall herumzustochern, wo man etwas wittert, das man aufstöbern zu müssen glaubt. Das Bild vom Wespennest, in das man sticht, ist sicher nicht das richtige, aber es ist das einzige, was mir einfällt. Das andere, was mir einfällt, stimmt irgendwie nicht, aber als Näherung mag es gelten. Was wäre los mit einer großen und komplizierten Uhr, die astronomische und Weltzeiten anzeigen soll, wenn jedes ihrer Teile – Stifte, Zahnräder, Anker, Wellen, Gewichte – einen eigenen Willen entwickelt und das Gefühl, Unmoralischem zu dienen, ohne das Ganze überschauen zu können? Die Uhr bliebe stehen. Oder zerfiele. Ich hoffe, Du verstehst, was ich meine. Natürlich bin ich kein Rädchen, aber in einem gewissen Sinne bin ich es doch. Ist es das nicht jeder, irgendwie? Soweit dieser Rückmeldungsbrief. Entschuldige bitte, daß er so spät kommt, aber es ging wirklich nicht anders. Ich denke an Dich,

Dein Freddy

II.

Die *Peregrinus 12* hockte wie ein geschlachteter Saurier auf ihrem gewohnten Landeplatz. Ringsum war der Sand von häufigen Starts und Landungen zusammengesintert und glasig. Frederik Tyrrell beobachtete mit zusammengekniffenen Augen – die Sonne brannte hell vom Himmel –, wie man ein unförmiges Aggregat aus dem großen Laderaum des Versorgungsraumschiffes bugsierte. Das Ding hatte gerade in die Halle hineingepaßt, und dementsprechend schwierig war es, den schweren Block wieder herauszubekommen. Die Männer fluchten und warfen unfreundliche Blicke zu dem Chef des Unternehmens. Fred blieb ungerührt.

Der Kommandant der *Peregrinus 12* kam über den Sand auf ihn zu, sehr bemüht, auf dem tückischen Boden nicht auszugleiten. Fred tat so, als sehe er den Mann nicht. Er wußte, was der wollte.

Schwitzend und außer Atem kam der Kommandant neben ihm zum Stehen, sichtlich froh, nicht weiterlaufen zu müssen. Man gewöhnte sich schnell an ein Leben ausschließlich in den absolut geraden und ebenen Gängen der Raumschiffe und Basisstationen.

»Es wird langsam knapp«, sagte der Kommandant.

»So?«

»Wir haben einen Flugplan, müssen Sie wissen. Und außer dieser Garnison haben wir heute drei andere anzufliegen. Ich kann wegen dieser Kiste da nicht zu spät kommen.«

Fred sah den Mann kalt an.

»Was Sie abschätzig die ›Kiste‹ nennen, ist

wichtiger als Ihr lächerlicher Flugplan. Und das Gerät wird ausgeladen. Egal, wie lange es dauert.«

»Hören Sie zu, Tyrrell«, sagte der Kommandant unwirsch, »das mag alles sein, aber gibt es keine Möglichkeit, das Ding etwas bequemer herauszubekommen? Kann man nicht ein paar von diesen vorstehenden Konstruktionen abmontieren? Dann wäre es in ein paar Minuten draußen.«

Fred mußte lächeln. Der Mann hatte vielleicht eine Ahnung. Als ob man an der Anlage herummontieren könnte, ohne die Selbstvernichtungsschaltung auszulösen. Schließlich mußte nicht jedermann wissen, daß die vorgebliche Wetterstation in Wirklichkeit ein spezieller Raumtaster war, mit dem man dem Geheimnis von Orsini auf die Spur kommen wollte. Auch die Zusatzeinrichtungen würden Verwunderung auslösen: Wieso hatte eine Wetterstation einen solch starken Reaktor? Und wieso war sie bewaffnet? Was sollte der winzige versteckte Unterkunftsraum? Diese Fragen würden einen Rattenschwanz seltsamer Schlußfolgerungen und neue Verwicklungen nach sich ziehen. Also mußte man dafür sorgen, daß sie nicht gestellt wurden.

»Sie wissen doch, daß es sich um eine Neuentwicklung handelt, die getestet wird. Sie darf nicht verändert werden.«

»Aber ...«

»Wie wär's, wenn Sie Ihr Schiff ein bißchen aufschweißen würden, die Luke vergrößerten?«

»Das meinen Sie doch nicht im Ernst, Tyrrell!«

»Eben.«

Der Kommandant warf Fred einen wütenden Blick zu. »Ich könnte meinen Leuten auch befehlen, diese unförmige Kiste einfach drinnen zu lassen.«

»So«, sagte Fred langsam, »könnten Sie das?«

Er zog ein versiegeltes Kuvert aus der Jacke und gab es dem Kommandanten. Als der verständnislos guckte, bedeutete er ihm, den Umschlag zu öffnen.

Der Mann zerbrach das Siegel. Jener feine Piepston erklang, der anzeigte, daß irgendwo in dem Siegel ein elektronischer Winzling gewesen war, der genau registriert hatte, wer den Brief öffnete. Der Kommandant stutzte und sah Fred erstaunt an. Solche Siegel wurden gern vom Flottenkommando benutzt.

Dann las er. Seine Augen wurden, während er das tat, groß. Ohne etwas zu sagen, gab er den Brief in Freds ausgestreckte Hand zurück und musterte den jungen Mann, als habe er ihn eben zum ersten Male gesehen.

Fred steckte den Brief achtlos weg, während der Kommandant der *Peregrinus 12* auf sein Schiff zuging und dabei etwas von Söhnen hochgestellter Herren brabbelte, denen die ewige Protektion zu gefallen schien, nicht zu reden davon, daß sie ihnen zu Kopf gestiegen sei.

»Macht gefälligst ein bißchen hin!« schrie er, am Schiff angekommen, seine Männer an, die verblüfft zusammenzuckten. So kannten sie ihren Chef nicht.

Fred beobachtete ein paar Minuten lang, wie die Station millimeterweise aus der Schleuse gezogen wurde, drehte sich um und ging den Hang hinauf, in Richtung der Garnison.

Wie damals, als er angekommen war, traf er den dicklichen Funker Patrick als ersten.

Daran muß ich mich gewöhnen, dachte Fred, daß ich angestarrt werde wie irgendein Gespenst oder so. Sie wissen nicht, was los war. Sie wissen gar nichts.

»Mann, Fred«, rief Patrick, »wir dachten schon, du kommst nie wieder! Sag bloß, sie hatten dich so lange verknackt! Komm mit, die andern sitzen wieder an ihrem Netz.«

Patrick zog ihn mit sich, unaufhörlich redend. »Hier ist einiges los, mußt du wissen. Josepha hat man plötzlich abkommandiert, irgend jemand muß denen da oben Wunderdinge über ihre Fähigkeiten am Computer erzählt haben. Wird heute also nichts aus einem Wiedersehen von euch beiden ... Und weißt du was von dieser Station, die sie uns vor die Nase setzen wollen, ausgerechnet auf die Stelle, wo damals das Dorf war,

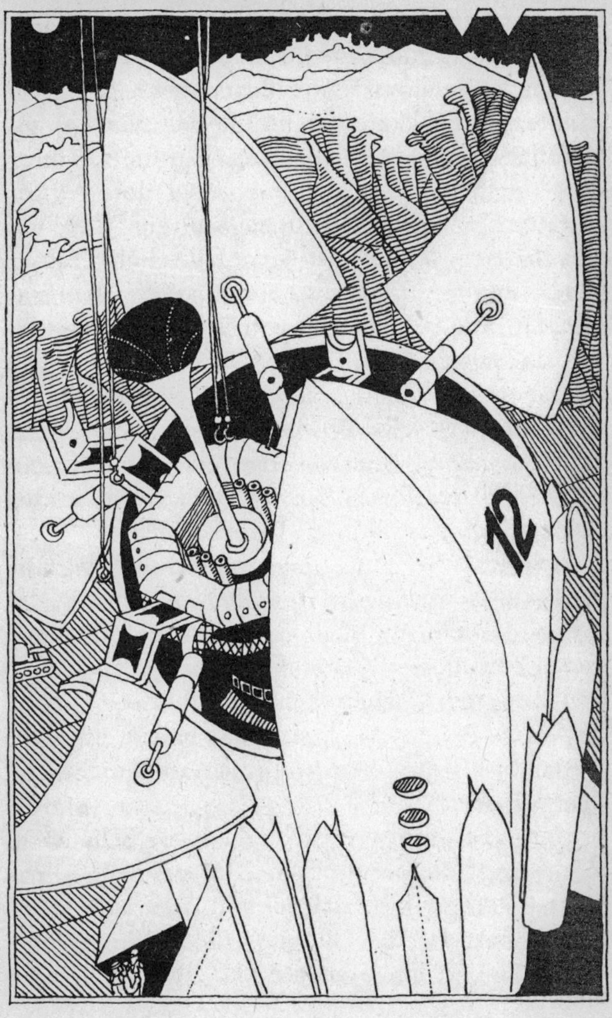
12

das die Wirbler zerstört haben? Wir sind alle nicht einverstanden damit, aber sag einer diesen sturen Böcken was! Wie zugenagelt! Als ob es nicht genug Platz gäbe hier. Aber nein, ausgerechnet dorthin soll das Ding. Wo die Orsinier, also die Schwachköpfe, andauernd dort herumstreichen. Vielleicht wollen sie ein Denkmal bauen. Ach was, es ist jedenfalls nicht richtig. Aber uns fragt ja keiner. Sonst ist alles beim alten. Die anderen werden sich freuen, daß du wieder da bist. Paß auf. Da sind wir schon!«

Das gibt es nicht, dachte Fred. Ein klassisches Déja-vu – derselbe überhitzte, verkramte Raum, dieselben Leute, die von ihrer emsigen Tätigkeit aufsahen, dieselben Apparate, und vielleicht dieselben Probleme auf den Bildschirmen.

Nur Josepha fehlte, und Fred wußte, warum. Er hatte sie nicht erwartet. Er war selbst schuld daran, daß sie jetzt in einer mehrfach abgeschirmten Computersimulationszentrale auf Bomarzo saß und die Oszillationen entschlüsselte. Aber das ging die Leute nichts an. Die hatten einen anderen Part zu spielen, wenn sie auch nichts davon wußten.

Ach ja, erinnerte er sich, als er das Schema an der Wand sah, ein hübscher Zeitvertreib – das Signal. Na gut, ich habe mich damals auch nicht gewundert, daß die Obrigkeit illegale Computernetze duldet. Ich wäre nie auf die Idee gekommen, daß die in ihren Plänen keine unwesentliche Rolle spielen.

Dago war aufgestanden und mimte überschwengliche Begrüßungszeremonien.

»Der Verstoßene ist wieder unter uns!« rief er. »Was für ein Jammer, daß Peter inzwischen weg ist, da muß ich dich allein versorgen und mit dummen Sprüchen belästigen. Zum ersten ...«

»Quatsch doch nicht schon wieder so sauer«, sagte Patrick. »Fred muß sicher zum Chef, sich anmelden.«

Fred schüttelte den Kopf.

»Was, nicht? Wieso?«

Ehe Fred antworten konnte, ging die Tür der Baracke auf, und der Garnisonskommandant trat ein.

»Wer ist der Begleiter für diese Station ... Sie?!« seine Miene wurde ungläubig. Fred gab ihm sein Beglaubigungsschreiben. Im Raum breitete sich Eiseskälte aus, während der Garnisonskommandant das Papier las. Stille lag greifbar im Raum. Dago, der Fred am Arm gefaßt hatte, ließ zögernd los und wich einen Schritt zurück. Weiter konnte er nicht. Er sah aus, als wäre er gern etliche Schritte mehr zurückgegangen. Der Funker, der als erster begriffen hatte, klatschte sich mit der flachen Hand auf den Bauch und ging wortlos hinaus. Das war die Art Patricks, seine Verachtung kundzutun. Als wäre das ein Signal gewesen, fingen die anderen an, zu tuscheln und leise zu reden. Man hatte über den Begleiter der Station reichlich gerätselt, wie es aussah.

Der Garnisonskommandant las länger, als notwendig gewesen wäre. Dann gab er Fred wortlos das Papier zurück und sah ihn fragend an. Frederick Tyrrell hatte ihm nichts zu sagen. Das war offensichtlich. Der Uniformierte zuckte die Schultern und ging.

Durch das leise Tuscheln hindurch ging Fred zu seinem ehemaligen Fach, das noch abgeschlossen war. Er nahm die Mappe heraus. Es mußte nicht sein, daß man sie fand. Darin war der Weg aufgezeichnet, den Josepha und er gegangen waren. Unnötig, daß die Bastler am Orsini-Netz das Signal entschlüsselten. Mit der Mappe unterm Arm ging er hinaus.

Die Tür stand offen, als Dago ihn ansprach, alles hörte zu.

»Sag mal, Fred, bist du vielleicht verwandt mit dem Tyrrell, der im Flottenkommando ist?«

Der Unterton der Frage war nicht Spott, wie man ihn von Dago gewohnt war. Sie klang hämisch.

»Ja. Warum?«

Dago vollführte einen Kratzfuß. Wer weiß, wo er das herhatte. Die anderen verstanden sehr gut.

»Da sind der hohe Herr also die Treppe hinaufgefallen, kann man sagen, planmäßig?«

Er erwartete keine Antwort, und Frederik hatte nicht vor, eine zu geben. Er wandte sich ab und ging, still lächelnd.

Was wußten die denn. Ja, dachte Fred, es ist der blanke Neid. Und – vielleicht – eine Ahnung davon, daß sie unbedeutende Figuren sind in einem Spiel, dessen Regeln sie nicht kennen und auf dessen Verlauf sie keinen Einfluß nehmen können. Sie spüren, daß sie kleine Rädchen sind, unten in dem dunklen Kasten der Maschinerie – und daß ich es zum Zifferblatt geschafft habe, wo ich zwar nicht das Spiel bestimme, es aber übersehe.

Einen Augenblick lang – als er die Düne überquerte – dachte Frederik daran, daß er es fertiggebracht hatte, in einem Raum, der voller Menschen war, geradezu vollgepfropft, vollkommen allein zu sein. Schlagartig. Er mußte sich eingestehen, daß es zwar gewesen war, als wehe ihn ein kalter und trockener Wind an, daß dieses Gefühl aber andererseits eines gewissen Reizes nicht entbehrte. Allein zu sein mochte unangenehm sein, aber als einzelner den andern plötzlich weit überlegen zu sein, daß sie sich in machtlosen Witzen Luft machen mußten, das glich diese kleine Minderung des Wohlbefindens bei weitem aus.

Und außerdem, dachte er und sah unwillkürlich zum blassen Himmel auf, außerdem ist das nichts gegen jene andere Einsamkeit. Die durch nichts zu überbietende Einsamkeit, der wir ausgeliefert sein werden, wenn diese beiden verrückten Planeten eines Tages dahin zurückkehren, wo sie hergekommen sind. Dann werden wir verdammt einsam sein und verloren wie ein Goldfisch in der Sahara, in einem All, das nicht unseres ist und in dem es unseresgleichen nicht gibt und nicht geben kann. Aber das ist diesen Kleingeistern ja unbekannt. Was soll's.

Frederik Tyrrell, einer von drei Dutzend Leuten, die um das wahre Geheimnis dieser Welt wußten, ging auf die *Peregrinus 12* zu, zufrieden mit sich und dem guten Gefühl, das Richtige getan zu haben.

12.

Liebe Miriam!

Na gut, die Anrede mag überholt sein, aber wie soll ich diesen Brief sonst anfangen? Ich habe Deinen Brief mit dem Anti-Freddy-Pamphlet darin erhalten und fand es, ehrlich gesagt, nicht besonders wichtig, rasch darauf zu antworten. Daß ich es nun, nach fast einjähriger Verspätung, doch tue, hängt nur mittelbar mit Dir zusammen. Zum ersten muß ich Dir sagen, daß Deine Informanten (nennen wir sie mal so) unrecht hatten, als sie Dir damals von einer Liebschaft zwischen mir und Josepha berichteten. Natürlich stimmt es, daß sie ihren Posten als Leiterin eines Simulationszentrums nicht ohne meine Mithilfe bekommen hat. Aber das eine hat mit dem andern nichts zu tun. Und daß ich jetzt tatsächlich mit ihr zusammen bin (wie der dafür gebräuchliche dumme Ausdruck lautet), hat wiederum damit nichts zu schaffen. Es hat sich halt so ergeben. Das ist einer der Gründe, weswegen ich Dir heute noch ein letztes Mal schreibe. Ich betrachte unsere, hm, Beziehung nun auch von meiner Seite aus als beendet. Meine Güte, daß man zu solchen Sätzen genötigt wird. Langer Rede kurzer Sinn (dabei war die Rede gar nicht so lang) ist, daß ich Dich bitten möchte, mir meine Briefe, die Du noch besitzt, zurückzuschicken. Ich bin der Meinung, daß dies das gute Recht eines jeden ist, der heutzutage Briefe verfaßt, statt zu videofonieren oder zu funken. Ich sende Dir mit gleicher Post Deine Briefe zu und hoffe, daß Du desgleichen tust. Schon wieder solche geschraubten Sätze. Das ist ein sicheres Zeichen dafür, daß wir uns nichts mehr zu sagen haben. Was auch, nachdem Du mich in Deinem letzten Brief der vielfachen Lüge beschuldigst. Als ob es eine Wahrheit geben könnte. Alles, was wir dafür ausgeben, ist doch nur ein Teil davon. Im besten Falle. Meist ist es nur ein Trugbild, erzeugt von unserem Nichtwissen. Ich habe jedenfalls diese Erfahrung gemacht. Deswegen kann ich über Deine Vorwürfe, ich hätte vielfach die Unwahrheit geschrieben, nur milde lächeln. Es liegt an einigen schönen Erinnerungen, daß ich darauf verzichte, nachzuforschen, woher Du plötzlich Deine genauen Informationen über die hier anstehenden Probleme hast. Ich kann Dich allerdings nur warnen – mach keinen Gebrauch davon! Obwohl mir das, in der heutigen Situation zwischen uns, im Grunde genommen egal sein könnte. Es könnte unangenehm für Dich werden, mehr kann ich nicht sagen. Auch das hat zu tun mit meiner Bitte, die bewußten Briefe zurückzuschicken. Ich bin nicht mehr einfacher Praktikant, sondern mittlerweile in den Flottendienst übernommen (und das schon seit einiger Zeit), und demnächst werde ich hier so etwas wie eine leitende Position einnehmen. Nichts Bedeutendes, aber die Aufstiegschancen sind groß. Das ganze Fachgebiet ist nämlich erst dabei, sich herauszubilden. Ich bin fast von Anfang an dabei, und da ergeben sich ganz logisch große Möglichkeiten. Die möchte ich gern nutzen. Die Schubkraft, die mir die Beziehungen meines Vaters verleihen, wird schließlich irgendwann einmal verbraucht sein, spätestens, wenn der Alte pensioniert wird. Zu diesem Zeitpunkt muß ich meine Stellung gesichert haben. Dabei hätte ich gern die Gewißheit, daß mir niemand aus diesen alten und stellenweise recht dummen Briefen einen Fallstrick drehen kann. Übrigens habe ich mich erkundigt – es gibt eine gesetzliche Möglichkeit, Dich zur Herausgabe der Briefe zu veranlassen. Ich bin mehr dafür, die Geschichte gütlich, also zwischen uns zu regeln. Die Geheimhaltung hier ist derart verschärft worden, daß jegliches Aufsehen schädlich sein könnte. Ich hoffe, Du verstehst, was ich damit sagen will. Ich erwarte also einen Brief von Dir, und ich erwarte nicht, daß da auch nur ein Wort von Dir drinsteht. Siehe oben – wir haben uns nicht mehr viel zu sagen. Ich nehme an, daß damit unser Briefwechsel beendet werden kann. Uff, nie habe ich länger an einem Brief geschrieben. Trotz allem, ich wünsche Dir das Beste.

Frederik Tyrrell

1987

Inhalt

ISBN 3-360-00245-8

1. Auflage

Lizenz-Nr.: 409-160/235/89 · LSV 7004
Umschlag- und Einbandentwurf: Dieter Heidenreich
Printed in the German Democratic Republic
Lichtsatz: INTERDRUCK Graphischer Großbetrieb
Leipzig – III/18/97
Druck und buchbinderische Verarbeitung:
LVZ-Druckerei »Hermann Duncker«,
Leipzig – III/18/138
622 884 4

00840